徳間文庫

おもみいたします

あさのあつこ

徳間書店

目次

序

そこに、女は死んでいた。

そことはつまり、相生町《あいおいちょう》にある裏店《うらだな》の一間だ。

桜のころの寒《かん》の戻り、俗に花冷えと呼ばれる寒い一日の始まりだった。

「だって戸がね、少しだけ開いてたんですよ。きっちり閉まってなかったんです。おかしいなって思うじゃないですか。暑けりゃともかく、今日みたいに肌寒い日に戸を開けたままにしとくなんて変でしょ。そりゃあ、こんなぼろ長屋だから戸を閉めたって、あちこちから隙間風《すきまかぜ》は吹き込むけど……。でも、お吟《ぎん》さん、きちんとした性質《たち》なんですよ。手拭《てぬぐ》い一枚干すのだって角と角をぴっちり合わせないと気が済まないし、鬢《びん》の毛だってほつれてたりしたら我慢できないって、当の本人が言ってましたからね。癇性《かんしょう》というか、まあ、ちょっと付き合い難《にく》い人じゃありました。あら、これ悪口じゃないですよ。お吟さんが戸をきちんと閉めてないのはおかしいってことを……。

え？　見つけたときの話？　お吟さんをですか。ですから、戸が開いてて」

女の死体を一番に見つけたのは、同じ長屋に住む下駄《げた》の歯直しの女房だった。おしげと名乗った。


変だね。

おしげは胸の内で首を傾《かし》げた。

戸が開いている。

ほんの二寸（約六センチ）ばかりだ。他の家ならさほど気にならなかっただろう。

しかし、開いていたのはお吟の住処《すみか》だった。

お吟は癇性だ。九尺二間《くしゃくにけん》の棟割長屋《むねわりながや》の一間を磨《みが》き上げているのは良しとして、鬢《びん》のほつれ毛にも騒《さわ》ぐのはうんざりだ。裏長屋の女なんて娘だろうが女房だろうが、髷《まげ》をきっちり結《ゆ》っている者なんてそうそういない。そこまで手が回らないのだ。おしげだって、正月や祭りの祝い日を除けば、髷を結い直すなんてめったにない。さすがに洗髪はたまにするけれど、その後は乾かして、適当に自分で結い上げる。椿油《つばきあぶら》なんて一年に一度も使わない。鬢どころかあちこちがほつれ毛だらけだ。

昔、深川《ふかがわ》で褄《つま》を取っていたというお吟は髷も着る物も隙《すき》なく整えて、それを誇っている風があった。ただ、さっぱりした気性が幸いしてか嫌味ではなく、長屋のおかみさん連中の評判もさほど悪くはない。

おしげは腰高障子《こしだかしょうじ》の二寸ばかりの隙間に指を差し入れた。立て付けの悪いわりに、戸はするりと開いた。お吟がこまめに敷居《しきい》を掃除しているのだろう。こういうところは見習いたい。

「ごめんよ、お吟さん」

おしげは右足だけ敷居をまたいだ格好で、棒立ちになった。

お吟の髪も裾もひどく乱《みだ》れていた。いつも挿している堆朱《ついしゅ》の簪《かんざし》が転がっている。

お吟も転がっていた。足を大きく広げ、裾を乱し、仰向《あおむ》けに転がっている。

首が捻《ね》じれ、顔はおしげに向いていた。目を開けている。でも、きっと何も映っていないだろう。白く濁《にご》って、乾いている。唇《くちびる》の端から覗《のぞ》いた舌がやけに長く見えた。

お吟さん……。

「おや、おしげさん、なにやってるんだい。おしげさん？」

背後でだれかが何かを言っている。

おしげはよろめき、障子戸に縋《すが》りついた。それから、叫び声をあげる。

「誰か、誰かきてーっ」

あらんかぎりの力で叫び続ける。そうしないと、頭がおかしくなりそうだった。叫ぶことで何とか正気を保つ。

「助けて、誰か、だれかぁーっ」

一　夜に浮かぶ

人はなぜ、闇を一色だと思い込むのだろう。

黒く塗りこめられ、他に何もないと言い切ってしまうのだろう。

知りもしないのに。

「まあ、何て哀《あわ》れな娘でしょう」

「かわいそうにねえ。こんなに小さいのに盲《めし》いてしまうなんて」

「病が因《もと》かい？　それとも、怪我《けが》？　どちらにしても不憫《ふびん》なことだ」

五歳のときに光を失ってから、そんな憐憫《れんびん》の言葉をどれほどかけられただろう。

初めは戸惑った。自分が哀れで、かわいそうで、不憫な娘だとはどうしても思えず、世間の言葉との懸隔《けんかく》にまごつくしかなかった。

十二年、干支《えと》が一回りした今、戸惑うことはめっきり減った。憐《あわ》れまれることは多いけれど、それでも、自分の力で自分を養っている。口過ぎの仕事を持ち、それなりに生きている。これからも生きていくだろう。

十分だ。十分な日々だと思う。

「お梅《うめ》」

名を呼ばれた。とても低いのによく耳に届く。その声に顔を向ける。

闇の隅《すみ》が銀鼠色《ぎんねずいろ》にぼんやりと輝いている。その光がそろりと動き、そろりと近づいて来る。銀鼠色の垂髪《すいはつ》、黒眸《くろめ》の中には同じ色の輪が朧《おぼろ》に光っていた。白い小袖袴《こそでばかま》姿の男は立ったまま、お梅を見下ろす。

男？　形《なり》も名前も男のそれではあるが、男だと決めつけられない。かといって女でもない。年端《としは》もよくわからなかった。髪色のせいなのか、眸《ひとみ》の輪のせいなのか、一人立ち前の少年にも、一人前の若者にも、分別盛りの中年にも見える。見えるだけで、少年でも若者でも中年でもないのだろう。よくわからない。わかっているのは、お梅が晴眼《せいがん》で見た最後の光景、その真ん中に十丸《とおまる》がいたことだけだ。

「十丸」

お梅は名を呼び返した。十丸。その名はお梅が付けた。「何てお名前なの」と問うたときの答えが「名などあるものか」だったからだ。名前がなかったら、呼びにくい、つけてあげようかと言えば、おまえがつけたいなら勝手にしろと返された。

それで十丸。とおまると呼ぶことにした。何の由来もない。ふっと聞こえたのだ。凍《い》てついた冬の朝、遠くから響いて来る何かしらの物音のように澄《す》んで聞こえた。十丸は気に入ったとも、気に食わないとも語らなかった。どうでもよかったのだろう。名前が入り用なのは人だけだ。草や木はむろん、人より他のどんな生き物も名前など求めない。

十丸は人ではないのだから、名は無用なのかもしれない。けれど、お梅は人だ。名が要《い》る。

「オフデが来るぞ」

十丸が告げる。それから、足早に遠ざかる。遠ざかると言っても、土間と台所と三畳ほどの板場の他は小間が二つあるだけの仕舞屋《しもたや》だ。そう遠くにはいけない。土間の隅にうずくまるのが関の山だろう。それでも、棟割長屋《むねわりながや》の一間よりはずっと広い。

「ごめんよ。お梅ちゃん、いるかい」

腰高障子《こしだかしょうじ》が開くより早く、少し掠《かす》れた、けれど張りのある声が響いた。

銀鱗《ぎんりん》を煌《きら》めかせ、魚が跳《は》ねる。水面《みなも》を突き破り、空へと跳ねる。お筆《ふで》の声を聞くたびにお梅は、眼裏《まなうら》に生《い》きのいい魚を見るのだ。

「いますよ。お筆さん、いらっしゃい」

「おや、珍しくおいでだね。でも、よかったよ。これ、余り物だけど食べておくれ」

「あら、豆大福ね。嬉しい、大好物だわ」

「はは、包みの上からでもわかっちまうんだね。いつものことだけど、驚きさ」

「餡子《あんこ》とお餅《もち》のいい匂いがするもの。お筆さんの豆大福はすぐにわかるの」

お上手ではなかった。お筆の豆大福は掛け値なしに美味《おい》しい。餡の風味と餅の口当たりがからまりあって、極上の味を生み出している。黒豆の歯ごたえも絶妙だった。

お筆は万年橋《まんねんばし》のたもとで紅葉屋《もみじや》という水茶屋を出しているが、この豆大福目当ての客がかなりいて繁盛《はんじょう》しているそうだ。お筆一人で切り盛りしている店だから、一日に用意できる豆大福の数には限りがある。売り切れれば、それで店仕舞《じま》いだ。たいていは、昼過ぎには閉めることになる。それだけ評判の味なのだ。だから、〝余り物〟であるはずがない。おそらく、お梅のために二つ、三つ取り置いてくれたのだろう。

「いつも、すみません。遠慮なくいただきますね」

「遠慮なんてしっこなしだよ。お互いさまなんだからさ。お梅ちゃんに揉《も》んでもらうようになって、あんなに酷《ひど》かった腰の痛みがすうっと消えちゃって。本当に楽になってねえ」

「お筆さん、背中を丸める癖《くせ》があるから、どうしても腰に無理が溜《た》まるのよ。それと」

「もう少し、痩《や》せろ。だね」

「その通り。あと二、三貫は痩せないと腰にはよくないですよ」

「けどさ、お梅ちゃん。あたしはもう五十間近いんだよ。こんな婆《ばあ》さん、後十年も生きられやしないんだからね。それなら、無理して痩せなくてもねえ」

「お筆さん、実の歳《とし》よりずっと若いはず。二十年は生きる余裕があるわねえ」

これもお上手などではない。感じたままを口にしただけだ。

お筆の見た目がどうなのか、お梅には窺《うかが》えない。太り肉《じし》なのはわかる。本人曰《いわ》く
「肥《こ》えたおかげで皺《しわ》が伸びたし、染みも伸びて薄くなったよ。でもまあ、この団子っ鼻と垂《た》れ目だけはどうにもならなかったねえ」だそうだ。生まれたときから世間で言う〝器量《きりょう》良し〟とは縁遠かったとも、二十歳《はたち》前に所帯を持った亭主があまりにお筆の容姿《ようし》を貶《けな》すので、「女房の面《つら》をどうのこうの言えるほどのご面相かい。いいかげんにしな」と言い捨てて、家を飛び出したとも聞いた。お筆の語る身の上話は、多少の色付けはあるものの真実だ。嘘《うそ》ではない。

嘘はわかる。

よほど巧妙に隠し通したものか、嘘を真実と思い込んでしゃべっていない限り、お

梅にはわかるのだ。ああ、この人は今、嘘を吐《つ》いている。謀《はか》ろうとしている。騙《かた》っている、と。それは微《かす》かな揺らぎだった。小さく息を吸い込む。軽く咳《せき》をする。指をすり合わせる。晴眼で見ればどうということのない仕草《しぐさ》がお梅には揺らぎとして、あるいは寄せてくる波として感じ取れるのだ。

嘘はわかる。お筆が全くではないがほとんど嘘をつかないのも、五十路《いそじ》前ながら活気に満ちた心身をしているのも、その心身が年齢よりずっと若いだろうこともわかる。それは、もしかしたら光の中では気付かない諸々《もろもろ》かもしれない。

「まあ、後二十年も？　へぇ、まぁお梅ちゃんがそう言うなら本当なんだろうね。まぁ、婆さんなりにやる気がでてきたよ。ね、十丸」

土間の隅に寝そべっていた十丸が起き上がり、板場に上がってきた。

「まっ、相変わらず愛想がないねえ。犬なんだからさ、尻尾《しっぽ》の一つもお振りよ」

お筆が笑う。軽やかな笑声にも十丸は応じなかった。お筆の目には真っ白の大きな犬として映っているはずの十丸は、尻尾どころか片耳さえ動かさなかっただろう。

「十丸は餡子の匂いが苦手なのよ、お筆さん」

「ああ、前にそう言ってたね。けど、こんなに大きな図体して餡子の匂いに逃げるなんて、ちょっと情けなかないかい。笑ってしまうねえ」

――さっきからずっと笑っているではないか。

十丸の呟《つぶや》きが耳の奥で聞こえる。少し、おかしい。それこそ笑える。

笑いを噛《か》み殺して、お梅は尋ねた。

「お筆さん、お仕事の方は？」

「あ、そうそう。そっちが眼目《がんもく》、肝心じゃないか。お梅ちゃんと話してると、ついつい余計なことをしゃべっちまうよ。ほんと、聞き上手だよね」

――オフデがしゃべり過ぎるだけだ。

十丸がまた呟く。むろん、お梅より他には聞こえないはず……だが、お筆はすぐに「今、十丸が何か言わなかったかい」と問うてきた。さすがに、勘《かん》は鋭《するど》い。

「何か言ったかしらね。でも、それより」

「あ、そうだね。はいはい。今日もたくさん頼みにきたよ。けど、あたしが一番気になったのは、この件かねえ。読むよ、いいかい」

「はい。お願いします」

紙を開く音がする。お筆が空咳《からせき》を一つして、読み上げ始めた。

お梅は居住まいを正し、耳を澄ませる。

「揉み療治を頼んできたのは、深川元町《ふかがわもとまち》の瀬戸物屋今津屋《いまづや》のお内儀《かみ》、お清《きよ》さん。お歳は三十二。十三歳の娘さんと五歳の息子さんがいるとか。ご亭主は与三郎《よさぶろう》さん、お歳はちょうど四十。お清さんの訴えは、ここ数年、頭風《ずふう》が続いていて苦しくてたまらない、何とかしてもらえないかというもの」

ここで、お筆は長い息を吐いた。

「あたしがどうにも気にかかったのは、お清さんの眼付きがあんまりにも暗いってとこなんだよ。顔立ちそのものはよく整ってて、身形《みなり》も髷《まげ》もきちんとしてたさ。今津屋ってのはそこそこの体《てい》のお店《たな》みたいだね」

「お筆さん、調べてくれたの」

「いや、それほど大層なことはしてないさ。ただ、店の客にさ、たまたま深川元町の植木屋さんがいたもんだから、それとなく尋ねてみただけ。『瀬戸物だけにお堅《かた》い商売をしてるぜ』なんて、つまらない冗談を言ってたけどね。まあ、あのあたりじゃ手広く商《あきな》いしている方みたいだよ。だからさ、いい暮らしをしてるんだろうけど。そうそう、身に着けている物だってあたしみたいに古着って感じじゃなかったしねえ。なのにお清さん、何とも暗いというか、陰気というか、ひどく疲れている風だった。ただの凝《こ》りじゃない気がするよ。ありゃあぎりぎりなんじゃないかねえ」

「ぎりぎり……か」

「そう、何だか今にも崩れてしまいそうでね。見ていて、こりゃあ危ないなって気持ちになってさ、慌ててお梅ちゃんに報《しら》せにきたわけなんだよ」

――慌てているわりには、前置きがやたら長かったな。

十丸がふんと鼻を鳴らした。今度は、お筆も気が付かなかったらしい。

「そうとう急《いそ》がなきゃならない感じ？」

「だねえ。十日は持たないって気がするよ」

「十日は急だわね。でも、何とかなるかしら。当分は仕事の空《あき》はないはずだけど」

「そうだよねえ。お梅ちゃんの揉み療治は評判だからねえ。今、申し込んだら当たり前に待てば、早くても半年以上先にはなるねえ」

お筆が息を吐き出した。長い吐息《といき》だった。

人に揉み療治を施《ほどこ》す。それがお梅の生業《なりわい》だった。

お筆が言った通り、ささやかではあるが評判になっているらしい。それが、まだ島《しま》田《だ》を結《ゆ》った娘の揉み師が珍しい故ではなく、お梅の腕によるものだとお筆は称してくれる。十丸は、

「当たり前だ。おまえはそういう者、だからな」

と、言う。それから、銀鼠色の髪をさらりと揺らして、

「お梅は誰かに褒《ほ》められたいのか」

そんな問いをむけてくる。お梅は、それもあると答える。正直な答えだ。

「褒められるというか認められたいってのは、あるわ。誰かが『おかげで楽になった』と喜んでくれたら嬉しいし、『たいしたもんだ。ありがとうよ』と褒めてくれたりお礼を言われると気が清々《せいせい》するもの」

ふん。十丸は横を向いて嗤《わら》い、何やら呟く。よく聞き取れないが、おそらく、

「ヒトってのは、そんなことが嬉しいのか。よくわからぬな」

とでも独り言ちたのだろう。

「お筆さんがそこまで気にするのなら、早目に会わなきゃならないわねえ。十日の内に……。仕事の段取《ご》り、何とかなるかしら」

「何とかするさ」

「そうね、お昌《まさ》ちゃんが何とかしてくれるね。きっと」

お筆がにんまりと、さも得意気に笑んだのがわかる。誇る気配が伝わってくるのだ。

続いて、ぽんと胸を叩《たた》く音がした。

「お任せな。お昌に任せておけば万事、間違いないさ。すぐにでも段取りを組み直して報せにくるからさ」

微かな風が起こった。お筆が勢いよく立ち上がったのだ。

「はい。お頼みいたします」

お梅は手をつき、頭を下げた。

お昌がやってきたのは、その日の宵時分《よいじぶん》だった。お梅が仕事を終え、一息吐《つ》いた刻《とき》を見計らったかのようなおとないだった。いや、ようなではなく、お昌は時機を見計らって訪れたのだ。お昌の頭には、お梅の仕事の段取りがきっちり納まっている。とはいえ、その段取り通りに進まないこともかなりあった。客の凝りがこちらの思案を超えて強く深く、ほぐすのに思いの外《ほか》ときを費《つい》やしてしまう。そんな成り行きも度々、ある。今日は、とんとんと進んだ方だ。おかげで、ゆっくり夜を過ごせる。

目が見えないのだから、昼も夜もないだろう。

よく言われる。以前はかぶりを振り「いいえ、昼夜はちゃんとありますよ」と律儀《りちぎ》に答えていたが、この数年はさすがに面倒臭くなって、曖昧《あいまい》に笑んでお終《しま》いにする。目が見えようが見えまいが、夜と昼はちゃんとある。風の具合も温《ぬく》もりの塩梅《あんばい》も変わるし、物音も違う。しだいに温もりを失っていく。しだいに温もりを増していく。遠くから物音が響いて来る。雑多な音が混ざり合ってしまう。土や草木、花の香りが真《ま》っ直《す》ぐに届いて来る。

人の醸し出す匂いが満ちてくる。

夜と昼は明らかに違う。何より、お梅は雀《すずめ》の鳴き声で目を覚ますし、暮六つ（六時頃）近くになると空腹を覚えて夕餉《ゆうげ》を取る。そして、夜の気配に包まれて夜具《やぐ》に入るのだ。当たり前のことなのに、光だけがこの世の全てだと思い込んでいる者には、なかなか解してもらえない。

困ったものだ。

「お邪魔します。お梅さん、お仕事、お疲れさまでした」

この正月に、つまり、ほんの一月《ひとつき》余り前に八つになったばかりだと言うのに、お昌は大人びてしっかりした口調で挨拶した。お梅のことも「お梅ねえさん」などとは呼ばない。九つも年下だけれど甘えることはなく、対々《たいたい》の関わり方をしようとする。お昌にはそれだけの知力が具《そな》わっていた。むろん、背伸びをしているところも無理な頑張りも感じるけれど、並の大人よりずっと話が通る。呑《の》み込みも早いし、機転も利《き》く。何より算法に長《た》けている。十丸をして、オマサも並じゃないな、と言わしめたほどだ。

お筆のたった一人の孫だと聞いた。二親《ふたおや》を相次いで亡くしたから、引き取ったのだと。その二親のどちらかが、お筆の倅《せがれ》だったのか娘だったのかはわからない。自分の息子や娘について、お筆が語ったことは一度もないからだ。ただ、お昌がお筆を「お祖母《ばあ》ちゃん」と呼び、お筆がお昌の聡明《そうめい》さや気性を誇りにしているのは事実だった。お互いが慈《いつく》しみ合っているのも、だ。だとしたら、血の繋《つな》がりなど何ほどのこともない。血より心の繋がりが、人と人との関わりには入り用となってくる。

「あの、お祖母ちゃんから今津屋のお内儀さんのことを聞きました。それで、お仕事の段取りを組み直してみたんです。読み上げて、よろしいですか」

「はい。聞かせてください」

お昌の、まだ幼さの残る声に耳を傾《かたむ》け、お梅はそれを記憶する。直に文字は読めないけれど、言葉を刻む能は誰にも引けをとらない。

「これで、この一月は何とか回せると思います」

お昌がふっと息を吐いた。お梅は頷《うなず》く。

「ありがとう、お昌ちゃん。では、今津屋さんには明後日の昼八つ（二時頃）あたりに出向きます」

「はい。では、明日の朝、あちらに伝えます。初めてのお客ですし、お祖母ちゃんの話だと何だかとても疲れているとのことだったので、少し刻がいるかもと思って、後にお仕事は入れてません」

「わかりました。相変わらず見事なお手並みね、お昌ちゃん。おかげで助かるわ」

もぞり。お昌が身動《みじろ》ぎした。おそらく、頬《ほお》が微かに染まっているだろう。

「だって、あたし、お梅さんからお給金もらってますから。見合うだけの働きはしないと」

「十分、見合ってますよ。むしろ、お給金が足らないのではと心配してるの」

「そんな。あたしみたいな子どもがお給金をきちんともらえるなんて、嬉しいです」

大人とか子どもとかではない。仕事の質だ。賃金は為《な》した仕事の質に払われるべきだ。

「あ、そうそう。今日ね、川越《かわごえ》の焼き芋をいただいたの。お茶を淹《い》れるから、一緒に食べましょうよ」

「うわっ、川越のお芋。あたし、大好きです」

「でしょ。ほくほくしていて美味しいものね。待っててね。すぐ用意するから」

家具はもちろん道具から着る物、夜具の類《たぐい》まで定められた場所にきちんと片付けてある。茶道具もしかりだ。身体《からだ》が有り場所を覚えているので、迷うことはない。

「あの、お梅さん」

お昌の気配が少しばかり落ち着かなくなる。

「ふふ、わかってますよ。お好きなように」

お梅が返事をするのと十丸が舌打ちしたのは、ほぼ同時だった。

「わあっ、よかった。十丸、遊ぼうっ」

お昌の口調が年相応の幼さに戻る。気配が浮き立つ。

「十丸、十丸。元気だった。いい子だった。わぁ、ふかふかだぁ」

――止《や》めろ。首に抱き着くな。顔を埋めるな。くすぐったい。

「なになに、嬉しいの？　嬉しいんだね、十丸。大好き、大好き。焼き芋も好きだけど十丸も大大好き。かわいいねえ。真っ白でふわふわしてこんなに大きくて、かわいいねえ」

――芋と一緒にするのではない。無礼だぞ。やめろ、抱き着くなと言っているではないか。あ……そこは……。

「ここ気持ちいいの？　耳の後ろ、搔《か》いてあげるね。耳の中も掃除してあげる。気持ちいいでしょ、十丸。ほらころんと横になって」

――う……ヒトの分際《ぶんざい》でおれの耳に触るなど……。あ、そこ、もうちょっと奥を……。

十丸とお昌の嚙み合わないやりとりを感じながら、お梅は茶を淹れる。

今津屋のお清さん、どんな方だろう。

お筆の人を見定める目は確かだ。だから、仕事の取り次ぎを任せている。そのお筆が焦《あせ》るほどだとしたら、相当な凝りだ。身体ならば何とかなるが、心の方だと少し不味《まず》い。

覚悟して出掛けなきゃね。

お梅は胸の上で手を重ね、静かに息を吐き出した。

今日は殊《こと》の外、頭が疼《うず》く。

桜が咲こうかというこの時季、頭風に悩まされるのはいつものことだ。桜の時季でなくとも、真冬であろうと盛夏であろうと身体は不調を訴えてくる。ただ、今年はとりわけ、苦しい。

寝起きは特にこめかみがきりきりと痛む。吐き気さえする。それでも何とか辛抱《しんぼう》して一日を過ごすと、夜、床に就くころには身も心も疲れ果て、こめかみの痛みよりも身体の重さ、怠《だる》さに耐《た》え難くなる。そんな有り様でぐっすり眠れるわけもなく、夜の闇と静寂《せいじゃく》のなかで明け方を迎え、それからやっと、ほんの浅い眠りをむさぼる。目覚めれば、こめかみが錐《きり》で突かれるかのように痛む。その繰り返しだった。

化粧をする気、髷を結う気どころか食べる気さえ失《う》せてしまう。それでも起き出して身支度をし、髷を直し、形なりとも食事をするのは自分が今津屋のお内儀だからだ。商いを表で回すのが主《あるじ》なら、裏を取り仕切り下支えするのはお内儀だ。回す者と支える者が上手く嚙み合ってこそ、商いの勢いは確かなものになる。商家に生まれ育ち、商家に嫁いだお清は、よく解していた。

今津屋は中堅《ちゅうけん》どころのお店《たな》ではあるが、商いは順潮だった。得意先に何軒か有名どころの料亭があるし、小売りの客も多い。借金もなく、評判も悪くはない。今のところ、商いに関しては憂《うれ》いの種は少ないのだ。ただ……。

軽い足音が近づいて来る。本当に軽い。軽佻《けいちょう》とも浮薄《ふはく》とも無縁の弾《はず》みを感じさせる。若さの証《あかし》そのものの音だった。

「おっかさん」

障子の陰から丸い顔が覗《のぞ》いた。ふっくらした頰、少しばかり垂れ気味の目と小さな鼻。佳人《かじん》とは言い難いが、肌色が滑《なめ》らかに白いこともあって柔《やわ》らかな心地よさを与える。そういう顔だ。きっちり結い上げた髷にも艶《つや》があり、肌の白さを引き立てていた。

「お松《まつ》、どうしたの」

無理やり笑ってみせる。今年十三になるお松は、生き生きとした気配に包まれ病とは一分《いちぶ》の関わりもなさそうだ。実際、幼いころから丈夫だった。大病はもとより、熱を出して寝込むことも腹を下すこともほとんどなかったのだ。三歳で罹《かか》った疱瘡《ほうそう》も五歳のときの赤疱瘡も医者が驚くほど軽くて済んだ。

「おっかさん、気分はどう」

「ああ、すこぶるいいよ。しゃっきりしてるね」

「ほんとに？」

お松が膝《ひざ》をつき、母親の顔を覗き込んでくる。お清は見返すことができなくて、つっと視線を逸《そ》らした。

「おっかさん、辛《つら》いんじゃないの。ほんとに無理しないで」

「無理なんかしてませんよ」

突き放すような物言いになった。胸の奥で苛立《いらだ》ちが広がる。

ああ苛々する。どうしようもなく腹が立つ。

何に苛立っているのか、腹を立てているのかお清自身にもよくわからない。お松は母親の具合を案じているだけだ。優しい心根の娘ではないか。親として喜びこそすれ、気持ちを尖《とが》らせるどんな理由もない。それなのに……。

「おっかさんのことより、おまえは支度ができているのかい。今日はお峰《みね》ちゃんやおたいちゃんたちと浅草寺《せんそうじ》まで出かけるんだろう」

「あ、うん。でも、おっかさんの塩梅がよくないなら、別に行かなくてもいいの。どうせ、お芝居見たり、絡繰《からく》り小屋を覗いたりするだけなんだから。今からでも断れるけど」

「馬鹿なことを言うんじゃないよ」

お清は立ち上がり、娘を見下ろした。

「お峰ちゃんもおたいちゃんも、老舗《しにせ》のおじょうさんたちじゃないか。そういう娘さんたちと仲良くお付き合いするのも商家の心得の一つだよ。おまえは今津屋の娘なんだからね。いずれはどこかの店のお内儀になり、その店を守《も》り立てていかなきゃならないんだ。誰とどう付き合うのか、今のうちにしっかり学んでおきなさいよ」

お松が見上げてくる。瞬《まばた》きした後、目を伏せた。

「でも、あたし……お峰ちゃんたちって、ちょっと苦手なの。あの、だから」

「お松、いいかげんにしなさい」

声を荒らげる。眼付きにも険が含まれているだろう。

「何度も同じことを言わせないでおくれ。苦手とか得手とかじゃなくて、ああいう老舗、大店《おおだな》のお嬢さんたちと付き合うのは、おまえにとっても今津屋にとっても益になるんだよ」

自分の険《けわ》しさが自分に突き刺さる。

頭が痛い。気分が悪い。

お松の言いたいことも心内もわかるのだ。お峰もおたいも、尊大《そんだい》で横柄《おうへい》な色を気《き》性《しょう》に滲《にじ》ませている。もう一年も前になるだろうか、お峰が近づいてきたお薦《こも》に石を投げつけたと、お松が涙声で語ったことがあった。

「お峰ちゃん、酷いの。わざとお銭を見せて施すような素振《そぶ》りをして、お薦さんが寄ってきたら石を投げたの。お薦さん、額《ひたい》から血を流してひっくり返ってしまって。よほど痛かったんでしょうね。おいおい泣き出したのよ。なのに、お峰ちゃんもおたいちゃんも、げらげら笑ってるの。あたしが止めたら、すごい目で睨《にら》んできて『お松ちゃんってあたしたちの友だちなの、お薦たちの仲間なの』って言うの。そんなの無茶苦茶だと思ったけど、あたし何も言えなかった。おっかさん、あたしね、あの人たちが怖い」

お松の話通りだとすれば、確かに酷い話だ。そして、おそらく話通りのことをお峰たちはやったのだろう。生まれ落ちたときから、名の通った大店の娘としてぬくぬくと育てられた。それは決して悪いことではないけれど、抜け落ちたものもたくさんあったに違いない。他人を見下さないこと、弱い者に心を馳《は》せること、情けを重んじること。商人というより人の正道として外してはならない諸々を教わらずに育ってきたのだ。それは、お峰たちの罪ではなく周りの大人の咎《とが》だ。

お松は違う。

お鷹を人として扱い、お峰たちの所業を止めようとする心を持っている。

そういう風に、あたしが育てた。

あのときは、お松の優しさが誇らしかった。睨まれて言い返せなかったと、自分の不甲斐《ふがい》なさを嘆《なげ》く姿もいじらしかった。

なのに今は、無性に苛立つだけだ。

お松の優しさが、鬱陶《うっとう》しい。我儘《わがまま》な友人に臆《おく》しているだけではないかと歯痒《はがゆ》い。

「振りだけでいいんだよ。そんなこともできないのかい」

ほとんど怒鳴《どな》り付ける口調になっていた。

「仲良しの振りをして、いいかげんに相槌《あいづち》を打ったり笑ったりしていれば、それで済む話じゃないか。そうだろ？　おまえも、もう十三になるんだよ。一人前の分別が具わっていてもいい年ごろなんだ。いつまでも子どもみたいに、好きな事ばっかりやってられるわけがないだろ」

違う、違う。こんなことを言いたいんじゃない。お松を叱責《しっせき》したいわけではないのだ。

「わかりました。おっかさん、ごめんなさい」

お松は頭を下げると、逃げるように部屋を出て行った。俯《うつむ》いて、少し涙ぐんでいた。また、叱《しか》ってしまった。

こめかみが疼く。疼きが強くなる。お松を叱るたびに、疼きは獰猛《どうもう》に執拗になっていくみたいだ。

束《つか》の間、目を閉じる。眼裏《まなうら》には闇が溜まっていた。ねっとりと粘りつく闇。その向こうに何かがいる。目を凝らしたいけれど、怖い。

見てはいけない。見なければいけない。

どっちだろうか。

お清はまた、しゃがみ込んだ。無理やり瞼《まぶた》を上げる。朝の光が染みてくる。思わず、光から顔を背けていた。

「お内儀さん」

呼ばれた。振り返ると、お加代《かよ》が廊下に畏《かしこ》まっている。こちらは色黒のしっかりと鰓《えら》の張った顔つきだった。もうかれこれ二十年近く、今津屋の女中《じょちゅう》を務めている。

とっくに三十の坂を越したけれど、一度も所帯を持ったことはない。

お清はほっと息を吐き出した。

十八で嫁ぎ、意固地な義父や気の強い義母に仕え、瀬戸物の商いを覚え、懸命に生きてきた。その年月、陰になり日向《ひなた》になり支えてくれたのがお加代だった。歳が近いせいもあって、奉公人というより気の置けない友人のように、あるいは頼りになる姉のように感じていたし、今も感じている。

お加代の浅黒い顔や落ち着いた声に接すると心のざわめきが収まり、少しだが疼きが楽になる。

「どうしたの。表にならら、今から顔を出しますよ」

「いえ、そうではなくて……」

お加代が顔を庭に向けた。小さな奥庭だ。築山《つきやま》も泉水《せんすい》もない。ただ、一本だけ桜が植《う》わっていた。お世辞にも大樹《たいじゅ》とは言い難いひょろりとした樹だが、今年は枝いっぱいに蕾《つぼみ》を付けている。花の盛りが楽しみだった。

その桜の根元に、女の子が一人立っていた。八つか、九つ、十にはなっていないだろう。

「紅葉屋さんのお使いだそうですよ。お内儀さんに取り次いでくれとのことです」

「あらま、紅葉屋さんの」

自分でも表情が晴れたのがわかる。お加代が頷いた。

「揉み屋さんのことでしょ。だから、こっちに回ってもらったんですよ」

紅葉屋に出向くとき、お加代を供にした。出掛けるときは、たいていお加代を連れにするのだ。よく気が回るし、お清の心中をそつなく忖度《そんたく》もしてくれる。

「朝早くから、お邪魔いたしました。お許しください」

少女は歳に似合わぬ大人びた挨拶《あいさつ》をして、頭を下げた。思わずお加代と顔を見合わせる。

「お邪魔なんてとんでもないですよ。揉み屋さんのことで来てくれたのね」

廊下まで出て、膝をつく。少女が首肯《しゅこう》する。いかにも聡明そうな黒い眸をしていた。

「はい、先生からの託《ことづけ》を持って参りました」

折り畳《たた》まれた紙を渡される。広げると、美しい女文字の一文、『治療に参ります』の後に日付と時刻が記してあった。

「まあ、こんなに早く来て下さるの」

つい、声を上げてしまった。たいそう評判の高い揉み師だから半年、一年待ちになると聞かされていた。そんなに待てる自信はなく、身も心もぼろぼろになりそうな気はしたが、どうにもならない。そう、この世はどうにもならないことだらけだと諦《あきら》めていたのに、微かに甘い香りの漂う文《ふみ》には明日の日付と昼八つの刻がはっきりと書かれてあったのだ。

「ほんとに、この日付で間違いないのね」

念を押してしまう。少女は、真顔で頷いた。

「間違いありません。明日の昼八つに伺《うかが》います。文にもありますが、手拭いとお湯の用意をお願いいたします」

「はいはい、承知しました。お加代、この……えっと、お名前は？」

「お昌と申します」

「お昌ちゃんね。お昌ちゃんに駄賃《だちん》を差し上げて」

「いりません」

ぴしゃりと拒《こば》まれた。一瞬だが、息を呑む。

「これは、あたしの仕事ですから。お駄賃はいただきません」

それだけ言うとお昌は一礼をして、足早に去っていった。ふっと野を駆ける小さな兎《うさぎ》を思い描いてしまった。軽やかに跳ねて、草陰に消えてしまう兎だ。

「何ですか、あれ」

お加代が眉根《まゆね》に皺を寄せる。

「えらく生意気な子じゃありませんか。一人前の口を利いてねえ」

「一人前なんだよ」

「は？」

お加代が探るように目を細めた。お清は文を懐《ふところ》に仕舞《しま》い、立ち上がる。

あの子は一人前に働いているんだ。確かにそう思えた。お昌からは仕事人の矜持《きょうじ》と心意気が伝わってきたではないか。三十歳になっても半端な者も、十になるかならずで一人前に働ける者もいる。明日、やってくる揉み師もたいそう若いと耳にしている。それなのに、誰にもほぐせなかった凝りをきれいに流してくれるのだと。

本当だろうか。

この身体の芯の芯にまで及んだような凝りを、人の力で消せるものだろうか。

ああ、楽になりたい。心の底から望む。この疼きをこの痛みを、この凝りをきれいさっぱり断ち切りたい。軽く、軽くなりたい。

視界の隅を黒い影が過《よぎ》った。

「まっ、燕《つばめ》ですよ。もう渡ってきたのかしら。何て気の早いこと」

お加代が声を弾ませた。視線が玄鳥《げんちょう》を追うように朝空を漂う。お清も青く晴れた天に目をやった。そっと胸を押さえてみる。
折り畳まれた文が微かな音を立てた。

二　日だまりの庭

「まあ」と、お清《きよ》は小さく短く声を上げていた。

若い。若いと聞いていたが、それは揉み師としてはという意味だと解釈していた。だから、二十歳《はたち》をとうに超した大年増《おおどしま》あたりだろうと勝手に思い込んでいたのだ。

昼八つ（二時頃）に現れた揉み師は、まだ娘の形《なり》をしていた。形だけでなく、髪や肌の艶《つや》や張り具合、そして纏《まと》う気配のどれもが若く瑞々《みずみず》しい。それは、お清がとうの昔に失った艶であり瑞々しさだった。小さな風呂敷包みを抱えているが、そのくすんだ苔《こけ》色さえ抱えている者の若さを引き立てている。少なくとも、お清の目にはそう映った。

暫《しば》し見惚《みと》れ、揉み師の白い顔《おもて》を見詰める。その視線を感じたのか、揉み師の娘がゆっくりとお清に顔を向けた。目は開いているけれど、眼差《まなざ》しは絡《から》まらない。空《くう》を漂っている。見えないのだから当たり前だと納得しながら、お清は少し身を縮めた。見えない眸《ひとみ》に見透かされている気がしたのだ。

見透かされている？　何を？　見透かされてはならない何かがあたしの内にある？

我知らず唇《くちびる》を強く結んでいた。

「お梅《うめ》と申します。今日はお呼びいただきまして、ありがとうございます」

揉み師は膝をつき一礼した後、名乗った。良い声だ。澄《す》んで美しい。

お清も居住まいを正し、頭を下げた。

「こちらこそ、お出《い》でいただきありがたく存じます。正直、こんなに早く来ていただけるとは思ってもおりませんでした。半年、一年待ちも当たり前と聞いておりましたので、待つしかないと覚悟しておりましたから、ほんと、嬉しくて」

ほんと、嬉しくて。口にした台詞《せりふ》に嘘はない。報《しら》せを受けた昨日から、ついぞなかったほど気持ちが浮き立っていた。むろん、お清だとて世間知らずのおぼこ娘《むすめ》ではない。表店《おもてだな》のお内儀《かみ》としてずっと、今津屋《いまづや》を支えてきた。現《うつつ》がどういうものか、わかっている。

凝《こ》りにはずっと苦しめられてきた。たかだか一度や二度の揉み療治でさっぱりほぐれるとは信じていない。けれど、お梅という揉み師の評判は高い。世間の評判というやつだ。世間の評判は当てにならないけれど、侮《あなど》れない。とんでもなく的外れのときもあるが、真《ま》っ直《す》ぐに的の真ん中を射貫《いぬ》くときもあるのだ。

お清は射貫く方に賭けたかった。それほど、辛かったのだ。全部なんて贅沢は望まない。一分《いちぶ》でも二分でも、取り除いてもらえるなら試してみたい。ぜひに試したい。

「あの、療治の前にお願いが一つ、ございまして」

お梅が遠慮がちに言葉を継《つ》ぐ。

「はい、なんなりと」

「十丸《とおまる》を座敷にあげるお許しをいただけないでしょうか」

「とおまる？」

お梅が顔を庭に向ける。その仕草《しぐさ》に釣られ、お清も外へと目をやる。

昨日までの花冷えが嘘のように、今日はうららかな陽が降り注いでいた。風も柔らかく暖かい。天からの賜《たまわ》り物のような一日だった。

「まっ、犬」

陽の光を浴びて、大きな犬が座っていた。真っ白な毛が光を弾《はじ》き、自らが淡く発光しているようにさえ見える。こんな見事な毛並みの生き物を初めて目にした。

「え、いつの間に？　さっきまでいなかったのに、どこから入り込んできたの」

お梅をここまで導いてきたお加代《かよ》が、声を引き攣《つ》らせる。

「犬はお嫌いでしょうか」

お梅が今度はお加代に向かって、顔を上げた。まるで見えているみたいだ。

「あ、ええ。子どものころ嚙《か》まれたことがあって……。ちょっと苦手なんですよ」

お加代が身体を震わせる。子どものころ、意地悪い友だちに犬をけしかけられ、怖い思いをしたのだと聞いた覚えがある。お清にはそんな来《こ》し方はない。犬も猫も好きとか嫌いとか考えたことはなかったが、こんな立派な犬なら飼ってみたい。素直に感じた。

「十丸は人を嚙んだりしません。とても利口《りこう》で役に立つ助手なんです。守り神でもあります」

「このお犬さんが守り神、ですか」

尋ねたお清に、お梅は笑顔で頷《うなず》いた。

「ああ、なるほど。お梅さんは若くて、愛らしいですものね。よからぬ輩《やから》が寄ってきたとき、このお犬、えっと……トオマルでしたっけ？」

「はい。十に丸で十丸と申します」

「十丸。よいお名ですこと。ええ、十丸なら立派な用心棒になりますよね」

小女《こおんな》が茶を運んできた。その小女にお清は、雑巾を持ってくるよう言い付ける。

「あたしは、やっぱり犬は駄目ですね。怖い、怖い」。お加代は身を縮めながら去っていった。その身振りや顰《しか》めた顔つきがおかしくて、噴き出してしまう。

「まぁ、おかしい。お加代にも怖いものがあるんだねえ」

独り言のつもりだったが、お梅は笑みを浮かべたまま首を傾《かし》げた。

「お加代さんって、とても頼りがいのあるお方なのでしょうか。豪胆《ごうたん》というか、やるべきと決めたら何があってもやり抜く、そういうお人柄みたいですね」

少し、いや、かなり驚く。息を呑み込んで、一瞬、声が出なかったほどだ。

「まあ、どうしておわかりに？」

息を吐き出し、問うてみる。この若い揉み師とお加代は今日、初めて会ったはずだ。それまで言葉を交わしたことはおろか、顔を合わせたこともないだろう。なのに、お梅はさらりとお加代の性質《たち》を言い当てた。

「当たりましたか」

「大当たりですよ。お加代は、嫁いできたときからずっと、あたし付きの女中でしてね。よく気が回るし、しっかり者だし、ずい分と助けられてきたんですよ。普段は口数が少なくて控え目ではあるんですが、いざとなったら、とても頼りになってね。愚《ぐ》痴《ち》やら不満やらを聞いてくれたり、相談相手になってくれたりで」

お清は口をつぐみ、真正面からお梅を見据《みす》える。

「どうして、お加代のことがおわかりになりました？　さっき、会ったばかりでしょうに」

「伝わってきましたから」

「伝わる？　何がですか」

お梅は目を伏せ、湯呑《ゆのみ》を両手でそっと握《にぎ》った。それから顔を上げ、また微笑《ほほえ》んだ。

「気配です」

「気配？　人の気配ですか」

「はい。あ、でも、お清さんが考えている気配とは少し違うかもしれません。わたし、このように目が見えませんでしょう。その代わりに……代わりと言っていいかどうかわかりませんが、感じることはできるんです。その人を感じ取れるんですよ」

「はぁ」と吐息《といき》とも声ともつかぬ音が唇から漏《も》れた。口元を押さえ、お清は首を捻《ひね》る。

意味がわからない。

人を感じるとはどういうことなのだ。わからないけれど、不快ではなかった。誤魔化されているともからかわれているとも、思わない。むしろ、胸の奥底が弾《はず》んだ。弾み、軽やかな音を奏でる。心持ち、鼓動《こどう》が速くなった。

「お梅さん、もう少し詳しくお話しくださいませんか。人を感じ取るって、それ、その人の気性《きしょう》がわかるってことなんですか。優しいとか頑固だとか捻くれているとか」

「気性とは、また、違うような……。あたしも上手くは言えないのですが、えっと、ですから……。うーん、どう言えばいいかしら」

お梅が頰に手をやり考え込む。小女に足裏を拭いてもらった十丸が座敷に入ってきた。隅《すみ》に寝転び、欠伸《あくび》をする。本当におとなしい。吼《ほ》えもしなければ、あたりを嗅《か》ぎ回りもしない。よほどしっかりと躾《しつ》けられているのだろう。

「こちらに伺《うかが》って、お加代さんが座敷まで案内してくれましたよね」

「ええ、あたしがそのように言い付けておりましたからね」

「お加代さんに手を引かれたとき、大きな樹が浮かんだんです」

「は？　樹って、なんの樹ですか」

「わかりません。どっしりとした大きな樹です。枝を四方に伸ばして、太い根が地の上にも覗《のぞ》いているみたいな、そんな大樹でした。木陰に入れば、真夏の日差しからも冬の風からも雨からも守ってくれる気がしました」

お清は我知らず頷いていた。

「ええ、そうかもしれません。あたしは、どんなときもお加代を頼りにしてきましたからね」

　大きな樹とは言い得て妙だ。では、自分はさしずめ樹の幹に絡《から》みつく蔦《つた》だろうか。お梅が睫毛《まつげ》を伏せた。それだけのことなのに、表情が翳《かげ》る。不意に五つも十も年を経たような顔つきになる。その顔のまま、お梅は「でも」と呟《つぶや》いた。呟いたきり、黙り込む。お清は膝を僅《わず》かに進めた。

「でも、何ですか。黙ってしまわないで教えてくださいな」

　長い睫毛が上がり、黒く潤《うる》んだ眸が現れた。見えないはずなのに、お清にぴたりと向けられていた。もしかしたら見えているのかと、とっさに身を引いたけれど、お梅の視線は追ってこなかった。

　やはり、見えていないのだ。

　なぜか、お清も視線を彷徨《さまよ》わせてしまう。

「お清さんは、青色の小鳥です」

「え、あたしが鳥？」

「はい。緑がかった青色の小さな鳥を感じました」

「あら、小鳥だなんて、そんな可愛《かわい》いものかしら。鶏とか鴨とかじゃないですか」

　冗談を口にして笑ってみる。緑がかった青とは翡翠《ひすい》に似た色合いだろうか。そんな美しい鳥と自分が重なるはずがない。とはいえ、お梅が実意のない世辞を言っているとも思えなかった。そして、ほんの少し、嬉しい。軽やかに枝から枝に飛び移り、空に羽ばたける鳥であるなら嬉しい。胸がときめく。

「鶏も鴨も可愛いですよ。毎朝、卵を売りに来る棒手振《ぼてふ》りさんがいて、そこでは一羽一羽に名前を付けていて、これはオハナの卵、これはオトトの卵、こっちのオウマの卵が一番味がいいなんて、ちゃんと教えてくれるんです」

「鶏なのにオトトやオウマなんですか。ほんとに？」

「ほんとうです。オトトはのんびりしていて、オウマは気性が荒いんですって。でも、棒手振りさんとしては、オハナがお気に入りで贔屓《ひいき》にしているんだそうですよ。目がくりっとして好みなんだと言ってました」

「まっ。おかしい」

笑ってしまう。会ったこともない卵売りの男を愉快に感じる。笑ってから、ふと自分に問うてみた。

こんな風に声をあげて笑ったのは、いつ以来だろう。

冗談を口にしたり、胸をときめかせたのは、どれくらい前だっただろう。

束の間、考えたけれど思い至《いた》らない。ただ、他愛無いおしゃべりをしているだけで、胸が軽くなる。肩の強張《こわば》りが緩《ゆる》む。そんな気がする。

お梅ともう暫《しばら》く、このまま話をしていたい。

座敷の隅に寝転んでいた十丸が顔を上げた。しきりに耳を動かす。お梅も横を向き、耳元に手をやった。

「どうかしましたか」

問うてから、お清も気が付いた。

足音だ。さほど重々しくはなく、かといって軽くもない、落ち着いた足音が近づいて来る。

息を呑み込み、姿勢を正す。指先が冷たい。それを握り込むと、手のひらまで冷えていくようだ。

足音が止み、障子《しょうじ》に黒い影《や》が映った。

「ずい分と楽しそうじゃないか。笑い声が聞こえてきたぞ」

与三郎《よさぶろう》がにこやかな笑顔で入ってくる。お清は軽く、頭を下げた。

「お梅さん、亭主の今津屋与三郎です。おまえさん、こちらはお梅さんで」

「ああ、揉み師の先生だね。お加代から聞いたよ。けど、こんなお若い方とは驚きだねえ。まだ娘さんじゃないか。失礼だが、まだ、十六、七ってとこではありませんかな」

与三郎は恰幅《かっぷく》よく、納戸《なんど》色の縞《しま》の小袖《こそで》と羽織がよく似合っていた。いかにも老舗《しにせ》の主といった風情が漂う。

「今年で十七になりました」

お梅が答える。悪びれた風はなかった。与三郎の目が素早く、お梅の全身を撫《な》でる。品定めをする眼付きだ。商人として品を眺《なが》めるなら当たり前の眼差しだが、人に向けるには些《いささ》か無遠慮に過ぎる。無遠慮だろうが不躾《ぶしつけ》だろうが、盲目の娘が気付くわけがないと、与三郎は高を括《くく》っているのだ。いや、気付かれても一向に構わないのかもしれない。

どんなに評判が高かろうが、揉み師など今津屋与三郎の下の下にいる者。そう判じているのだと、お清にはわかっていた。

昔からそうなのだ。今津屋はそこそこの構えの店だが老舗と呼ばれる、与三郎曰《いわ》く〝由緒あるお店〟だった。その老舗の主である己より上か下か。与三郎は常に人を選り分ける。

上か下か。

女房、子ども、奉公人はむろん下だ。出入りの職人も下。客も高名な料理屋とか大身の相手なら大切にするが、小口の客は歯牙《しが》にもかけない。

お清は亭主のそんな人の分け方が嫌だった。嫌でたまらない。奉公人も職人も、皿一枚買ってくれる客も、店の支えではないか。このところ、今津屋との取引を渋る職人が増えてきた。ある絵付師などは「ああまで偉そうに振舞われちゃあ、お終《しめ》えだ。頭を下げてまで今津屋から仕事を貰《もら》おうとは思わないね」と言い切った。お清の見るところ、江戸でも五指に入る腕前の男だった。その男の絵付け皿をお清は一枚だけ、茶簞笥《ちゃだんす》の奥に仕舞い込んでいる。牡丹《ぼたん》の花と蕾《つぼみ》を描いた皿は眺めても良し、器《うつわ》としても良しという逸品《いっぴん》だ。逸品を生み出せる職人だった。まだ若く、名も通っていないけれど、そう遠くない未来《さき》には必ず世に認められる仕事を為《な》すだろう。そういう職人と結び付いていることは、今津屋の大きな財ではないか。それを与三郎は容易《たやす》く手放してしまう。「あれぐらいの絵付師なら、幾《いく》らでも替えが利く」と、嗤《わら》う。替えは利かない。それとなく意見したが、与三郎は聞き入れなかった。「おまえに商《あきな》いを教えてもらおうとは思わない。差し出がましい口を利くな」と一喝《いっかつ》されて、終わりになってしまった。お清はため息を吐《つ》いて、黙り込むしかない。

今のところ、今津屋の商売に影は差していない。万事が上手く回っているようだ。だから与三郎も強気でいられるのだろう。けれど、お清は傾《かたむ》く音を聞いてしまうのだ。このままでは、いずれどこかで行き詰まる。不穏な思案が離れない。徐々に徐々に、それと気取《けど》れぬほど徐々に今津屋の身代《しんだい》は傾いていく。この徐々がかなりになり、いずれ取り返しがつかない速さで転がり落ちていくのではないか。どんなに慌てても踏ん張っても、もう遅い。そこに至るまでに、持ち直せるのだろうか。おそらく無理だろう。

ただの取り越し苦労であるなら、何よりだ。でも、きっと杞憂《きゆう》では済まない……。ぼんやりと考え、他人事《ひとごと》のように感じている自分を訝《いぶか》しくも、危《あや》うくも感じる。どこか捨て鉢になるのも、未来を案じるのが億劫《おっくう》でたまらないのも、この凝りのせいかもしれない。

「十七。ほう、その歳で評判になっているのかい。それはたいしたものだ。で、お梅さんとやら、あんたの目はほんとうに見えないのかね。そんな風ではなさそうだが」

「おまえさん」

たまらず腰を浮かし、かぶりを振った。

「止めてくださいな。そんなことを訊《き》くなんて、無礼ですよ。せっかく、揉み療治に来て下さったのに。お梅さん、ごめんなさい」

「いいえ、構いませんよ」

お梅が微笑む。お清は日を見張った。それほど妖艶《ようえん》な笑みだった。さっきまでのいかにも娘らしい初々しさとは全く異質の艶《なま》めかしさだ。

ま、この人はいったい……。

何者なのだろう。どこか得体が知れない。と、お清は僅《わず》かに後退《あとずさ》りしていた。傍《かたわ》らで、与三郎が低く喉《のど》を鳴らした。

「光の明暗ぐらいなら、わかりますよ。でも今津屋さんがどんなお顔で、どんな形をしているかは見えません」

「そ、そうかね。それは気の毒なことだ。いろいろと不便もあるだろうねえ」

与三郎の口調が明らかに甘くなる。興を覚えたのだ。ここに来たのも、盲目の若い揉み師とやらを一目見てやろうとの好奇の心からだろう。浅草寺《せんそうじ》や両国橋《りょうごくばし》の広小路《ひろこうじ》で見世物小屋を覗き見る心根と、さして違わない。その娘が意外に美しく、艶《あで》やかに笑ったりしたものだから、ますます興をそそられた。

「そうだ。お清の後に、わたしもちょいと揉んでもらおうか。肩も腰も凝っているようだから、丁度いいよ。ぜひ、お願いしたいね」

「おまえさん、そんな無茶を言わないでくださいな。お話ししたでしょう。お梅さんは評判の高い揉み師さんで、なかなか順番が回ってこないんですよ。一年近く待つ方もいらっしゃるほどなんですから。飛び入りなんて無理ですよ」

「けど、おまえは頼んだらすぐに来てもらったんだろう。一年どころか、一日二日だったんじゃないか。それなら、わたしだって構わないんじゃないかね」

お梅がなぜ、こんなに早く来てくれたのかお清には掴《つか》めない。だからといって、与三郎を無理やり押し込むなんてできようはずもない。今日の約束は、お清一人なのだ。

「どうだね。揉み料は倍だすから、わたしも頼みますよ」

「わかりました。揉ませていただきます」

お梅の答えに、お清はぽかりと口を開けてしまった。与三郎が満足気に笑った。

「ただ、今、お清さんがおっしゃったように、わたしの方にも都合がございますからね。お約束した方々を無下にはできません。どうぞ順番をお守りください」

「わたしに待てと言うのかい。じゃあ、いつになるんだね」

「来年の今頃でしょうか」

「な……」

与三郎が絶句する。お梅は首を傾げ、また、仄《ほの》かに笑んだ。さっきの妖艶さは跡形もなく、むしろ幼くさえ見える。

「丁度、一年。それが今のところ一番、早いお約束になりますね」

「ふむ、やはり一年は待たされるのか。今津屋の主を待たせるには、少し長くはないかね」

お清は熱くなった頰を押さえる。血が上り、ひどく赤らんでいるだろう。

おまえさん、いいかげんにしてください。その一言が喉に閊《つか》える。

与三郎は、どうしようもないほど蠢愚《しゅんぐ》なわけではない。商家の主としての押し出しも立派で、心配りもそこそこにできる。ただ、それは自分と同じか上の境遇の者に対してだけだ。下と見做《みな》した者には斟酌《しんしゃく》をしない。しようと思わないのだ。

今津屋の跡取り息子として真綿に包まれるようにして育った。金を稼ぐ者が、財を有する者が、確かな地歩《ちほ》を築いている者が人として優れているのだと、教えられてきたのだ。その教えが芯《しん》まで染み込んでいる。

お清は嫁いできてそう日が経《た》たぬうちに気が付いた。お清の実家は、佐《さ》賀町《がちょう》で手広く太物を商《あきな》っていた。祝言が済み、今津屋での暮らしが始まった当初は舅《しゅうと》も姑《しゅうとめ》も与三郎も優しく、「よい嫁が来てくれた」、「実の娘のようだ」、「よくできた嫁で息子は幸せ者だよ」と事あるごとに褒《ほ》めそやし、お清はずい分と面映《おもは》ゆい思いをしたものだ。その様子が変わり始めたのは、嫁いで半年が過ぎたころ実父が急な病で逝《い》き、二つ違いの兄が店を継いだあたりからだ。まだ若い兄は当然ながら商人としてはこれからだった。気負いもあっただろうし、焦《あせ》りもあっただろう。小さなしくじりを幾つも重ね、一時《いっとき》は店を畳《たた》まねばならないというところまで追い詰められた。その時分、義父母の様子は目に見えて、肌に感じて変わっていったのだ。格別、邪険に扱われたとか、冷たく接されたとかではない。出て行けと罵《ののし》られたわけでもない。眼差しや口調がぞんざいになり、お清が呼び掛けてもろくに返事をしなかったり、聞こえぬ振りをすることが多くなっただけだ。たまに口を利けば、露骨に見下した物言いをし、素振りを見せた。与三郎はさすがにそこまであからさまではなかったが、お清の側に立ち、両親を諫《いさ》めようとはしなかった。それが、兄や古参《こさん》の奉公人たちの奮闘で店が持ち直し、前にも増して商いの活況が戻ると、義父母の接し方は、以前と寸分変わらぬものになった。

この人たちの内には、決して揺るがぬ天秤《てんびん》があるのだ。それで常に人を量《はか》る。思い知る。その揺るぎのなさが怖いようでも、おかしいようでもあった。ただ天秤の量り具合が同じだからなのか、舅と姑は実に仲のいい夫婦で、花見にも芝居見物にも二人でよく出かけていた。亡くなるのも連れだってだった。芝居を見ての帰り、辻《つじ》強盗《ごうとう》にでくわし舅は心の臓《ぞう》を一突きに、姑は脾腹《ひばら》や喉を刺されて息絶えたのだ。帰りが遅いと案じ、探していた奉公人の一人が路地裏で血塗《ちまみ》れになって倒れている主人夫婦を見つけた。

数年前のことだ。

あまりに急な、あまりに惨《むご》い死にお清は暫くの間、茫然《ぼうぜん》として過ごした。思えば、身体のあちこちに不調を覚えだしたのは、あの一件の後からではあるまいか。義父母が好きだったわけではない。損得勘定で人を量る気性も、他人を見下すことで己を誇るような振る舞いも受け入れられない。でも、瀬戸物について丁寧《ていねい》に教えてもらった。熱を出し寝込んだとき、井戸水で冷やした甘酒を届けてくれた。庭の一隅に一緒に牡丹の苗を植えた。思い出せば、胸が温かくなるような記憶も幾つか手繰《たぐ》れるのだ。そういう人たちが死んだ。殺された。

信じられないことが起こる。それが現というものなのか。

代々受け継がれた名を名乗り、正式に今津屋の主に収まった与三郎は、以前より少し横柄《おうへい》になったようだ。親という重石《おもし》が外れたからかもしれないし、横柄と貫禄《かんろく》を取り違えているだけなのかもしれない。

どちらでもよかった。

年々、日に日に、凝りが強くなる。身体が怠《だる》い。頭が重く、時折ひどく疼《うず》く。身体の不調をもてあまし、亭主の悪目まで気持ちが届かない。その辛さを少しでも減じて欲しいと、揉み師を頼んだのだ。縋《すが》ったと言ってもいい。それなのに、無遠慮な物言いにお梅が腹を立て、背を向けたらどうなるのか。

「おまえさん、あのね、いいかげんに」

喉に閊えていた言葉を何とか押し出そうとしたとき、与三郎が「わっ」と声を上げた。

「な、何で座敷に犬が……」

伏していた十丸が音もたてず立ち上がったのだ。ううっと低い唸《うな》り声をあげ、一歩一歩、近寄ってくる。与三郎が足を後ろに引いた。

「すみません。わたしの連れなんです。驚かせてしまったでしょうか」

お梅の声は変わらず明るく、屈託《くったく》がない。怒って帰るという気配は窺《うかが》えない。お清はほっと息を吐き出した。

「連れ？　この犬がか」

唾《つば》を呑み込んだのか、与三郎の喉元が上下した。

「用心棒なんですって。ほら、お梅さん、こんなに若くて可愛いのですもの。よからぬ輩が寄ってきたり、手を出してきたりしたらこの十丸が」

お清の言葉を解したのか、十丸が一声、吼《ほ》える。どんとぶつかってくるような太く逞《たくま》しい吼え声だった。これだけで、かなりの脅《おど》しになる。実際、与三郎は廊下まで退いた。

「お、おい。わたしに吼えてどうする」

「あらまあ。十丸、うちの亭主によからぬ下心を感じたのかえ」

手を伸ばし白い背中に触れてみる。見た目より柔らかな毛がびっしりと生《は》えていた。

「お清、口が過ぎるぞ。わたしは今津屋の主だ。揉み屋風情など相手にするわけがなかろう。ましてや、小娘などどんな気持ちも動かないね。ま、せいぜい、凝りをほぐしてもらうといい。その娘にそれほどの力があるとは思えないがねえ」

ほとんど捨て台詞だ。顔を僅かに紅潮させて、与三郎が去っていく。下心云々《うんぬん》がよほど気に障《さわ》ったのだろう。

与三郎の女遊びの癖《くせ》は知っている。確かにうら若い娘より〝女〟を感じさせる年増に惹《ひ》かれる。気が強く鉄火ながら、どこか脆《もろ》さもある。そういうややこしい女が好きだった。玄人《くろうと》好みでもある。お清と所帯を持つ前から馴染《なじ》みの女がいて、長く続いていた。お清は何も気付かなかったが、姑は知っていたようだ。知っていて知らぬ振りを通していた。ひょんなことでその女の件が明らかになったさい、一度だけ、お清は亭主を詰《なじ》った。その折に言われた。「おまえは女房としては申し分ない女だ。だけど、その申し分なさが少し窮屈《きゅうくつ》でな。退屈でもあるし、ついつい、他に目が行ってしまうのさ」と。何という言い草だろうと胸内は煮え返るようだったが、お清は黙り込む。怒《いか》りに口が利けなかったわけではない。諦めたのだ。窮屈で退屈だと言われてしまえば諦めるしかない。どれだけ言い募っても、責め立てても無駄なだけだ。

もうずい分と昔の話なのに、まだ覚えていた。まだ忘れていなかった。

「お梅さん、ごめんなさいね」

手をつき、頭を下げる。

「うちの人、物の言い方を知らなくてね。気を悪くしないでくださいな」

「家の内、だけですね」

「え？」

「今津屋さんが、あんな風に横柄になるの家の内だけでしょ。外に出たら」

そこで束の間、唇を結び、お梅は十丸の首筋を撫でた。大きな真白《ましろ》の犬は座敷の隅に戻り、寝転ぶ。先刻、垣間《かいま》見えた獰猛《どうもう》さの影もない。

「小心で、周りを気に掛けて……ええ、疲れるほど気を遣っているのではありませんか」

お清も唾を呑み込む。喉がこくこくと動いた。

「お梅さん」

「はい」

「亭主は、今津屋与三郎はどんな風に見えましたか」

お梅がお清を見詰めた。見詰めてくる視線を感じる。盲《めしい》た娘の視線は熱くも尖《とが》ってもいない。静かに染み込んでくる。それがすっと、横に逸《そ》れた。

「おしゃべりはここまでにしましょうか。日が傾いてしまうと寒くなります。揉み療治、始めさせてくださいな」

「あ、はい」

いなされた気もしたが、お梅の言うことにも一理ある。日に日に光は強く、昼間は長くなっているけれど、宵《よい》ともなるとまだ冷えてもくるのだ。

お清はお梅の手を取って、隣の座敷に案内した。

夜具が敷いてある。火鉢に火を熾《おこ》して湯を沸かしていた。そうするように、お梅から指図があったのだ。十丸がおとなしくついてきて、やはり座敷の端に座り込む。まさに用心棒だ。主の傍《そば》を片時も離れない。

「では襦袢《じゅばん》一枚でうつ伏《ぶ》せになってくださいな。あ、腰紐《こしひも》は一本だけにしてください。身体を縛る物はできる限り取ってもらいたいのです」

「まあ、それじゃほとんど裸ってことになりますね」

「はい。ほとんど裸になっていただきます」

身に着けた物を剝ぎ取って、横たわる。不思議と抗《あらが》う気は起こらなかった。

お清は帯を解き、小袖を脱ぐと俯《うつむ》けに身を横たえた。

細紐で袖を括《くく》り、お梅が静かに告げた。

「お揉みいたします」

貝殻骨《かいがらぼね》の下に手が添えられる。温かい。まるで温石《おんじゃく》だ。その温もりが腰へ、腰から尻へ移っていく。移った後も背中は仄かに温もったままだ。とろりとした眠気に誘われる。

「お梅さんの手、とても温かくて……」

「お清さんの身体が冷えているのです。こんなに冷えていては、手足の先まで血が巡《めぐ》らないですよね。お辛かったでしょう」

「ええ、まぁ」

指をそっと握り込む。中夏であっても、陽だまりに座っていても、指先はいつも冷えていた。じんじんと疼いて眠れない夜も多く、このところは満足に眠った覚えがほとんどない。

温石のような手が急ぐでもなく緩むでもなく、背中をさすり、眠気がさらに増した。

うとうと眠っていたようにも、何か夢を見たようにも思う。

吐息の音を聞いた。深い、長い、哀《かな》し気な音だった。

目を開ける。お梅の横顔が見えた。強張っているのは、眉を強く寄せているからだろう。どうかしましたかと問うより先に、お梅が口を開いた。

「お清さん、すみません。仰向《あおむ》けになってもらえますか」

囁《ささや》きに近い小声だ。お清は身体を回し、はだけた胸元を直した。

「お足を揉ませていただきます」

お梅が長襦袢の裾をめくる。温かい手が脹脛《ふくらはぎ》から腿《もも》までを丁寧に揉み解《ほぐ》していく。心地よい。身体の奥に北焙《ほくばい》が点《とも》り、柔らかく熱を伝えてくれるようだ。

「心持ちでよろしいから、両足を広げてくださいな」

「あ、はい」

言われた通り足を広げる。他人にはとうてい見せられない格好ではあるが、恥ずかしいとは感じない。むしろ、力が抜けて身体が緩んでいく。

お梅が両足の付け根を強く押さえた。そのまま、押さえ続ける。押さえられたところが脈打つ。とくとくと鼓動を刻む。心の臓が下りてきたようだ。

とくとく、とくとく、とくとく。

お梅が身を起こし、手を離した。

熱い。温かいというより熱い血が一気に流れ出す。身体中に広がっていく。さっきの北焙とは異質の熱の波だ。血の巡りをこんなに生々しく感じたのは初めてだった。

「もう一度、うつ伏せになってくださいな」

「はい」

言われるままに身体の向きを変える。さっきより強く丁寧に、揉み解されていく。

お清は目を閉じ、深く息を吐いた。これまでも、揉み療治は受けてはいた。鍼《はり》も灸《きゅう》も試してみた。それらと、この若い揉み師の技は違う。まるで別物だ。お梅に揉まれているうちに、身体の中身がとろとろと蕩《とろ》け、融《と》け、形を失っていくようである一方、自分という輪郭《りんかく》がくっきりと際立つようでもあるのだ。

あたしの腕、あたしの足、あたしのお腹《なか》、お尻、背中、首……全てがここにある。

心地よい。気持ちいい。香《かぐわ》しい風に乗り空を翔《か》けているみたいだ。いえ、みたいじゃない。ほんとうに翔けているのではないかしら。天を翔けている。それとも浮かんでいる？　緩やかな流れにぽかりと浮いて、碧《あお》い空を見上げている？

眠りに誘われる。まどろんでしまう。何もかも忘れて、何も考えず寝入ってしまう。

快《こころよ》い。この世は優しく、慈《いつく》しみに満ちている。だから、安心して……。

「きゃあっ」

悲鳴がほとばしった。喉の奥から飛び出してきたのだ。

激痛が走った。

背中の真ん中あたりに刃《やいば》を突き立てられた。とっさに身を捩《よじ》るほどの痛みがお清を貫《つらぬ》く。

なに、これはいったい……。

「すみません。大丈夫ですか」

お梅の慌てた声がして、背中に手拭いが当てられた。湯に浸されていたのか温もっている。

「ゆっくり息を吸い込んで、吐いてください。ゆっくり、ゆっくり」

息を吸い込み、吐く。吸い込み、吐く。痛みがするすると引いていく。引いてしまえば幻のようだ。夢のようだ。

「ごめんなさい。ほんとうに申し訳ありません。わたしの診立《みた》てが誤っておりました」

「診立て？　どういうことですか」

起き上がる。身体が軽い。驚くほど軽い。

「まあ、まあ……これは」

「腕を回してみてください。ええ、どちらの腕も」

まず右の、それから左の腕を回す。「次に首を」とお梅が続けた。弧を描くように首を大きく回してみる。

軽い。軽い。軽い。あれほど軋《きし》んでいた腕も、重かった首も、思い通りに動いてくれる。こめかみの疼きも消えている。目の力まで戻ったのか、霞《かす》んだりぼやけたりもなかった。

まるで手妻《てづま》だ。

「まあ、これは、どうでしょう。何もかもすっきりしてますよ。信じられないほど軽いわ」

「お顔の様子も変わりましたよ。十丸、鏡をお願い」

十丸が苔色の風呂敷包みをくわえてきた。その中から、お梅は紅色の手鏡を取り出す。さほど大きくはないが、面は磨《みが》き込まれている。

差し出された鏡を手に取り、覗き込み、お清は目を見張った。

「まあ、これがあたし」

鏡に映った女は血色がよく、肌に確かな張りがあった。顎《あご》のあたりの弛《たる》みがどこかに消えている。間違いなくお清なのだが、三つ四つは若返ったみたいだ。若くて健《すこ》やかだったころの面影を窺うことができた。

「まあまあ、嬉しいこと。こんなに、肌艶がよくなるなんてねえ」

「血の流れがよくなれば、肌も髪も艶を取り戻せるんですよ。お清さん、もともとお肌の肌理《きめ》がとても細《こま》かくていらっしゃったのでしょう。血の流れを滞《とどこお》らせさえしなければ、綺麗《きれい》なままだと思うのですが」

頰が赤らんでいくのがわかる。お梅の口振りは淡々としているけれど真摯《しんし》だった。嘘でもお上手でもない。本気で「綺麗ですよ」と告げられたのだ。嬉しい。こんなに素直に、真っ直ぐに褒められたのは久しぶりだ。

「肩も首も腰も、とっても軽くて痛みもありません。これも血の滞りとやらが消えてしまったからですか。ああ、足も軽いわ」

「消えてしまったわけではありません。一時、流れただけです。あ、これをお飲みください」

お梅が湯吞を手渡してくれた。仄かに温い。

「これは、お白湯《さゆ》ですか」

「はい。揉んだ後はしっかりお白湯を飲んでください。そして、お小水をたくさん出して欲しいのです。というか、厠《かわや》に行きたくなりませんか」

「あ、はい。そういえば……。まあ、恥ずかしいこと」

「恥ずかしくなんかありませんよ。滞っていた澱《おり》を身体が外に出そうとしているのです。それは、身体が元気になろうとしている証《あかし》、元気になる力が残っている証です」

「ご不浄《ふじょう》に行くことが元気の証になるのですか」

お梅が大きく頷く。

「溜まっていてはならないものを人の身体は外に出そうとします。それが上手くいかないとお小水も便も間遠くなってしまうんです。そうなると、身体は弱ります。弱ると外に押し出す力もなくなる。さらに身体も弱っていく。悪い方に悪い方に全てが巡ってしまうわけです。それを断ち切らなければなりません」

お梅が身を乗り出す。視線は空に据えられているけれど、言葉は紛《まぎ》れもなくお清に向けられていた。

「お清さんの内には淀《よど》みが幾つかありました。そこに本当なら外に出さねばならないものが溜まっていたのです。できる限り流しました。後はお白湯やお水をたっぷり飲んで、お小水と一緒に外に流し出してください」

「そうしたら、こんなに軽い身体でいられるんですね。悪い巡りを断ち切れるのですね」

意気込んで尋ねる。お梅の言うことに、思い当たる節が幾つもあったのだ。このところ厠に行く数が減っていた。下腹が常に張っていて気分が悪くなることもしばしばだった。しかし、気をつけて白湯や水を摂《と》るなんて、まるで思い至らなかった。

「これからは気を配りますよ。朝晩、きちんと飲むようにしますね。せっかく、こんなに快くしてもらったんですもの。ああ、ほんとに心地よいですよ」

お清は口元を引き締めた。お梅の横顔がひどく暗く見えたからだ。何かに懸命に耐えているような顔つきだった。胸にふっと影が差した。

「お梅さん、あの……さっきの痛み、背中の痛み、あれは何なんです？　どうして、あんなに痛かったのでしょうかね」

お梅が妙に緩慢《かんまん》な動きで、お清に向き直った。お清は口元を押さえる。そうしないと悲鳴をあげそうだったのだ。お梅の見えない目は潤んでも、心を宿してもいなかった。ただ暗い。光を吸い込む二つの闇がある。背筋に震えが走った。

十丸が短く、吼えた。お梅が瞼を閉じ、頭を横に振る。再び瞼が開いたとき、それまでの表情が戻っていた。笑ってはいないけれど、穏やかで生き生きとしている。

この娘はいったい……。

お清は生唾を呑み下した。

三　一人の男

「お清《きよ》さん」

お梅《うめ》が呼んだ。「はい」と答える。ずっと年下、娘に近い年端《としは》の相手にお清はなぜか畏《かしこ》まってしまった。居住まいを正す。

「何でしょうか」

「近いうちにもう一度、揉《も》ませていただけませんか」

「えっ、また来ていただけるんですか」

語尾が跳ね上がってしまった。腰も浮く。半年、一年待ちは当たり前だと聞かされていたお梅の揉み療治を日を置かず受けられる。この軽さ、この快《こころよ》さ、この爽《さわ》やかさ。そういう諸々《もろもろ》をまた味わえる。

願ってもない。

お清は腰を浮かしたまま、お梅ににじり寄った。

「嬉しいですよ。こんな嬉しいことは滅多にありません。ぜひ、お願いいたします」

「それでは日を決めて、またお伝えさせてくださいね」

「ええ、ええ。お待ちしておりますよ。まあ、ほんとに嬉しいこと」

声を立てて笑う。愛想笑いでも作り笑いでもない。心底《しんてい》からの笑いだ。お梅が横を向き、細紐《ほそひも》を解いた。お清も脱いだ小袖《こそで》に腕を通し、手早く身ごしらえをする。「まあ」と思わず声を上げてしまった。帯が結べる。これまでは肩が痛くて、腕が重くて、帯を結ぶのが難儀でどうしようもなかった。お加代《かよ》に頼めば、隙なくきっちりと結んでくれるとわかっていたが、帯さえままならない自分を晒《さら》すのはあまりに情けない。お清は歯を食いしばって、毎朝、何とか帯の形を整えていた。それが、今、腕も指もすんなりと動き、形良く帯を拵《こしら》えていく。

お梅さんのおかげで、腕を取り換えたみたいですよ。

称賛とお礼の合わさった一言をかけようとして、お清は口をつぐんだ。お梅の横顔が強張《こわば》っているように見えたのだ。眉根を寄せ、何かを一心に思案しているようにも思えた。

その姿に誘われて、胸内に疑念が兆《きざ》す。

どうして？　どうして、続けて来てくれるの？

お梅から療治を受け、番待ち半年、一年の噂が噂でなく根の生《は》えた現《うつつ》の話だと納得できた。この揉み師なら評判にもなるだろう。客も付くだろう。それなのに、一度ならず二度までも、順番を飛ばして揉んでくれるという。願ってもない申し出に心が躍《おど》る。素直に嬉しい。

でも、どうしてだろうか。どうしてそこまで気にかけてくれるのだろう。解《げ》せない。お梅が金では動かないと聞いてはいたし、お清自身で感じもした。金ではない。では、何だろうか。何がお梅の気持ちを揺らしたのか。尋ねてみればいいことだ。たった一言「お梅さん、なぜ、すぐに来て下さる気になったのです」と尋ねればいいだけなのだ。

口が開かない。言葉が出てこない。

尋ねては駄目だという気持ちだけが、膨《ふく》れ上がる。お清は胸を押さえ、そっと息を零《こぼ》した。

「では、今日のところはこれで失礼します」

お梅が立ち上がりかけたとき、足音が響いた。走るほどではないけれど、急ぎ足を運んでいる忙《せわ》しい音だ。とっとっとっ。誰のものかすぐに察せられる。

お清が襖《ふすま》を開け終わらないうちに、障子戸《しょうじど》越しにお加代の声が響いた。

「お内儀《かみ》さん、ちょっとよろしいですか」

「構いませんよ。お入り」

障子が横に滑《すべ》る。春たけなわの光が流れ込んでくる。目に眩《まぶ》しく、美しい。お加代の肩越しに見える中庭が光に塗《まみ》れて、淡く輝いていた。見慣れ、見飽きた風景に息を呑《の》む。

こんなにも色鮮《いろあざ》やかなものに囲まれていたなんて。

気が付かなかった。目から鱗《うろこ》と言うけれど、鱗ではなく薄鼠色《うすねずいろ》の紗《うすぎぬ》が一枚、はらりと目から落ちた気分だ。これも、お梅の揉み療治のおかげだろうか。

「お内儀さん、お客さまなんですけれど……」

「お客？　あたしにかい」

「いえ、旦那さまにです。でも、旦那さま、得意さま回りに出かけられてお留守なんですよ。そう伝えたら、それじゃあ、お内儀さんに会わせてくれって仰《おっしゃ》るものですから……。どうしたものか困ってしまって……」

お加代の物言いが、珍しく歯切れが悪い。

「困るって、どういうお客なんです」

「それが、あの」

お加代が言いかけたとき、背後で十丸《とおまる》が唸《うな》った。低く太い。明らかに威嚇《いかく》の声だ。振り向くと白犬は耳を立て、真っ直ぐに庭を見詰めていた。お梅がその首にそっと手を置く。

「十丸、落ち着いて。悪い人じゃないよ」

悪い人じゃない？　え、お梅さんには客が誰かわかっているの？

美しい風景の中に黒い影が現れた。表庭から繋《つな》がる中庭は狭く、細木が数本と季節ごとの花が彩《いろど》るだけのものだ。それでも、これから迎える青葉や花々の盛りを祝《ほ》ぐようだ照り映えている。光を背負った黒い影だけが異様だ。音もたてず、近づいて来る。鼓動《こどう》が速くなり、お清は気息《いき》を整えようと、口を開けた。

「お清さん、大丈夫ですよ」

お梅が座ったまま、お清を見上げてきた。視線は絡み合わないけれど、お清に向けられた気配は感じ取れる。肩の力がするりと抜けた。

お清は廊下に出る。黒い影はさらに近づいて人の形になった。男だ。

白髪の交ざる髪はきちんと結《ゆ》い上げられ、雀色《すずめいろ》の小袖と羽織は汚れも染みもなく、身体によく沿っていた。その小袖を尻端折りにして股引を穿いている。偉軀《いく》には程遠い細身であるのに、背筋が伸びた緩《ゆる》みのない姿勢と日に焼けた肌、眼光の鋭さがあいまって、つい足を引きたくなるような、身を縮めてしまうような力を感じる。廊下に立つお清の前で、男はゆっくりと頭を下げた。

お清は唇《くちびる》をかみしめた。また、身体に力が入り強張っていく。

「お内儀さん、相生町《あいおいちょう》の親分さんですよ」

お加代が耳元で囁《ささや》いた。

「ええ、わかってますよ。親分さん、お久しぶりでございますね」

お清はその場に腰を落とした。膝の上で手を重ねる。

「御用聞《ごようき》きの仙五朗《せんごろう》でやす。覚えていてくださいやしたか。随分と、ご無沙汰でやしたが」

「忘れるわけがありませんよ。いろいろとお世話になりましたのに」

今津屋《いまづや》の内儀の顔になり、お清も低頭する。

仙五朗と初めて顔を合わせたのは、義父母が惨殺《ざんさつ》された翌日だった。本所深川《ほんじょふかがわ》を縄張りとする岡《おか》っ引《ぴき》は、草野《くさの》という定町廻《じょうまちまわ》り同心の手先として働いていた。そのとき、この男に纏《まつ》わる諸々を奉公人の一人が耳に入れてくれたのだ。

〝剃刀《かみそり》の仙〟との異称を持つ凄腕だとか、他の岡っ引のように強請《ゆす》り集《たか》りに近い真似は決してしないとか、本業は髪結い床《どこ》の主《あるじ》だが店を切り回しているのは女房で、どんならず者も震えあがる〝剃刀の仙〟が唯一頭が上がらない相手だとか、概《おおむ》ね称賛に近い話ばかりだった。現に向き合ってみても、粗暴《そぼう》さなど微塵《みじん》も感じさせない、むしろ、落ち着いた穏やかな佇《たたず》まいだったことを覚えている。結局、下手人《げしゅにん》はわからないままで、それを心底詫《わ》び、無念さを滲《にじ》ませていた姿も思い出された。

あまりに陰惨な事件ではあったが、お清は仙五朗という岡っ引に嫌な思いを抱いたことは一度もない。けれど、今、用心の気持ちが膨れ上がる。

名うての岡っ引は何のために、ここに来たのか。

義父母の件ではないだろう。あれは、あまりに遠い昔になってしまった。今さらない。つまり、新たな何かを背負って、この男は現れたのだ。新たな何か……。

血の匂いを嗅《か》いだ気がした。義父母が放っていたどろりと粘っこい臭《にお》い。一度、身体の内に入り込んだら、こびりついて消えないような、それでいて微《かす》かに甘やかな匂いだ。

「実は、今津屋さんにお伺いしたいことが二、三ありやしてね。お留守だってんで出直そうかとも思案したんでやすが、そうのんびりもできねえ事情なんで。できれば、お内儀さんと話をさせていただきてえと厚かましいのを承知で参りやした」

お清の胸の内を量ったように、仙五朗が告げる。それから眉を心持ち、上げた。座敷からお梅と十丸が出てきたのだ。十丸の首には綱が括《くく》られ、その先をお梅が握《にぎ》っていた。綱には紅色の紐が編み込まれている。十丸はもう唸りも吼《ほ》えもしなかった。

「お清さん、わたしはこれで失礼いたします。また、おってご連絡いたしますので」

「あ、あ、ちょっと待ってください」

とっさにお梅を呼び止めていた。

「あの、もしよろしければ、もう少しだけ……ええ、もう少しだけ、ここにいてくださいな」

お加代が眉を顰《ひそ》めた。眼付きに咎《とが》める気配が浮かぶ。

自分でもなぜ、こんな頼みごとをしているのか解せない。とっくに揉み療治は終わっているのだ。「ありがとうございました。次もお待ちしておりますね」と見送るのが筋だろう。岡っ引とのやりとりを他人に聞かせていいとも思えない。お加代が咎めるのは当たり前だ。けれど、呼び止めずにはいられなかった。

嫌な気分だ。この先、抜き差しならない羽目に追い込まれそうな、思わぬ窮地《きゅうち》に陥《おちい》りそうな、足元から全てが崩れていきそうな不安が、心内を浸してくる。

お梅に傍にいて欲しかった。支えてもらいたい。

寄る辺ない孤児のようだ。いい歳をして恥ずかしい。こんなに弱い者だったのかと情けなくさえある。けれど、不安や怯《おび》えの方が勝った。

当のお梅は空に顔を向けたまま「でも」と呟《つぶや》いた。それから、意外なほど明瞭《めいりょう》な声で、

「わたしは他所《よそ》の者ですけれど、親分さん、わたしがここにいても構いませんか」

そう問うた。問われたのはお清ではなく、仙五朗だ。仙五朗はほんの束《つか》の間、お梅と十丸を凝視した。十丸の白い耳が一度だけ、ひくりと動く。

「へえ。あっしはまったく拘《こだわ》りやせんが。お内儀さん、こちらの娘さんは？」

「あ、はい。揉み師の先生です。お梅さんと仰って、とても評判の揉み師さんなんですよ」

仙五朗が大きく息を吸った。

「ああ、お噂はあっしの耳にも入ってやす。どんな凝《こ》りでもほぐしちまうって大層な評判になってやすね。けど、こんな娘さんだとは知りやせんでした。驚きやした」

その物言いも表情も柔らかく、優しい。好々爺《こうこうや》と呼んで差し支えない物言い、表情だ。

「梅と申します。出過ぎた真似ならお許しください。すぐに退散いたしますので」

「いやいや、とんでもねえ。迷惑な客なのは、あっしの方なんでね。お内儀さんがよ

ろしいのなら、お梅さんとやら、どうぞ好きになさってくだせえ」

「では、そのようにさせていただきます」

お梅がその場に屈《かが》み込む。十丸も寄り添うように伏せた。

お清は我知らず安堵《あんど》の息を吐《つ》く。

「では、親分さんもお梅さんも座敷にどうぞ。お加代、お茶を運ばせておくれ」

「あ、いや、ここで結構でやす。えっと、お加代さんですか、茶はいりやせん。楽しい用で来たわけじゃねえんで、どうぞ、気遣いねえように。ただ、ちょいと腰かけさせてもらいやすよ。年寄りには立ちっぱなしはきついもんでねえ。どっこいしょっ」

わざとだろう、仙五朗はおどけた仕草《しぐさ》で廊下の縁に座り込んだ。

「今日みてえな天気の日にお聞かせする話でもねえんですが、あっしらの仕事ってのは、お天道さまに背くようなところがままありやして、勘弁《かんべん》ですぜ」

庭の隅で地面を啄《ついば》んでいた雀たちが、一斉に飛び立つ。

「女が一人、殺されやした」

雀がいなくなった隅を見やりながら、仙五朗が言った。お清は「え？」と聞き返していた。

「女が殺されたんでやすよ。しかも、あっしの住処《すみか》のある相生町でね」

指を握り込む。口の中が瞬く間に干上がっていくみたいだ。

「殺された……んですか」

「へえ。お吟《ぎん》という女で、相生町の赤松店《あかまつだな》って長屋に一人住まいしておりやした。三十路《みそじ》をとっくに過ぎた大年増《おおどしま》じゃありやすが、昔、深川で褄《つま》を取っていたらしく、まだ、なかなかに色っぽかったと、これは同じ長屋の男連中の言でやす」

「その人が殺されたんですか。死んだのではなく殺された？」

「ええ、どう見ても殺しでやしたよ。自死でもなければ病死《やみじ》にでもねえ。お吟は誰かに殺されたんでやす。三日前のこってすがね」

顔が歪《ゆが》んでしまう。あの血の匂いが生々しくよみがえってくる。

「すいやせんね。殺したの殺されたのなんて物騒な話で。大丈夫《でえじょうぶ》でやすか？　お内儀さん、顔色が悪いですぜ」

「はい、大丈夫です。思い出してしまって、あの……義父母の姿を……血塗《まみ》れの……」

「あれは惨《むご》うござんしたからね。けど、お吟はさほど血を流していたわけじゃねえんで」

「血が流れてない？」

繰り返してしまった。仙五朗はお清の方に向き直り、はっきりと頷《うなず》いた。

「お吟は首を絞《し》められて、つまり縊《くび》り殺されていたんで。こんな風に」

仙五朗は自分の首を伸ばし、二度ばかり手を回した。それから音を立てて首筋を叩く。

「ここんとこに腰紐が巻き付いてやしたよ。それで、ぎゅっと殺《や》られたんでやすね」

「まあ、何て恐ろしい。で、その人、なんで殺されたりしたんです」

黙って聞いていたお加代が、身を乗り出してきた。前のめりになって、尋ねる。

「お加代、はしたない真似はおよし」

ぴしりと叱《しか》る。お加代は昔からこの手の話が好きだった。読売《よみうり》や草双紙《くさぞうし》を手に奉公人たちと、どこぞの隠居《いんきょ》が妾《めかけ》とその情夫《じょうふ》にめった刺しにされただの、猪《いのしし》が猟師の腹を引き裂《さ》いただの、さる寺の井戸に裸の女が浮かんでいただの、何とも胡散臭《うさんくさ》い、かといってまるっきりの作り物でもなさそうな話にしょっちゅう花を咲かせている。普段はどちらかと言うと寡黙《かもく》で物静かな女だけに、頰《ほお》を紅潮《こうちょう》させ、夢中でしゃべっている様がちぐはぐなようにも、おかしいようにも感じていた。

お加代は肩を窄《すぼ》め、身を引いた。仙五朗が場をとりなすように、「気になるとこでやすよね」と頷いた。

「お吟の前身からすると痴話《ちわ》がらみかと勘繰《かんぐ》りたくもなるんでやすがね、どうも別の話にもなりそうなんで。というのが、お吟は小金を貯《た》めていたらしくて、いつも身綺麗にしてやしたし、暮らしには困らないのだと常々周りにもしゃべっていたとのこってす。ところが、その小金とやらがどこを捜しても出てこねえんで」

「では、物盗《ものと》りですか」

一人暮らしで小金持ちの女が殺され、金品を奪われる。

悲惨ではあるが、さほど珍しいわけでもない。お清の耳にさえ、似たような事件はたまにだが入ってくる。江戸とは、そういうところだ。目まぐるしく人の生き死にが繰り返される。女の腹で育ち、月満ちて呱々《ここ》の声をあげる。生まれ方はさほど変わりないが、最期《さいご》、死に方は様々だ。天寿を全《まっと》うできる者、自ら命を絶つ者、病に蝕《むしば》まれて尽《つ》きる者、思いがけぬ怪我《けが》が因《もと》で亡くなる者、土壇場で首を落とされる者、そして、殺される者。

江戸には死に方の曼荼羅《まんだら》がある。その内で一際紅色を濃くするのは、尋常でない死、殺される者の図だろうか。仙五朗は、その有り様を知り尽くしているはずだ。

「その見込みは、かなりありやす。お吟の財布や貯めていた小金ってのが、見つからねえんでやすからね。誰かが持って行ったとしか考えられねえんで」

「そうですか。それは、お気の毒にねえ。江戸は怖いところです。気を付けないと」

小金のある女の一人暮らし。江戸のごろつき連中からすれば、かっこうの獲物ではないか。用心の上にも用心を重ねねば生きていけない。お吟という女はその用心を疎《おろそ》かにしたのだろうか。

「そこなんでやすよ」

仙五朗がすっと背筋を伸ばした。

「長屋の住人に聞き込みやすと、お吟は人一倍用心深い性質《たち》だったようで、日が暮れると必ず戸にはつっかえ棒をしてたとのことでやす。戸締りだけでなく、何事もきちっとしてなきゃ収まらない性分《しょうぶん》で手拭いの干し方ひとつにも拘るような女だったようでねえ。ええ、その戸が少しばかり開いていたので、おかみ連中の一人が訝《いぶか》しみ、中を覗《のぞ》いた。そしたら、お吟の死体が転がっていたって顛末《てんまつ》になりやす。で、そのおかみ、おしげって女なんでやすが、おしげによると、お吟が戸締りもしないで寝てしまうなんてあり得ねえって話で、他の長屋の者も口を揃《そろ》えて同じことを言いやした」

「それなら、外から誰かが無理やりに開けて押し入った。そういうことですか」

いやいやと仙五朗がかぶりを振る。

「お内儀さんは長屋住まいなんて縁が無いので、わからねえでしょうが、裏長屋なんてのは隣近所の音がみんな筒抜けになっちまうものなんですよ。つっかえ棒をしている戸を押し開けたりしたら、その物音に周りが気が付かねえわけがありやせんよ」

「あ、なるほど」

首肯《しゅこう》はしてみたが、その後が続かない。仙五朗の言う通り、長屋の暮らしなど何一つ知らないのだ。

「では、中から開けたということになりますね」

お梅の声がぽんと背中にぶつかってきた。年相応の明るく澄《す》んだ声音《こわね》だ。仙五朗がお清の肩越しに視線を投げる。

「へえ、さいです。つっかえ棒はきちんと戸の横に立て掛けてありやした。お吟がいつも置いていた場所に、でやす。お吟が開けたと考えて間違いねえでしょう」

「でも戸を開けたのは、かなり夜が更けてからなのでしょう」

「でやすね。死体の強張り具合からして、殺されたのは相当に遅い刻《とき》でやす。その前に、お吟は戸を開けて、誰かを入れたってことになりやすかね」

「そして、殺された」

「さいで。もっとも殺されるとわかって戸を開けたわけじゃねえでしょうが」

「物音はどうなのでしょう。人一人が殺されたとなると、かなりの音がするのではないですか。そのお吟さんて方がほとんど手向かいしなかったのなら別ですが。でも、絞め殺されたとなると相当、苦しいでしょう。逃れようと暴れるのではないでしょうか。わたしも長屋暮らしをしたことがありますが、壁なんてあってないようなもの、衝立《ついたて》とそうかわらないですよね。隣で子どもを叱るおかみさんたちの声なんて、ほとんど筒抜けでしたから」

ましてや人一人が殺される際の音となると……。

お梅が口にしなかった言葉を悟り、お清は背筋を震わせた。

「ところがね、聞いてねえんですよ。お吟の右隣は鋳掛屋《いかけや》の夫婦、左には灯心売《とうしんう》りの男が住んでやすがどちらも何の音も聞かず朝までぐっすり、おしげの悲鳴で家から飛び出したって寸法《すんぽう》でやす」

「変ですね」

お梅が首を傾《かし》げる。

「変でやすよ」

仙五朗が答える。前々からの知り合いのように、息が合っていた。

「では、お吟さんはどこか他所で殺されて、夜半に家に運び込まれたのでしょうか」

「いや、殺されたのは間違いなく家の中でやす。こういう話はちょいと毒々しいかもしれやせんが、殺されるときにお吟が吐いた血の跡《あと》が残ってやした。他所で殺ったとは思えねえんで」

「それならば、お吟さんは暴れられず、声も出せない風だった。抗《あらが》う力を失っていたのでしょうか。例えば酔い潰《つぶ》れていたとか、痺《しび》れ薬を飲まされていたとか」

仙五朗は真顔で「それも考えられやせん」と、否《いな》んだ。

「お吟からは酒は臭ってきやせんでした。物がわからなくなるほど呑んだなら、相当の量になりやすから、必ず臭うはずでやす。薬の方は、あっしも疑って調べちゃみやしたが、詳しくはわからず終《じま》いでやした。ただね、人は容易《たやす》く痺れ薬だの毒だのと言いやすが、そんなものを他人に飲ますのは至難の業《わざ》でやすよ。自分で意を決めて飲むならまだしも、何かに混ぜて知らぬ間に飲ませるなんて、そうそうできるこっちゃあねえんで。茶に入れようが酒に盛ろうが、たいていは口にしてすぐに吐き出しちまいます。飲んだら飲んだで、苦しんでもがきまわるでしょうし、もがけば何かしらの物音はするはずでやすよ」

「ああ、確かに仰る通りですねえ」

お梅が指先を頰に当てた。独り言のように呟く。

「でもそれならなぜ、誰も物音を聞かなかったのでしょうか」

おとなしくお梅の傍《かたわ》らに伏していた十丸が、つっと顔を上げた。口元が僅《わず》かに動く。何かを囁いた風に、お清には見えた。

犬が囁く？　そんなこと、あるわけない。

死んだの、殺されたのと不穏な話を聞き過ぎて、目までおかしくなったのだろうか。

「一つだけ考えられるのは、物音を立てる暇もなかったってこってすかね」

仙五朗は懐《ふところ》から手拭いを取り出すと、左右に強く引っ張った。

「お吟はどちらかといえば華奢《きゃしゃ》な身体付きでやした。首も細かった。後ろから紐か何かで思いっきり絞めれば、あっという間に縊り殺されたかもしれやせん」

「でも、それには相当な力がいります。女、子どもには無理でしょうね」

「とも言い切れやせんが。まあ、下手人は男の見込みは高えでしょう。間夫《まぶ》なのかどうかはわかりやせんが、お吟は夜、男をそっと呼び入れ、そこで殺《や》られちまったんじゃねえでしょうか。ただ、罵《ののし》り合いや大声が隣に響いてねえことから考えると、揉め事が起きてとっさに殺したってわけじゃねえみてえでやす。夜半の客人とやらは端《はな》からお吟を殺すつもりでやってきた。お吟の方は、そんなことは思いもよらず戸を開けた。そういう経緯《いきさつ》になると思いやすがね」

「お吟さんには、そういうお相手がいたんですか」

お梅に顔を向け、仙五朗が瞬《まばた》きした。お清もつい見詰めてしまう。評判の揉み師とはいえ、若い女が〝剃刀の仙〟に臆する風もなく、言葉を交わしている。仙五朗の物言いが険しいわけでは決してないが、やりとりの中身は相当に惨い。なのにお梅からは怯えはもちろん躊躇《ためら》いすら伝わってこなかった。

この娘はいったい……。また思い、唾《つば》を呑み下す。

「それが、いねえんですよ。少なくとも、あっしの網《あみ》には一匹も引っ掛かってきやせんでした。お吟って女は、昔はいざ知らず今は身綺麗に暮らしていたようでね。正直、大方、色恋の縺《もつ》れから間夫に殺られた。下手人はすぐにとっ捕まえられると踏んでいたんでやすが、ちっと甘かったようで。ええ、かなり入念に調べ回ったつもりでやすが、鼠《ねずみ》一匹、出てきやせん。かといって、盗人《ぬすっと》の仕業とも考え難《にく》くてねえ。有り体《てい》に言っちまえば、ちょいと袋小路に入っちまいやしてね」

「それで、こちらにいらしたのですか」

「さいで」

お梅と仙五朗のやりとりが耳に突き刺さってきた。

それで、こちらにいらしたのですか。

さいで。

言葉が鏃《やじり》のようにお清を射貫《いぬ》く。そうだ、そうだった。一番に問わなければいけないことを忘れていた。親分さん、あなたはなぜ、ここに来たのですか。

「それ、どういう意味です」

お清より一息分早く、お加代が口を開いた。

「裏長屋の女が死のうが殺されようが、今津屋に何の関わり合いがあるんです。そりゃあ、気の毒ですよ。殺されるなんて、ほんとうに気の毒な人だとは思います。けどね、こう言っちゃあなんですが、殺されなきゃならないだけの理由《わけ》があったんじゃないんですか。男を誑《たぶら》かしたとかそういう類《たぐい》の理由がね。どうであっても、今津屋には縁もゆかりも無いでしょう。ちょいと親分さん、聞いてますか。変な言い掛かりは無しですよ。え、何ですか？」

お加代が顎《あご》を引く。仙五朗が薄く笑っていたのだ。

「いえ、あっしも長《なげ》えこと御用聞きをしてやすが、人ってのはおもしれえもんだとつくづく思うんでやすよ。内と外がうらはらなようで、実は密に繋《つな》がってるあたりがね」

「え？　何のことです。誤魔化さないでくださいよ」

お加代は今度は挑《いど》むかのように顎を上げた。

「誤魔化してるのはそっちじゃねえですかい。誤魔化そうとして、あるいは内心の揺れを気取《けど》られたくなくて、ついつい捲《まく》し立ててしまう。お加代さんみてえな人は、けっこういやすよ。あっしは似たような御仁《ごじん》を何人も見てきやしたねえ」

「ま……」

お加代の顔が一時《いっとき》に紅《あか》くなった。図星だと明かしたようなものだ。お清は思わず目を逸《そ》らし、自分の手元に視線を落とした。

「それにね、どんなやつだって、殺されなきゃならない理由なんてありやせんよ。お上のお裁《さば》きはお裁きとしても、人が人を殺しても構わない理由なんて、この世には一つもねえんだ」

俯《うつむ》いたまま、岡っ引が淡々と語る声を聞いている。

そうなのだろうか。人が人を殺していい、どんな由もないのだろうか。

「お内儀さん」

仙五朗に呼ばれる。顔を上げなければならない。もう誤魔化しきれないのだ。

背中が微《かす》かに温かくなった。いつの間にか、お梅がすぐ傍らに座っている。その手が背中をそっと撫《な》でていた。撫でられるたびに、ほわりとした温もりが身体に染みてくる。先刻、揉んでもらったときの快さが、血が巡り凝りが融《と》けていく心地よさが、よみがえる。

深く息を吸い吐いて、お清は背を伸ばした。

「はい」

短く返事をして、名うての岡っ引と目を合わせる。お梅が手を引っ込め、身を引いた。片手が十丸の首紐を摑《つか》んでいたから、この白い犬が導いているのだとは察せられはするが、それにしても動きが滑らかだ。

「あっしが、どうしてここに来たか察しておられやすね」

お梅が引くのを待っていたかのように、仙五朗が続けた。お清は頷く。

「そのお吟さんて方、亭主と関わりがあった人なんですね」

今度は仙五朗が首肯した。お加代が吐息を漏《も》らす。

「やっぱり、知ってやしたか」

「亭主に女がいたことは、わかっています。それがどういう女かまでは存じておりませんでした。ただ、素人《しろうと》ではないだろうとは思っておりましたが」

「今津屋さんは、玄人好みなんで？」

「そういう癖《くせ》はあったかも、いいえ、今でも続いているかもしれません」

「お吟とは、切れていたとお考えでやすか」

「はい」

与三郎《よさぶろう》には女がいた。お清が嫁いでくる前から通っている女がいた。そのことを知り、若いお清は泣きながら亭主を詰《なじ》ったけれど、逆に「おまえは退屈で窮屈《きゅうくつ》だ」と責め言葉を返されただけだった。

あのときの女はお吟という名ではなかった……気がする。どんな名だったか忘れてしまった。その女との仲が終わった後も、与三郎は何人か馴染みの女を拵《こしら》えていたらしい。お吟が何番目の女なのか、どういう経緯で結び付いたのか知らない。知る気もない。

「切れていたと思いますよ。うちの亭主が囲っていたのなら、仕舞屋《しもたや》ぐらいは用意したでしょうからね。裏長屋に住まわすような真似はしなかったはずです」

義父母が亡くなってから、今津屋の全ては与三郎のものになった。遊ぶための金子《きんす》、女のための銭くらいは融通できるだろう。与三郎の性分からして、裏長屋の女の許《もと》に足を運ぶとは考えられない。

お清は仙五朗に思ったままを語った。我ながら白々とした口調だと感じる。

「ですからね、その殺されたお吟さんとは昔々、良い仲だった。それだけに過ぎないんじゃないでしょうか」

「なるほど、よくわかりやした。今津屋さんにしてもお内儀さんにしても、お吟は昔の女、今は何の関わりもねえと仰るんですね」

「だと思います。むろん、言い切れはしません。どうぞ、亭主にとことん訊《き》いてみてくださいな。ついでに、今、縁のある女がいるのかどうかも聞き出してもらいたいですね」

「お内儀さん」

お加代が首を左右に振った。いらぬことを言ってはなりませんと諫《いさ》めているのだろう。

構うものかと、思う。昔の遊びの付けがこんな形で回ってくるのも人の世の不思議さ、怖さではないか。ならば、心底から驚くなり、怯えるなりすればいい。

相生町の裏店《うらだな》で昔馴染みの女が殺された。

その事実を与三郎がどう受け止め、どう振舞うか。小心な一面をさらけ出して慌てふためくのか、今津屋の主人の体面を保とうと平気を装うのか。見物《みもの》ではないか。

「子を産んだことがあるらしいんでやす」

仙五朗が身動《みじろ》ぎする。視線はお清に注がれたままだった。一息を吐き出し、ああそうですかと答えた。暗に、それが何なのだと突き放したつもりだった。

「お吟てのはけっこう身持ちが堅《かた》い女でしてね、深川で棲を取っていたころも婀娜《あだ》や身体じゃなく芸で食っていて、それを矜持《きょうじ》にもしていたようなんで。昔からお吟を知っている者に当たっちゃあみたんですが、確かに男の影はほとんど出てこなかったんでやすよ。出てきたのはただ一人、今津屋のご主人、そのころはまだ若旦那だったでしょうが、与三郎さんだけだったんですがね」

奥歯を嚙み締めていた。膝の上に重ねた手に力を込める。

「では、親分さんは、お吟さんとやらが産んだのは亭主の子だったと仰るんですか」

「わかりやせん。今となっちゃあ確かめる術《すべ》はありやせんからね。そのあたりも、できれば今津屋さんにお尋ねしてえとこじゃあるんですがね」

「その子は男ですか女ですか。今、幾《いく》つになってるんです」

我知らず身を乗り出していた。

商人は武士とは違う。男子系統に固《こ》持《じ》したりしない。血筋そのものに拘り続けることすら、良しとされない面もあった。要は、商才《しょうさい》の有無だ。店を存続させ、商《あきな》いを肥《こ》やしていける力、それを持っているかどうかで跡取りを決める。お清の知っている内にも、道楽者の嫡子を追い出し娘婿《むすめむこ》を主に据えた豪商や、奉公人の一人を養子に迎え跡継ぎとした店がある。それでも、商いの顔は男が担う。女の才覚が商いを回していたとしても、表立っては男が主でいる店が大半だ。まして、商売の勘《かん》と才を具《そな》えた男であったなら、商いの顔とも柱ともなれる者であったなら、それが我が子であったなら何よりの果報《かほう》であるはずだ。

息子の上松《うえまつ》は姉と違い、病弱で寝付くことが多い。お松が商才に長《た》けているとは思えず、今津屋のためには婿を迎えることも考えねばならないかと、そこまでお清は思案していた。思案だけで、与三郎と話し合ったわけではないが。

与三郎に二人より他に子がいたとしたら、その子が今津屋を継ぐに相応《ふさわ》しいと与三郎が見極めたとしたら、どうなるだろうか。

「生まれて間もなく亡くなったそうでやす」

仙五朗の一言に指が開いた。高所から低地に水が下り落ちるみたいに、身体の先から力みが流れ出ていく。

「女の子だったようで、芯の強いお吟が声を上げて泣いていたと、これはお吟の知り合いから直《じか》に聞きやした。泣いたところを見たのは後にも先にも、あの一度だけだったとも言ってやしたねえ」

「……そうですか」

そうか、亡くなっていたのか。もう、この世にはいない子だったのか。

お松も難産だった。すんなりと生まれてくれず、一昼夜まるまる苦しんだ。しまいには天井《てんじょう》から下げられた力綱《ちからづな》を摑む力もなくなり、目もかすみ、気が遠くなりかけもした。取り上げ婆《ばば》さまに「しっかりしなさい。あんたがしっかりしないと、赤ん坊が生まれてこられないんだよ」と頰を何度も叩かれた覚えがある。無事、産み落として数日経《た》っても頰の腫《は》れが引かなくて、お加代がこまめに冷やしてくれた。どうしてだか、それがおかしくて噴き出してしまった覚えもある。小刻みな笑いは抑《おさ》えようとしても抑えきれず、いつまでも続いた。あれが、産後の箍《たが》が外れたというやつだろう。いろいろあったが、お清は赤ん坊を抱くことも育てることもできた。名を付け、〝おっかさん〟と呼ばれ、これまで一緒に生きて来られた。これからも生きていけるはずだ。けれど、お吟は叶わなかったのだ。何一つ、叶わなかった。

安堵の想いがわいてこない。もっと暗い、冷え冷えとした情に満たされる。子を失った母の嘆きがわかる。悲しみを生々しく感じられる。あまりに哀れだと、泣きそうになる。心内で情がうねる。熱く燃えて浮き上がり、暗く冷えて沈み込む。

疲れた。

「お内儀さん、いろいろ申し上げて、お騒がせしちまって申し訳ありやせん。最後に一つだけ、お尋ねしてえんですが」

仙五朗の口調に労《いたわ》りが混ざる。お清は、ほんの少しだが笑むことができた。

「三日前の夜、今津屋さんは家におられましたかね」

「まっ」と声を上げたのは、お加代だった。

「親分さん、ちょっと待ってくださいよ。それ、どういうことですか。まさか、まさか旦那さまを疑ってるんじゃないでしょうね」

声が上ずっている。明らかに狼狽《うろた》えていた。

「お加代、静かにおし。親分さんは、そんなこと一言も仰ってないだろ」

「疑っている口振りじゃないですか。いくら親分さんだって、旦那さまがどうしてたかを尋ねるなんて、無礼ですよ。まるで下手人扱いにして」

「馬鹿をお言いでないよ。お義父さん、お義母さんのときも同じことを尋ねられたじゃないか。親分さんはお仕事柄、関わりのある者にはみんなお尋ねになるんだよ。お忘れかい」

口調を険しくして、叱る。叱りながら訝しむ。

お加代は胆の据わった女だ。その胆力《たんりょく》に随分と助けられもし、支えられもしてきた。

義父母の無残な死を目《ま》の当たりにして気が滅入ってどうしようもなかったときも、与三郎の女遊びに涙していたときも、お加代が助け、支え、励ましてくれた。お加代が何かに動じたり、乱れたりする姿をお清は知らないし、泣いているところも目にしたことはない。

そのお加代がさっきから、妙に浮ついている。地に足が着いていないというか、やたら声を荒らげるし、情を露《あら》わにする。

内心の揺れを気取られたくなくて、捲し立ててしまう。

先刻、仙五朗はそう見抜いた。では、今はどうなのだろう。

お加代、おまえ、何か知ってるのかい。何か隠しているのかい。

「その通りでやすよ。一通り、尋ねてやす。お加代さんの気に障《さわ》りやしたら勘弁ですぜ。けど、尋ねねえことにはあっしどもの仕事は前に進まないんでねえ。いやいや、ほんとに嫌な気持ちにさせちまいやすよね。つくづく因果《いんが》な役目でやすねえ」

仙五朗は苦笑いを浮かべ、肩を竦《すく》めた。眼は笑っていない、鋭い光を湛《たた》え、お加代を窺《うかが》っている。お清は胸を張った。

「わからないんですよ、親分さん」

仙五朗の眼差しが、お加代から自分に移ったのを確かめて続ける。

「夫婦の話を打ち明けるのもどうかと思いますが、このところ与三郎とは寝所を別にしておりましてね。あたしが夜中にうなされることが多くて、それが怖いしうるさいと言われてしまったんですよ。あたしにすれば、亭主のいびきの方がずっとうるさいと思ったんですが」

「なるほど。それはいつぐれえからで」

「もう、半年になりますかね。でも、お梅さんに揉んでいただいて、今夜からはうなされるどころか夢も見ないで、ぐっすり眠れそうですけどね」

「ふーむ。寝所が別だから今津屋さんが夜、どうしていたかわからないってこってすか」

「ええ。三日前、夕餉《ゆうげ》の席にはいましたよ。その後は知りません。あたしはあたしの部屋に籠《こも》っていましたから」

「夜半に出ていっても気付かねえと？」

黙っていた。それは十分、答えになっていただろう。仙五朗が腕組みして、束の間、空を見上げた。「お内儀さん、あれ」。お加代が軽く顎をしゃくった。廊下の端から、手代《てだい》が一人、急ぎ足にやってくる。

「お内儀さん、旦那さまが、今、お帰りになりましたが」

仙五朗を横目で窺い、手代は早口で告げた。

「ああ、そうかい。ではすぐにこちらに回ってもらっておくれ。相生町の親分さんがお待ちですよと、伝えるんだよ」

「かしこまりました」

手代は来たときよりさらに足を速め、駆けるように去っていった。その足音が消えたとき、お梅が立ち上がる。紅色の紐を握り、静かに一礼した。

「では、わたしはこれで」

「お帰りになりますか。お梅さん、あの……」

「またすぐ参ります。必ず参りますから。さ、十丸、帰りましょう」

お清は浮かしていた腰を下ろした。日差しが翳《かげ》る。雲が出てきたのだ。

お梅の後姿を見送りながら、お清は、思いがけない風の冷たさに震えた。

四　夢の稲穂

「あまり深入りしないがいいぞ」と、十丸《とおまる》が呟《つぶや》いた。

お梅《うめ》は振り返り、闇に浮かぶ白い姿を見詰めた。

犬ではない。人でもない。人は銀鼠色《ぎんねずいろ》の髪などしていないし、眸《ひとみ》の中に同色の輪を宿したりもしていない。では何なのだと問われても、お梅には答えられないことが不安でも重荷でもないから、別にいいと思う。十丸は十丸だ。そうとしか言いようがない。

十丸はいつも、闇に白く浮き出している。晴眼《せいがん》の人には白い大きな犬に見えるらしく、「まあ、立派な尻尾《しっぽ》」とか「ご主人を守っているのか。偉いもんだ」とか、ただ「怖い」とか「かわいい」とか様々な声を掛けられていた。

今は家だから、お梅と十丸の他には誰もいない。いや、縁側《えんがわ》で痩せた猫が一匹、餌《えさ》を食べている。痩せていることや先の丸まった薇《ぜんまい》の若芽みたいな尻尾をしていることはわかるけれど、毛色までは無理だ。お梅には見えない。ただ、いつもふらりと現れて餌をねだり、ときに短い午睡《ごすい》をしていく猫が子を産んでまもないとは察せられた。微《かす》かに乳の匂いがするのだ。それに腹を撫《な》でると指先に乳首が触れた。

春に生まれた赤子は育ちやすいと言う。人間も猫も同じだろう。

「ちゃんとお乳は出てるの？　赤ちゃんは元気？」

話しかけながら、魚の粗《あら》を与えたところだった。猫はくわえて逃げるでもなく、その場で食らいつき、音を立てて食べている。

「この猫のこと？　居ついたら居ついてもいいと思ってるのよ。悪さをする鼠が出なくなるかも。あんたじゃ、鼠避《よ》けにはならないでしょ」

「どうして、おれが鼠など相手にしなきゃならん。ふざけるな。それに、猫ではなくヒトだ。おれは人の話をしているのだ」

「人の話？」

「そうだ。ヒトで男の話をしている。あの男には、あまり深入りせぬがいいぞ」

猫が一声鳴いて、庭に飛び降りた。微かな足音でわかる。腹がくちくなったので、子どもの許《もと》に帰るのだろう。粗を入れた器《うつわ》に指を這《は》わせてみると、一欠《ひとか》けらの骨も残さず平らげていた。障子《しょうじ》を閉め、お梅は十丸の座っている板場まで歩いた。家の中はきちんと片付き、どこに何があるのか全て頭に入っている。動き回るのに苦労はない。

「あの男って、岡《おか》っ引《ぴき》の親分さんのこと。今津屋《いまづや》で会った」

「ああ」

と、短く返事をしたきり、十丸は黙り込んだ。風もないのに、銀鼠色の髪が揺れる。もっとも、十丸と二人でいること他の人々がいて、暮らしというものがある現《うつつ》の世は繋《つな》がっていながら、別のものだ。風がなくとも髪はなびき、雨が降らずとも濡《ぬ》れそぼつ。現とは異なる時の流れがあり、異なる者たちが住まう。

お梅は、光を失ったのと引き換えに別の世界を手に入れた。人々が当たり前としている世も別の世も感じ、触れ、知ることができる。それは幸せだ不幸せだ、得だ損だと二分できるものではない。どちらなのかどちらでもないのか、お梅自身さえ摑めていない答えなのだ。摑みたいと望んでもいないが。

お梅は受け入れた。二つの世に身を置く自分を自分で受け入れた。

それだけのことだ。

ただ、ふっと懐《なつ》かしくなることはある。鮮《あざ》やかな色が懐かしい。幼いころ確かに見た空の青だとか、木の枝に止まっていた小鳥の明るい緑だとか、地に落ちた牡丹《ぼたん》の花《はな》弁《びら》の紅《くれない》だとか、そんなものを時折、思い出す。思い出せば懐かしさが滲《にじ》む。それだけだ。滲んだ情は滲んだだけで溢《あふ》れも、流れもせず、いつの間にか消えてしまう。

現の色はもう見えないけれど、現の気配は誰より敏《さと》く、強く、感じ取れた。現の色
に惑わされない人の有りようだ。

「あの人、そんなに剣呑《けんのん》じゃないでしょ」

十丸が顔を向け、眉《まゆ》を寄せた。

「お梅は、そう感じたのか」

「ええ、少なくともわたしたちを害するような人じゃないはずよ」

一息吐き出し、「稲穂」とお梅は告げた。

「あの親分さん、稲穂に似ているんじゃないかな。まっすぐ伸びて、実った頭《こうべ》を垂れている。風が吹くと揺れて、いい音を立てるの。シャラシャラって」

お梅にはそう見えた。

「稲穂は恵みにはなっても人を傷つける道具にはならないはずよ」

十丸は答えない。ふんと、鼻を鳴らしただけで黙り込む。

お梅は構わず続けた。

「わたしが気になるのは親分さんじゃなくて、お清《きよ》さんの方なのよ」

「ああ、そう言えば、おまえ、自分から言い出して次の約束を決めたりしていたな。

それも近いうちにとか、なんとか」

「ええ」

「また無茶をやると呆《あき》れていたのだ。そうでなくとも、番待ちの客はびっしりだろうに」

「そうなの。口にしてから、これは無茶なことだと思ったけど……でも、行かなきゃいけない気がする。いえ、行かなきゃならないの。それでね、十丸」

十丸ににじり寄る。にじり寄られた方は一言「嫌だ」と吐き捨てた。

「まだ何にも言ってないでしょ」

「言わなくてもわかる。お昌《まさ》のところに使いに行けと言うのだろうが」

「あら、御明答《ごめいとう》。その通りよ。お昌ちゃんを呼んできてほしいの。また、仕事の段取りを整え直してもらわなきゃいけないから。いろいろ細《こま》かく話をしたいの」

「嫌だ。あいつは、おれを見るとやたら触ってくるんだ。あちこちを撫で回して、抱き着いて、頬《ほお》ずりまでしてくる。耳の穴にまで指を突っ込んでくるんだぞ。しかも、餡子《あんこ》の臭いをぷんぷんさせてだ。たまらん。できる限り近寄りたくないし、近寄って欲しくない」

「お昌ちゃんはあんたが大好きなのよ。好きって気持ちを蔑《ないがし》ろにしちゃ駄目よ。それに、あんたは現の世では犬なんだから。利口な犬らしく振舞わなきゃあね」

「何だ、利口な犬らしくってのは?」

「撫でられたり、抱き着かれるのが好きで、餡子の匂いも好きなの。ついでに子どもも好きなのよ。それが犬ってもんでしょ」

「そんな手前勝手な決めつけ、止《よ》してもらいたいね」

十丸はもう一度、鼻を鳴らしたが、すぐにため息を一つ吐《つ》いて立ち上がった。

「仕方ない。行ってやる」

渋面《じゅうめん》になり、もう一度、さっきより長い息を吐き出す。

「ありがとう。あ、十丸」

「まだ、何かあるのか」

十丸がさらに顔を顰《しか》めた。

「もう一つだけ頼みたいことがあるの。あのね、先生を呼んでもらえないかしら」

「爺《じい》さまを?」

「ええ、どうしてもご相談したいことができてしまって。お願いできる」

「それはまあ、できなくはないが」

十丸が目を狭《せば》める。銀鼠色の輪が光の筋となって煌《きら》めく。

「わかった。お梅が逢いたがっていると伝えておく。爺さまは、お梅がお気に入りだからな。ほくほくしながらやってくるさ」

十丸は背を向けると闇に融《と》けた。

とたん、現の音や匂いが戻ってくる。

お梅と十丸が住む仕舞屋《しもたや》は表通りからやや奥まった場所に建っている。おかげで静かだ。江戸のざわめきは途切れ途切れにしか届いてこない。それでも、物売りの声や人々の足音が密《ひそ》やかに響いてきたりもする。魚の焼ける匂いや花の香を強く嗅ぐときもある。子どものはしゃぐ声と共に、子どもだけが持つ日向《ひなた》の香りを感じることもしばしばだ。かと思えば、誰が前の道を通ったのか、妙に冷え冷えとした気配が寄せてくることもある。

この世は様々だ。

色も香りも人の心も生き方も、様々にうねっている。決して一色でも、一音でも、一香でもない。あらゆるもので満ち溢れている。人そのものがそうだった。一つの枠に容易《たやす》く嵌《はま》りはしない。無理に嵌めてしまえば、多くのものが零《こぼ》れ落ちてしまう。

もう二年も前になる。お梅の客に一人の隠居がいた。大店《おおだな》の主人だった男で、五十手前で息子に家督《かとく》を譲り、小体ながら趣《おもむき》のある一軒家を隠居場としていた。金も暇も有り余るほど手にした男を誰もが羨《うらや》んだ。

「同じ人に生まれても、旦那さまとあたしたちじゃ生きる日々がまるで違うんだねえ。比べるのもどうかと思うけど、ほんと羨ましいよ」

隠居の揉《も》み療治の後、お梅に茶と菓子を出してくれた女中もそう言った。声音《こわね》からすると四十絡《がら》みらしい女はお浜《はま》と名乗り、何の前触れもなくお梅にあれこれと話を始めたのだ。

近くの裏長屋からの通いで、子はなく、亭主は中風《ちゅうぶ》を患《わずら》った後に一年以上、寝たきりになり前年の仲秋《ちゅうしゅう》のころに亡くなったという。

「あたしもねえ、出来る限りの世話はしたつもりだけど、食うためには働かなきゃならないじゃないか。あたしも亭主も下総《しもうさ》の出でさ、まぁそれが縁で一緒になったんだけど、江戸には頼りにできる縁者も、知り合いもほとんどいなくて、あたしが働きに出ている間は亭主を放っておくしかなかったんだよね。長屋のおかみさん連中がちょいちょい気には掛けてくれたんだけど、みんな、それぞれの暮らしがあるものねえ、無理は言えないし、無理を言うならそれ相当のお返しもいるだろう」

自分も茶を飲み、菓子を頬張りながら、お浜は止めどなく話し続けた。

誰かに聞いて欲しかったのだ。

胸の内に溜まって蠢《うごめ》く悔《く》いや嘆《なげ》きや嫉《ねた》みを、しゃべることで吐き出してしまいたかったのだ。盲《めしい》た若い揉み屋は、後腐れのない格好《かっこう》の相手であったのだろう。

十丸がうんざりしているのはわかっていたが、お梅は茶をすりながら耳を傾けていた。隠居の凝《こ》りと女中のおしゃべりが、どこかで繋がっている気がしたからだ。それに、人の語る人の生き方はおもしろい。それが愚痴《ぐち》であっても、弱音であっても騙《かた》りでなければ聴くに値する。さらに、しゃべり吐き出せば、心の内の痼《しこり》が解《ほぐ》れることもままある。身体と同じく心も凝るのだ。身体が凝っても心が硬く強張《こわば》るとは言い切れない。しかし、心が凝れば身体は必ず常とは違う様相を示す。だから、しゃべることは大切なのだ。患者によっては、揉みと同じくらい有効だと、お梅は信じている。

「でね、しかたない、しかたないって自分と亭主に言い聞かせて、ここに通ってたんだよ。昨年の夏は暑かっただろう。ちょっとないほどの暑い日が続いたよね。あたしは、一人にしている亭主が気になって、気になってねえ。だって、一人じゃ水も飲めないぐらい弱ってたんだからさ。医者からも、この夏いっぱいは持たないだろうって言われてたしね。でも、亭主は生き延びたんだよ。もともと、意地っ張りな性分《しょうぶん》だったから医者の言葉にこんちきしょうって思ったんだろうね。夏を越して、ようやっと涼しい風が吹き始めたあたりに逝っちまったよ。あたしが仕事から帰ってみたら、夜具《やぐ》から這い出すみたいな格好で死んでた。厠《かわや》にでも行きたかったんだろうかねえ」

そこで茶を飲み干し、お浜は眼の色を翳《かげ》らせた。

「ここの旦那さまなんか、ゆったり揉み療治も受けられるし、高いお薬だって買えるじゃないか。一人で放っておかれることなんて、絶対にないだろ。旦那さまの半分、ううん四半分でも亭主に楽をさせてやりたかったよ」

お梅は湯呑を置き、お浜の声に向けて顔を上げた。

「でも、ご亭主は幸せだったんじゃありませんか」

「へ？　そんなわけないだろ。一日の大半をほったらかしにされて、身体も動かせなくて、厠にも行けなくて、ろくな手当もしてもらえないで死んでしまったんだよ。幸せなもんか」

「けど、お浜さんにここまで想ってもらえてたんだもの、ご亭主、喜んでいたのと違うかしら。大切に想ってもらえて、きっと幸せだったはずよ」

「あら。そんな……」

お浜の口調が少し若やぐ。頰は、ほんのりと染まっているだろうか。

「そんな風に考えたことはなかったけどねえ」

「考えてみるといいですよ。ご亭主とご隠居さまとどちらが幸せなのか、わかりませんもの」

「そうかねえ。あたしは旦那さまが羨ましくてたまらなかったけど……亭主はどうだったんだろう。違ったろうかねえ」

お梅は手の中の湯呑を握り、微笑《ほほえ》んでいた。

違うか違わないか、わからない。比べようがないことだからだ。幸せの大小、軽重はどんな秤《はかり》でも物差しでも測れない。

「あーあ」とお浜が、陽気な声を上げた。

「揉み屋さんに話を聞いてもらって、何だか気持ちがすっきりしたよ。ありがとうね。そうだよね、亭主に聞いてみないと亭主の気持ちなんてわからないよね。ああ、ほんとすっきりした。けどまあ、うちの旦那さまが羨ましいのは変わらないけどね」

はははとお浜は笑い、もう一度、お梅に礼を述べた。

どうだろうかと、お梅は首を傾《かし》げる。

揉んでみると、隠居の身体はあちこちが硬く、とくに腰から肩にかけてがひどく凝っていた。これでは、どうしても息が浅くなりがちで、ときに息苦しさを感じていただろう。丁寧に揉み解《ほぐ》していくと、徐々にだが隠居の気息《いき》は深く、ゆったりとなっていった。そして、一刻《いっこく》（約二時間）近く揉み解した後、うつらうつらと眠っていた隠居が不意に、呻《うめ》いた。いや、呻くように低く語り始めたのだ。

「わしは絵師になりたかった」

あまりに唐突だったのと声が掠《かす》れて聞き取り辛《づら》かったのとで、お梅は「え？　何と仰《おっしゃ》いました」と問い直してしまった。

「わしは小さいころから絵を描くのが好きで好きで、日がな描いていたものだ。高名な絵師から、この才は本物だと認められたりもした」

掠れ声ではあったが口調は滑らかだ。隠居は閊《つか》えていた息が通ったかのように、すべすべと話し出したのだ。お梅は僅かに身を引き、聴く姿勢をとった。

「兄が二人もいたから、父も母も好きな道を行けばいいと言うてくれた。暖簾《のれん》分けしなくて済むならその方がいいと考えたのかもしれんがなあ。けれど、わしが絵の師匠の許に通い出した矢先、二人の兄が相次いで死んでしもうた。長兄は女絡みのごたごたに巻き込まれ女の情夫《じょうふ》に刺されたのだ。昔から女好きでよく揉め事を起こしてはいたが、まさか殺されるとはな。まったく、どうしようもない男だった。父親は次兄に身代を譲る腹積もりだったらしいが、ある朝、次兄は急な病で、ばたりと倒れてそれっきりになってしまって……。それで三男だったわしが店を継ぐしかなくなったのだ。慶長《けいちょう》のころから続く老舗《しにせ》だ。継がぬわけにはいかなくて……泣く泣く、絵の道を諦めた。あのとき、筆を断たなければわしは一角《ひとかど》の絵師になれていたはずだったのに……」

そこで、隠居は長く長く息を吐いた。閊えることなく流れ出る気息を楽しんでいるようだ。

「一角の絵師になれていたのになあ」

吐き終えて、呟く。

「後世《こうせい》に残る一幅《いっぷく》を残せただろうになあ」

どうだろうかとお梅は、胸の内で首を傾げる。

一角の絵師になれていた。それは、隠居の夢でしかないだろう。店がどうであろうと、跡継ぎがどうだろうと描かずにおられない者は描くことから離れられない、筆を断つことができないのではなかろうか。のたうち回ってでも描く。周りがどうなろうと何を言われようと描く。のめり込み、がんじがらめになり、それでも筆を握り続けている。そういう者しか、後世に残る一幅を描きあげられない。隠居はおそらく、自分の才の限りに気が付いていたのだ。絵筆を断てるとほっとしたのだ。でも、そこは覚えからきれいに抜けている。抜けねば、自分の凡庸《ぼんよう》な才を認めねばならないからだ。

隠居には商才が具《そな》わっていた。継いだ店の身代をさらに肥《こ》やし、商《あきな》いを広げられた。

誰もが羨む一生を手に入れた。なのに、これほどの歳になっても自分を欺《あざむ》いて生きている。それは責められることでは決してない。でも、息の道を細くして、胸苦しさの因《もと》にはなる。

お浜の話を聞きながら、お梅は考えていたのだ。

お浜の亭主は自分を欺いてはいなかったのだろうか、と。

わからない。

欺いていなければ善だとも、言えない。お梅がわかっているのは、人はどれほどのものを手に入れても満たされないという事実だけだ。むしろ、手に入れれば入れるだけ、己に欠けているもの、足らないもの、指の間から滑り落ちて、ついに手に入れられなかったものを求めてしまうのではないか。

「わしにはもっと違う生き方があったのだがな」

あの日、隠居は呟き続けた。そして、半年も経たぬ間に、隠居場の一室で家族に看《み》取《と》られて亡くなったそうだ。豪商に相応《ふさわ》しい立派な葬儀だったと聞いた。

お梅はそっと手のひらを合わせ、擦《こす》ってみた。隠居を揉んだときの手触りがよみがえってくる。揉んだ人々の身体は、全てこの指、この手が覚えている。名前は忘れても、身体に触れさえすればいつ、どこで揉んだあの人だと言い当てられる。

指を握り込み、お梅の思案は既に亡い隠居から、今津屋のお内儀《かみ》お清へと移っていった。

お筆《ふで》の言う通り、お清はぎりぎりのところにいた。あの執拗《しつよう》な凝りは一月、二月で出来上がったものではない。何年も溜まり続けていたはずだ。

我慢強い人なんだわ。

辛さや苦しみ、痛みまで自分の内に押し込めて耐えてしまう。そういう人なのだ。

厄介《やっかい》だなと、お梅は唇を噛んだ。

我慢すること、耐えることを身上としてしまった者は厄介だ。外に発し散らさないままだと、辛さや苦しさや痛みは膨れ、固まり、血や気の流れを妨げる。

厄介だ、本当に厄介だ。我慢、忍耐を美徳と信じて疑わない者も、美徳だと押し付ける者も厄介極まりない。人の心身がどういうものなのか、まるで解していないのだ。

わたしの手に負えるかなあ。

もう一度、手を合わせる。手のひらの温もりを閉じ込めるように、お梅は両手に強く力を込めた。

花曇《はなぐも》りと言うのだろうか。今日は朝から曇天《どんてん》だった。濃灰色の雲が厚く空を覆《おお》っている。風も湿って重かった。雨が近いのだ。

「花散らしにはならないね。桜はまだ二、三分咲きだものね」

針に糸を通しながら、お松《まつ》に話しかける。

「そうだね。満開はもうちょっと先になると思う。あ、痛っ」

お松が左手の指をひらひらと振った。針で突いたらしい。

「まあまあ、お針の稽古《けいこ》ってのは指じゃなくて布を縫《ぬ》うものなんだけどねえ」

「もう、おっかさんたら意地悪なんだから。あたしがお針を苦手なの、知ってるでしょ」

「よーく知ってますよ。だから、こうして稽古してるんじゃないか。ほら、よく布を見て、そんなに引っぱったら糸が切れてしまうよ。ゆっくりでいいから一針一針丁寧にね。字を書くのも、針を使うのも同じ。丁寧にやれば美しい形になるんだから」

「でも、あたし、鈍《のろ》いから……。丁寧というより、とろいのかもしれない」

顔を上げる。お松は浴衣地《ゆかたじ》に針を刺し、引き抜いたところだった。

雲は厚いけれど、光は冬よりずっと明るくなっていた。その光が、娘の艶《あで》やかな白い腕をさらに艶やかに照らしている。

「とろいって、それ、お峰《みね》ちゃんに言われたのかい」

「……うん。よく言われるの」

お松は母と視線を合わせ、慌てた風にかぶりを振った。

「あ、でも、いつもじゃないの。ほら、お峰ちゃんもおたいちゃんも何でもさっさとできちゃうでしょ。もたもたしてるのあたしだけなんだ。だから、しかたないの」

「お松」

「大丈夫、ちゃんと仲良くしているよ。桜が満開になったらお花見に行こうって約束もしてるし、お琴の稽古も一緒にするって……」

「止《や》めときなさい」

針を針山に刺す。お松が瞬《まばた》きの後、見詰めてきた。

「おまえは、とろくなんかありませんよ。むしろ、物事を丁寧にきっちり仕上げられる力があるじゃないか。お針だってお琴だって、覚えるのはゆっくりでも、一旦覚えたらちゃんと自分のものにできるじゃないか。手習だって小さいときから達者で、びっくりするくらいきれいな字が書けるよね」

「おっかさん、あの……」

「おまえには美点がたくさんあるのさ。それを見ないで誇《そし》るだけの相手と一緒にいることはないよ。他にも、親しい友だちはいるんだろう」

「あ、うん。お鈴《すず》ちゃんとかお絹《きぬ》ちゃんとか仲良しなの。二人ともとても優しくて、あたしは好きなんだけど……」

「そうかい。それなら、その二人のお仲間に入れてもらうがいいよ」

お松がまた、瞬きをする。さっきよりまじまじと母を見てくる。

「でも、お鈴ちゃんもお絹ちゃんも、裏長屋に住んでるんだよ。お鈴ちゃんのおとっつぁんは棒手振《ぼてふ》りだし、お絹ちゃんはおっかさんしかいなくて、おっかさんが小料理屋で働いているからお絹ちゃんが弟と妹の面倒をみてるの。それでもいい？　大店の娘でなくても友だちになってもいいの」

お松が本気で問うてくる。その問い掛けが胸に刺さる。きりきりと痛い。

あたしは、何て酷《ひど》いことを言ってしまったんだろう。

益になるから大店の娘と付き合っておけなんて、仲良しの振りをして、いいかげんに相槌《あいづち》を打っておけなんて、何て酷い、何て卑《いや》しい言葉を口にしてしまったんだろう。

そのせいで、お松は我儘《わがまま》な娘たちの悪口や誇りに耐えねばならなかった。

お清は布を横手に置き、指をついた。頭を下げる。

「お松、この通りだ。どうか勘弁しておくれ」

「え？　え？　なに？　どうしたの、おっかさん」

「あたしが悪かった。間違ってた。おまえに友だちを押し付けてしまって……。一緒にいて楽しい相手、一緒にいたいと思う相手じゃないと本当の友だちにはなれないよね。よくわかっているのに……ごめんよ。許しておくれね。これからは、自分の気持ちに正直になっていいから。それで、本当の友だちを作っておくれ。今からでも遅くはないだろ」

本当の友だち、心を許し合える相手は一生の宝になる。これからの日々を支えてくれる。それは、損得で繋がった間には生まれてこない絆のはずだ。

そう教えるのが母親であるのに、あたしは逆の方に娘を引っぱろうとしていた。お松から、大切なものを奪《うば》おうとしていた。

「おっかさん」

お松が飛びついて来る。若い身体の熱と柔らかさに包まれる。お清は両手でしっかりと、熱い身体を受け止めた。

「おっかさん、ありがとう。嬉しい」

「お松、おまえ……辛かったんだねえ」

お峰やおたいといるのが辛かったのだ。苦しかったのだ。それはそうだろう。おまえはわたしたちの下だ。わたしたちより劣っている。

そう決めつけ蔑《さげす》んでくる者と共に過ごす一刻一刻は、針の筵《むしろ》に座るに等しい。

「お花見はお鈴ちゃんたちと行くといいね。お琴も嫌なら止めていいよ」

「うん。お鈴ちゃんたちとお花見の約束する。でも、お琴は止めない。お峰ちゃん、教えるのとっても上手なの。お師匠さんより上手なくらい。あたしがそう言ったら、手が空いているときはいつでも教えてあげるって、教えるの得意だし好きなんだって。だから、お琴は続けるね。お峰ちゃんに教えてもらうの」

まあ、この娘《こ》はと、お清は改めてお松を見やった。

この娘は人を拒《こば》まないんだ。人の受け入れ方を知っているんだ。

お松、いい子に育ったね。

胸の内で繰り返す。

お松が誇らしい。豊かな者に育った我が子が誇らしくてならない。なのに、今まで気付かないままだった。我が娘の心根《こころね》に気付かないまま、苛立《いらだ》ち、叱り続けていた。愚《おろ》かで荒《すさ》んだ母親だった。

お清は胸を軽く押さえ、静かに息を吐き出した。

気付けたのは、お梅のおかげだろうか。身体が軽く息が滑らかになると、あれほど苛《さいな》まれていた頭風《ずふう》が消えた。腕が回り、指先まで血が巡るようになった。鬱々《うつうつ》とした気分が消え、目の前の風景が明るさを増した。そうしたら、気付いたのだ。お松の為人《ひととなり》に。心《こころ》ばえに。人としての上質さに。

「さっ、じゃあ、お針の続きを始めるよ。今日中に浴衣を一枚、縫い上げるんだ」

「え？」

「え、じゃないだろう。浴衣一枚さっさと縫い上げられないで、花見だなんて浮かれさすわけにはいかないからね。覚悟しておきなさいよ」

「うわっ、おっかさん、やっぱり厳しいわ」

「当たり前。やるべきことはやらせますよ。ほら、縫い目は真っ直ぐに」

「おお、怖い。鬼のお師匠さまだね」

「お生憎《あいにく》さま、こんな別嬪《べっぴん》の鬼なんてどこにもいないよ」

「あはっ、自分で言うんだ」

「そうさ、自分のことは自分が一番よくわかってるからね」

お松と顔を見合わせ、笑い出す。母娘、二色の笑い声が絡まり合い響いた。

こんなに快《こころよ》く笑ったのはいつ以来だろう。この前、お松に本気で笑いかけたのはいつだっただろう。どちらも思い出せないほど昔の気がする。

身体が軽い。心はさらに軽い。軽くて落ち着いている。苛立ちが募ることも、暗く沈んでいくこともない。

お梅さん、すごい。

まさに神業《かみわざ》だ。お清は自分の首から肩にかけて、そっと撫でてみた。指先に温もりと柔らかさが伝わってくる。お梅の揉み療治を受ける前は冷えて、硬かった。触れた指まで温みを奪い取られるように感じた。もっとも、その指も先は冷たく血が通っているとは思えなかったが。今はどちらにもちゃんと血が巡り、温かい。

ずくん。腰のあたりが疼《うず》く。顔を歪《ゆが》めるほどではないが、鈍い疼きが背中に広がった。

「おっかさん、どうかした？」

「あ、いえ、何でもないよ。どうだい、前身頃《まえみごろ》はちゃんと縫えたかい」

「まだ。思うように針が動いてくれなくて。でも、もう少しよ」

お松が微笑む。お清も笑み返す。疼きはもう消えていた。

まだ腰の凝りが取れていないのだろう。お梅はそれを気にして、再訪を約束してくれたのだ。きっと、そうだ。

ありがたいこと。

思わず緩《ゆる》みそうになった頬を引き締める。

「なによ、おっかさん。頬っぺたをもぞもぞさせて。変な顔になってるよ」

「まっ、変な顔の訳がないだろう。こんな別嬪なのに」

「もう、おっかさんたら別嬪、別嬪て」

お松が口をつぐみ、障子戸に目を向ける。お清にも足音が聞こえた。重く、やや荒っぽい音が近づいて来る。そして、障子戸が横に滑った。

「おまえさん」

与三郎《よさぶろう》は部屋に入るなり、お清を睨《にら》むように目を怒《いか》らせた。

「ずい分と賑《にぎ》やかだな」

「ええ、まあ、お松にお針を教えていたものですから……」

「口より手を動かさないと針の稽古にはならんだろう。笑い声が表にまで聞こえてきたぞ。みっともない。騒がしいのにもほどがある」

眼付きだけでなく声音も尖《とが》っていた。お松が身を縮める。お清は浴衣を傍《かたわ》らに置き、座ったまま与三郎を見上げる。

「ずい分とご機嫌斜めのようですね」

「おまえたちのように、能天気に笑っていられないだけさ。呑気者が羨ましいよ」

「笑っていられないのは、疚《やま》しいからですか。少しは心が痛むからですか」

「何だと」

与三郎の眉が吊り上がる。頬の線が俄《にわ》かに引き締まった。

「相生町《あいおいちょう》の親分さんの話ですよ。お吟《ぎん》さんて女が殺されたって一件。あれが引っ掛かって笑うどころじゃないのでしょう。誰かが笑っているのが耐え難いほど、気持ちが毛羽《けば》だって、ひりひりして居ても立ってもいられない。笑い声を聞きたくなくて、笑いを止めさせたくて、ここに来た。そうですよね。違ってますか？」

「おっかさん」

お松が慌ててお清の袖《そで》を引いた。仙五朗《せんごろう》という岡っ引のことはお松には伝えていない。伝える筋合いのものではないと思ったからだ。しかし、誰かが余計なお節介をしたらしく、お松は事のあらましを知っていた。

今は、怯《おび》えた目で父と母を交互に見ている。

「お清、おまえ、何が言いたいんだ。おれはおまえたちが野放図《のほうず》に笑っているのが気に食わなかっただけだ。それにな、あの件についてはおれは何の関わり合いもない。親分も納得していたじゃないか」

与三郎は、あの夜、夕餉《ゆうげ》の後、商人仲間とさる小料理屋にしけこんでいたらしい。男たちが示し合わせて集まるのだから、その店は小料理だけではなく女との遊びも供するのだろう。初めはひょっこり訪れた岡っ引に用心を隠さなかった与三郎だが、お吟の名と殺された事実を知らされたとたん、顔色を変えた。

「お吟が……あのお吟が……死んだ」

「へえ、死にやした。しかも誰かに殺されたんでやすよ、今津屋さん」

仙五朗の物言いは淡々としていながら、止《とど》めを刺すような険《けわ》しさがあった。少なくとも、お清にはそう感じられた。幻の刃に刺し貫《つらぬ》かれて、与三郎はその場にくずおれた。しかし、その後の仙五朗の調べで、与三郎が夜半まで飲んでいたことも、かなり酔って家路についたことも明らかになった。足元も覚束《おぼつか》ないほど酔いながら深川元町《ふかがわもとまち》から相生町まで歩き、女一人を殺す。狐狸妖怪《こりようかい》の類《たぐい》でなければ無理だ。そして、与三郎は狐狸妖怪でも神仏《しんぶつ》でもなく、ただの人に過ぎない。

「そうですね。おまえさんは、お吟さん殺しの下手人《げしゅにん》ではない。それは明らかになりました」

「だろ。人殺しなんてとんでもない。そんな大それたことをするものか。おれは、真っ当な人間なんだ。真っ当に生きているんだ」

口元に手をやる。抑えきれない笑い声が漏れた。

「何を笑う？　お清、何がおかしいんだ」

「おかしいですよ。おかしくておかしくて、笑いが止まらなくなりそう。だって、そうでしょう。女房に隠れて女を拵《こしら》え、あまつさえ子どもまで作った。そうですよね。おまえさんは、おれの子かどうかわからないなんて誤魔化していたけれど、ご自分の子だと思ってたんでしょ。いえ、きっとおまえさんの子ですよね。間違いなく」

与三郎の口元がひくひくと震えた。けれど、声は出てこない。お清は顎を上げる。

「一度は情を交わした女を弊履《へいり》の如《ごと》く捨て去った。捨てても平気だった。そういう生き方を真っ当だと言い切る。おまえさんの性根《しょうね》があたしには解せません。笑うより他はないでしょ」

「おっかさん」

お松がまた呼んだ。悲鳴に近い。大きく目を見開いて、母親を凝視していた。与三郎の顔面に朱《しゅ》が差している。こぶしが細かく震え、額には汗が滲んでいた。

あたしは何を言っているんだろう。

お清がお清自身に驚く。胸の内にあるものが滑り出てくる。こんなことは、これまで一度もなかった。亭主を誇るような、意見するようなことを一言でも口にした覚えはない。面と向かって発せられない想いの数々をずっと胸底《きょうてい》に押し込めて生きてきた。なのに、今、正面から亭主の非を責めている。

この世には言ってはならない諸々《もろもろ》がある。けれど、言わずに済ませてはならないもののもまた、あるのだ。言うべきなにかがあるなら、言う。胸の内に溜めたまま知らぬ振りは、もうしない。それをすれば、また、心身が凝り固まる。硬く固まって、息も血も想いも滞《とどこお》ってしまう。もう嫌だ。もうたくさんだ。あの息苦しい日々に戻りたくない。頭に刺し込んでくる痛みに呻きたくない。お松に八つ当たりしては悔いる日々を繰り返したくない。

「おまえさんは卑怯《ひきょう》です。お吟さんにもあたしにも、ちゃんと向き合おうとしなかった。いい加減にしてください。女がいつでも許すなんて思わないでくださいよ」

与三郎の顔から朱が褪《あ》せていく。血の気《け》が引いて、青白くなっていく。

「許さなかったらどうだと言うのだ。おまえに何ができる」

掠れた声が乾いた唇《くちびる》から漏れた。聞き慣れた亭主の声音とは思えない。

「何ができるか、これから考えてみます」

与三郎の喉元《のどもと》が上下する。汗が一筋、頬を伝った。

「おまえは、ただの世間知らずの女だ。それだけに過ぎない」

吐き捨て、部屋を出て行く。荒々しく障子が閉まり、足音が遠ざかる。お清はその戸を開け、廊下に出た。大きく深く息を吸い込み、吐き出す。

とんでもないことを言ってしまった。与三郎はとてつもなく腹を立てているだろう。この家を出て行けと言い渡されるかもしれない。

それでもいいと、お清は空を見上げる。曇天なのに晴れやかだ。空模様《そらもよう》ではなく心模様は、晴れ晴れと明るい。言いたいことを言った。言いたいことが言えた。嫁いで初めて、亭主に本音をぶつけられた。お松に、泣いて耐えるだけではない女の姿を見せられた。

それでいい。それで十分だ。もう十分だ。

「こんにちは」

涼やかな声がした。裏木戸《うらきど》近くの飛石《とびいし》の上に少女が立っていた。

「あら、あなたは確かお梅さんの……えっと、お昌ちゃんね」

「はい。紅葉屋《もみじや》のお昌です。すみません、裏木戸から勝手にお邪魔しました」

お昌は相変わらず、大人びた物言いをした。それがなぜか微笑ましくて、お清は口元を綻《ほころ》ばせた。

「いつでも来てください。お待ちしてますよ。で、お昌ちゃん、今日はもしかして」

胸が高鳴る。気持ちが浮き上がる。

「はい、先生からのお託《ことづけ》です。明日、前と同じ刻に参りますと」

雲が切れたのか、光が地に落ちてきた。その光の中で少女が淡く輝く。お清は胸に手を当て「ありがとう」と呟いた。

五　白い道

十丸《とおまる》が止まった。

握《にぎ》っていた紐《ひも》を通じ、張り詰めた気が伝わってくる。

深川元町《ふかがわもとまち》の町木戸《まちきど》を通り抜けたばかりのところだ。昨夜遅く降り出し、明けて間もなく上がった雨で、道はしっとりと濡《ぬ》れていた。おかげで、土埃《つちぼこり》に悩まされずにすむ。

お梅《うめ》は足元から立ち上る湿り気を静かに吸い込んだ。

十丸が低く唸《うな》る。他の者には低い唸りにしか聞こえないだろうが、お梅の耳には用心を告げる声がはっきりと届いていた。

――おい、あいつだ。気を付けろよ。こっちに近づいてくるぞ。

「大丈夫だって。そんなに剣呑《けんのん》なお人じゃないよ」

お梅は十丸の背をそっと撫《な》でる。唸り声が止《や》んだ。

「おや、これはこれはお梅さんじゃねえですかい」

低いけれど耳触りの良い声だ。凛《りん》とした性根《しょうね》が宿っている。お梅は声に向かって、軽く頭を下げた。

「はい、こんにちは。仙五朗《せんごろう》親分さん、お仕事の最中ですか」

岡《おか》っ引《ぴき》仙五朗の気配が、一瞬だがたじろいだ。大きな岩が僅《わず》かに揺れた感じだ。

「え？　あっしのことがわかるんで？　お梅さん、少しは見えてるんですかい」

「いいえ、見えておりません。明るい暗いぐらいはぼんやりとわかるのですが、人や物の姿までは捉《とら》えられません。でも、わかるんですよ」

「見えてねえのにわかるんでやすか。声で聞き分けてらっしゃるんで？」

「それもあります。でも、声だけじゃなくて……、あの誰もがってわけじゃないんですが、親分さんのように際立った気配をお持ちの方はわかるんですよ。着物の色柄や格好までは無理ですけれど、仙五朗親分さんだ、ぐらいなら感じ取れます」

「えっ、ちょっと待ってくだせえ。それじゃあ何ですかい。あっしがどんな格好をしてても、お梅さんにかかったら見破られちまうってこってすか」

お梅は思わず顎《あご》を引いた。

「あっ、すみません。親分さん、もしかして誰かに化けておられたんですか」

岡っ引の仕事がどんなものか、お梅はほとんど知らない。もしかしたら、何かに化けて誰かの後をつけたり、探ったりすることもあるのかもしれない。そして、今がまさにそのときだとしたら、往来《おうらい》で「親分さん」と呼んだのは、とんでもないしくじりではないか。

「あはは」と、仙五朗が笑った。屈託《くったく》のない明朗《めいろう》な笑い声だ。

「大丈夫でやすよ。化けてなんぞしちゃあおりやせん。素のまんまでやす。いや、気配を見るなんて思いもしなかった話なんで、ついつい引き込まれてしまいやしたよ。十丸、おまえのご主人はてえした力を持ってるんだな」

――ふん、親し気に話しかけないでもらいたい。

十丸が舌打ちして横を向く。しかし、仙五朗の口振りには、お梅への本気の感心が滲《にじ》んでいた。頰《ほお》が火照《ほて》る。きっと紅《あか》く染まっているだろう。

「そんな……見えない分、他人《ひと》さまより強く感じられる。それだけのことです。わたしよりも親分さんの方がすごくありませんか」

「あっし？　あっしのどこがすごいんで」

「わたしの名前を覚えておいででした。十丸の名も」

今津屋《いまつや》で名乗りはした。でも、それはほんの一言、束の間だったに過ぎない。仙五朗は殺しの一件を追って、あちこち探索していた最中《さなか》だったはずだ。今もそうだろう。

お梅は言葉を交わしはしたが、与三郎《よさぶろう》への聞き取りの前には去っていた。盲目《もうもく》だし十丸を連れているし、目立つとはわかっている。道を歩いていても、無遠慮な視線がぶつかってくるのはしょっちゅうだ。けれど人の思案には限りがある。器《うつわ》のようなものだ。一升桝《いっしょうます》には一升より多くは入らない。無理に注《そそ》げば溢《あふ》れてしまう。同じように思案も決められた量より上は零《こぼ》れ落ちるものだ。だから、僅かに触れ合った者のことなどすぐに忘れてしまう。考えねばならぬこと、処《しょ》さねばならぬこと、覚えねばならぬことは日々生まれてくる。忘れて当たり前だ。むしろ忘れねば、器から零さねば、次の注ぎができなくなる。けれど、仙五朗は忘れていなかった。今津屋の張り詰めた気の中で他所者《よそもの》であるお梅のみならず、十丸まできちんと頭に入れていた。短くともやりとりしたお梅はまだしも、人でなく犬の名まで覚えていたわけだ。去り際に小さく「さ、十丸。帰りましょう」と声を掛けた。それだけであったのに。何の絡《から》みもなかったはずなのに。驚くべき記憶の力と抜かりの無さだ。

この男の思案の器は並よりかなり大きいらしい。

「岡っ引暮らしも長《なげ》えもんで、人の名と顔はどうしても覚えちまうんでやすよ。覚えられて迷惑だと言われたこともありやすが、こればっかりはしょうがねえ。因果《いんが》な性分《しょうぶん》になっちまったと自分でも思いやすがね」

――けっ、苦笑いなどしおって。わざとらしい。

仙五朗がよほど気に入らないらしく、十丸は一々文句をつける。

「それに勘《かん》の方も妙に鋭くなりやしてね。お梅さん、あっしは十丸に好かれてねえ、ていうより、ずい分と嫌われてるみてえでやすね」

「あ、いえ……あの、親分さんだけじゃないんです。十丸は人が嫌いなので」

「へえ、人嫌いの犬でやすか。けど、いい面構《つらがま》えをしてやすぜ。並の者《もん》よりよっぽど知力がありそうな面じゃねえですか。姿は犬でも中身は人より上等なんですかね」

十丸は犬ではない。人でもない。仙五朗が十丸の正体を知っているわけがない。が、言葉は正鵠《せいこく》を得ていた。

なるほど、十丸が用心するのも無理はない。

「ええ、十丸はとっても利口なんです。用心棒にもなってくれるし、助かっています」

「でやしょうね。いい助手《すけて》がいるのは結構なこってすよ」

そこで、仙五朗は微《かす》かにため息を吐《つ》いたようだ。その息の音が湿って重い。

「親分さん、お疲れのようですね。相生町《あいおいちょう》の事件の下手人《げしゅにん》、まだ目星がつかないのですか」

口にしてから、少し慌てた。深入りし過ぎだ。下手人を捕えるのは仙五朗たちの仕事であって、お梅には関わりのないことだった。どうしてだか、余計なおしゃべりをしてしまう。いや、させられるのだろうか。知らず知らず、しゃべらされてしまう。

用心しなければ。

「つきやせんねえ。ただ、気になることはありやした。例の銭のこってす。殺されたお吟《ぎん》の持っていたはずの小金がどこからも出てこないって件ですね。うちの旦那はそんな金、端からなくて、お吟が見栄を張ったんじゃないかと見てやす。でもね、お吟の普段の暮らしぶりを調べてみても、質素《しっそ》じゃありやすがそれなりに回っていたみてえなんで、ときには芝居見物にも出かけたりもしてやした」

「つまり、それだけ暮らしに余裕があったわけですか」

「へえ。そういうことになりやすかね。まあ、今津屋さんと手を切ったとき、かなり纏《まと》まった金子《きんす》を受け取っていたようでね。これは、今津屋さんから直《じか》に聞き出しやしたから間違いねえでしょうよ。ええ、かなりの額じゃありやした」

「でも、それはずい分と昔の話じゃありませんか。お吟さんは、そのお金に、ずっと手を付けずにいたのでしょうか。それとも……」

「それとも、また、それなりの金子を手に入れることができた、とも考えられやすね。

どうやって手に入れたかまではわかりやせんが。お吟もいい歳だ。昔みてえに左褄《ひだりづま》をとるのは無理でしょうし、疚《やま》しい仕事をしていた風もねえ。そこも不思議ではありやすが、もっと不思議なのは、肝心の金そのものがどこからも出てこないってところなんで」

軽く唇が開いてしまった。花の香りを纏った風が入り込んでくる。ついつい前のめりになる。話に引き込まれる。十丸は闇の中で、膝を立てて座り、むっつりと黙り込んでいた。しかし、耳はそばだてているのではないか。横顔しか窺《うかが》えないけれど、わかる。現《うつつ》の世では犬の姿で、腹ばいになっているが、やはり耳だけは仙五朗の話に向けられているはずだ。

「さいで、手下《てか》を使って部屋の中を隈《くま》なく探したんでやすが、一文銭《いちもんせん》が二枚、出てきただけでやした。竈《かまど》の中から床下まで探ってみたんですがねえ」

「ではやはり、物盗《ものと》りの仕業《しわざ》でしょうか。お吟さんがお金を貯めていると知って、盗み目当てに押し入った。そこで騒がれて、お吟さんを……」

口をつぐむ。それはない。今津屋でも話に出たではないか。薄壁一枚で仕切られているだけの裏店《うらだな》では、物音はほぼ丸聞こえだ。お吟が騒げば両隣が気が付かないはずがない。お梅の心内を見透かしたかのように、仙五朗が「そうなんで」と唸りに近い声を出した。

「物音はしなかった。部屋が荒らされた跡《あと》もない。ええ、どこも荒らされてねえんで。盗人《ぬすっと》がいたとしたら、そいつは金の在処《ありか》を端《はな》から知っていたか、知らぬまでもだいたいの見当をつけられたか、でやすかね」

「お吟さんが誰かに預けていたとは考えられませんか」

「へえ、その線も探っちゃあみたんですがね、お吟がそこまで親しくしていた相手ってのが、どこからも浮かんでこなかったんでやすよ。かといって、銭両替に預けていた風もねえ。金はお吟の部屋にあった。が、持ち去られたと考えるのが、やはりぴったりとくるんでやすよ」

とすれば、押込み強盗の類《たぐい》としか思えない。でもそれなら、なぜ物音がしなかったのか。中から戸が開けられていたのか。

思案は堂々巡りしかしてくれない。

「お吟さんって、どんな方だったんでしょうね」

思案のどこかが小さく解《ほっ》れて、まるで別の想いがひょこりと顔を出す。仙五朗も意外だったのか、「えっ？」と不意を突かれたような声を上げた。

「お吟の為人《ひととなり》でやすか。さあ、どうなんでしょうかね。長屋じゃあ良くも悪くもねえってとこでしょうか。だいたい、人付き合いがそういい方じゃなかったみてえで……。なるほど、お吟の為人ねえ……」

考え込んだのか、仙五朗の語尾が淡々《あわあわ》と薄れていく。お梅は慌てた。言うつもりもなかった言葉が口から零れたのだ。これまで、あまり覚えのないことだ。この岡っ引といると、どうしてかいつもの調子を乱されてしまう。

「あ、すみません。余計なことを申しました。では、仕事がありますので。失礼いたします」

早口に告げ、一礼する。仙五朗の傍らを通り過ぎ二、三歩進んだとき、呼び止められた。

「お梅さん」

足を止め、ゆっくり振り向く。仙五朗の姿は見えなくても視線は辿《たど》れる。それは緩《ゆる》みのない真っ直ぐな線となって、お梅に向かってきた。鋭くはあるが悪意や剣呑さは微塵《みじん》もない。

「もうちっとだけ、話をさせてもらえやせんか」

どことなく哀《かな》しささえ滲んだ声音が耳に届いて来る。素直に頷《うなず》いていた。

「はい、一寸だけなら大丈夫です。約束の刻《とき》には、まだ少しばかり間がありますから」

——お梅！　馬鹿が。相手にするな。

十丸が睨《にら》んできた。お梅は気付かない振りをする。自分だって、横を向きながら聞き耳を立てていたくせにとおかしくはあったが、口元が緩まないように力を込める。

「今さらでやすが、立ったままでは申し訳ねえ。けど水茶屋に腰かける間はありやせんよね」

「はい、ございません。お気になさらず、このままで手短にお願いいたします」

「わかりやした。じゃあ、前置きなしにお尋ねしやす。お梅さん、この前の今津屋で何か感じられやしたか」

問うてくる声は、翳《かげ》りも哀しみも含んでいない。訊《き》くべきことを訊く。そんな意気だけが伝わってきた。ただ、問われた意味がよくわからない。

「今津屋さんで感じた何か、ですか」

「ええ、気配でやすよ。お梅さん、さっき、あっしのことが気配でわかるって言いやしたよね。それなら、誰かの気配がふっと変わったりしたら、あるいは乱れたり、昂《たかぶ》ったり、張り詰めたりしたら、やっぱりわかりますかね。つまり、目では確かめられねえ人の心内の動きってやつ、感じたりできやすすか」

暫《しばら》く考え、お梅は答えた。

「できないときもできるときも、あります。できないときの方が多いでしょう。心内の動きと仰《おっしゃ》いますが、心が動けば必ず身体も動きます。額《ひたい》に汗が滲んだり、こぶしが震えたり、顔色が暗く、あるいは明るくなったりします。わたしには額の汗や顔色を読むことはできませんが、震えや強張《こわば》り、緩みは感じ取れます。わたしにとって、気配とはそういうものなんです」

「なるほど、それで、この人は今、腹を立てているとか、安堵《あんど》したようだとかが、わかるんでやすね」

「いえ、はっきりとわかるわけじゃありません。わかるときもあると、その程度です」

例えば、親分さんのように常人《じょうにん》とは違う気配を放っていれば、と、言いかけた言葉をお梅は呑み込んだ。改めて伝えずとも、この男なら自分の気の色ぐらい承知しているだろう。

「今津屋ではどうでやした」

仙五朗が一歩、踏み込んできた。

「あっしが話を伺いに邪魔した場に、お梅さん、おられやしたね」

「はい。おりました」

お清《きよ》に頼まれたからだ。縋《すが》られたと言ってもいいかもしれない。

お清は危《あや》うい。心身ともにぎりぎりのところにいる。お筆《ふで》の見立ては間違っていなかったのだ。ただ、危うさというなら今津屋に足を踏み入れたときから、それは肌に触れてきた。猫の舌で舐《な》められたときに似た、ざらりとした感じだ。束の間だったが、お梅は胸苦しささえ覚えたほどだ。

あの危うさにお清は侵《おか》されたのか、お清自身が因《もと》となっているのか。そこまでは判じられないけれど、あの肌触りも胸苦しさも幻ではなかった。生々しい棘《とげ》を持っていた。

「あの折はすみません。いろいろと差し出がましい口をきいてしまいました」

「差し出がましくはありやせんでしたね。むしろ、要《かなめ》を突いてくるんで驚《おど》れえたぐらいで、あ、いや、それよりあのとき、お梅さんは何を感じやしたか。そこをお聞きしてえんで」

「人の気配について何か感じたかと……」

「さいで、何か尋常でない揺れ、乱れみてえなものは感じやせんでしたかね」

お梅は顔を仙五朗に向けた。向けたからといって、見えるわけではない。ただ、相手が真っ直ぐに向き合っているかどうかは、それこそ気配でわかる。

仙五朗は真正面からお梅を見据《みす》えていた。試そうとか、探ろうとかではなく、お清のように縋ってくるわけでもない。見極めようとしている。確かめようとしている？　何を？　わたしを？

「お清さんの気配ということならそれは変わりもしました。でも尋常でない変調という意味なら、ほとんど何も感じませんでしたが」

お梅の返事に、仙五朗は短い吐息《といき》を零したようだ。微かな息の音が聞こえた。

「お清さんは、親分さんと話すときは少し気を張っておられたようですし、人が殺されたと聞いたときは驚かれました。でも、それは変わって当たり前の内でしょう」

当たり前の内だ。たいていの者は岡っ引が現れれば身構えるし、現れた理由が殺しだと言われれば驚きもする。慌てふためきも怖気《おじけ》もするだろう。お清はそこまで揺れはしなかったが、気配は様々に変わった。穏やかだった心の水面《みなも》に漣《さざなみ》ができ、白波が立ち、波頭《なみがしら》が砕《くだ》ける。そんな具合だった。ただそれは、変調と呼べるほどのものではない。ほとんどの者が当たり前に表すだろう情動だ。

当たり前、当たり前、当たり前だ。当たり前でないのは……。

「お梅さん、どうしやした？」

仙五朗が声を潜《ひそ》める。その後すぐに「あれっ」と潜めた声を大きくした。

「今、胸のとこで何か動きやしたぜ」

「えっ、あ、ええ、いえちょっと。今日はその、連れがいるもので……」

「連れ？　衿の奥にでやすか」

「あ、違うんです。まあ、えっと、いろいろとありまして」

しどろもどろになったお梅を励ますように、いや、叱るように十丸が一声、吼《ほ》えた。

おそらく、仙五朗を睨《にら》みつけているはずだ。

「あの、ですから親分さん。わたしのことはいいのです。気にしないでください」

軽く胸を押さえ、笑みを浮かべる。愛想笑いのつもりだったが、きっと口元が歪《ゆが》んだだけだろう。しかし、仙五朗はあっさりと「さいでやすね」と答えた。

「それじゃ、気にしなくちゃならねえのは何でやす。今、お梅さんが言いかけたことを聞かせてもらえやすかい」

頷く。もとより隠すつもりはない。

「でも、まるで見当違い、的外《まとはず》れの話になるかもしれません。いえ、その見込みの方が高いです。わたしの気持ちに引っ掛かった、それだけなんですから」

「構いやせんよ。あっしも岡っ引の端くれ、他人の言うことを鵜《う》呑みにしたりはしやせん。ただね、お梅さん。人の気持ちに引っ掛かることってのは、存外、大きなことなんでやすよ。いつもと違う。何か変だ。そういう感じを蔑《ないがし》ろにはできねえし、しちゃあならねえんで」

「それが岡っ引の心得っていうものなんですね」

「いや、心得なんて大層なもんじゃねえですがね。まっ、どんな些細《ささい》なことでも見当違いでも的外れでも聞き取るのがこの仕事の肝ってこってすよ。なんで、あっしとしたら、お梅さんの引っ掛かりとやらを話してもらえるなら御《おん》の字でしてねえ」

仙五朗の口吻《くちぶり》が円《まど》やかになる。愛娘《まなむすめ》に語り掛ける父親みたいだ。

おとっつぁんか。

ちりっ。胸の奥が痛む。北焙《ほくばい》を押し当てられるのに似た痛みだ。それを振り払うように、お梅は首を振った。

「わかりました。お話しいたします」

仙五朗の気が柔らかくなる。緩み、広がる。全てを受け入れてくれる。ふっとそんな思いに囚《とら》われる。

ああ、これは口が軽くなるな。心にあるものを知らぬ間に吐き出してしまうな。相手と場合によって、どのようにも気を変えられる力を、この岡っ引は巧《たく》みに操《あやつ》っているのだろうか。それとも、具《そな》わったままごく自然に使っているだけなのだろうか。

寸の間、考える。先刻は用心が動いたけれど、今はさほどでもない。仙五朗にどんな力、どんな能が宿っていようと、それはお梅を傷つけるものではない。

――やれやれ、馬鹿めが。もう、おれは知らぬからな。

十丸が鼻を鳴らし、横を向いた。

「親分さんは、さっき、お清さんの気配が変わったかとお尋ねでした」

「へい」

「変わったと、わたしは答えました。変わるのが当たり前だとも申しました」

「へえ、確かに」

「では、変わらなかったらどうなのでしょう」

柔らかな気が一瞬、固まった。水から岩に変じたほどの違いを感じる。一瞬で水に戻りはしたけれど。

「変わらなかったら……どうなのか」

仙五朗が呟《つぶや》く。十丸がそっとため息を漏らした。

お梅は少し、息を荒くしていた。

「申し訳ありません。遅くなって、しまいました」

お清に向かって詫《わ》びる言葉も、途切れがちになる。よほど、急いで来たのだろう。

「よろしいんですよ。日が傾いてしまわなければ、お約束の刻の内だと思っていますから」

夜具《やぐ》の上にうつ伏《ぶ》せになりながら、お清は弾む声で答えた。

日が傾こうが、暮れようが、お梅が来てくれるなら待つ。待つ甲斐は十分にあった。

「本当なら治療の間は、少なくとも十日は空けた方がいいのですけれど、この前、お清さんの凝《こ》りを解しきれなかったものですから……」

「ああ、そうなんですね。それで、やりくりして来てくださったんですね。ありがたいこと」

心底から、お清は礼を告げた。本当にありがたい。あの蕩《とろ》ける心地をまた味わえる。痛みや、息苦しさ、気怠《けだる》さ、鬱々《うつうつ》とした心、抑《おさ》えきれない苛立《いらだ》ち。そんなものと縁を切れる。

「あの、お身体の調子はどうですか」

「調子？　ええ、ええ、とても良いですよ。頭風《ずふう》もまったくなくなって、何というか、心持ちに余裕ができました。ふふ、お梅さんあたしね、亭主に言い返してやったんですよ」

お梅が袂《たもと》を括《くく》っていた手を止める。

「今津屋さんにですか」

「ええ。あんまり当たり散らすものだから、いい加減にしてくれって、ね。嫁いで初めてかしらね。あんな風に言い返したのは」

「それじゃ、今津屋さんはさぞかし驚かれたでしょうね」

「ええ、口答えされるなんて思ってもいなかったんでしょうね。ぎょっとした顔になってましたよ。ああいうのを呆気《あっけ》にとられるって言うのかしらね」

くすくす。笑いが漏れた。ここで笑えるのだと、自分でも意外だった。

「身が軽いと心は伸び伸びとできるんですね。今まで、どれほど縮こまっていたのか思い知らされた、そんな気分です。ほんとにねえ、お梅さんの仰る通りです。身と心はこんなにも深く繋《つな》がっているものなんですね」

「ええ。身体の内もそうです。首も腰も足先も、ばらばらなわけじゃありません。ちゃんと繋がっているんですよ。ああ、まだ張りがありますね。緩められるところまで緩めましょう」

お梅が静かに息を吸い、吐き出す。

「では、お揉《も》みいたします」

指がお清の腰から足首までを伝う。そして、ゆっくりと動き始める。

お清は目を閉じて、その動きに心身を委《ゆだ》ねた。

ゆらゆらと身体が揺れる。揺れるたびに軽くなる。水中を漂う小さな生き物になったようだ。小さな生き物なら、大きな生き物の餌にもなるだろう。食われまいと逃げなければならないだろう。けれど、ここには、敵はいない。恐ろしいものはいない。だから、好きに漂えばいい。心のままに何を恐れることもなく、用心することもない。

ゆらゆら、ゆらゆら、どこまでも漂っていく。

微睡《まどろ》んでいた。浅いけれど心地よい眠りの中で、揺蕩《たゆた》う。

話し声が聞こえた……ような気がした。

「どうでしょうか、先生」

「うむ。これは、おまえが考えていたより厄介《やっかい》かもしれんなあ」

「厄介、ですか」

「大いに厄介だ。さて、どうしたものかな」

声の主の一人は、お梅に間違いない。もう一つは、少ししゃがれて、そのくせ妙に心地よい響きがある。乾いた風音に似ているかもしれない。

「手立てがありますか」

「手立てなあ。人の身体への手立てか。うーむ、うむうむ」

腰のあたりに微かな、ほんとうに微かな応えがあった。と、と、と、と軽やかな調子でお清の腰の上で弾んでいる。

え、なに？

お清は薄《う》っすらと目を開け、身体を僅かばかり起こした。首を回す。白い毛の塊《かたまり》がちらりと見えた。お手玉二つ分ほどの塊だ。それが、ひょいと跳《は》ねて、お梅の胸元に潜《もぐ》り込んだ。

「え……お梅さん、今のは」

起き上がり、目を擦《こす》っていた。座敷の隅《すみ》には、この前と同じく十丸がおとなしくうずくまっている。もちろん、さっきの塊は十丸ではない。

お梅が肩と口を窄《すぼ》めた。悪さを見咎《みとが》められた子どもの仕草《しぐさ》だ。

「あ、すみません。実は、あの……家で飼っているのですが、いろいろとありまして、置いておけなくなったものですから。その、勝手に連れて来てしまったんです。お許しも得ずに、申し訳ありません」

「連れて来た？　さっきの、あの白っぽいものですか。あらっ」

我知らず息を呑み込んでいた。お梅の胸がもぞりと動き、何かが見えた。

「まっ、ね、鼠？」

いや、鼠とは言い切れない。お清はもう一度、息を呑み下し、お梅の胸元を見詰めた。そこから白い顔が覗《のぞ》いている。黒い小さな目が二つ、薄桃色の鼻の左右にヒゲが生えていた。やっぱり鼠だ。鼠としか思えない。でも、鼠にしては毛がふさふさし過ぎているし、耳も違う。鼠をじっくり眺めたことなど、一度もないが。

お梅が胸元に広げた手を持って行くと、それは滑《すべ》り出て手のひらに乗った。五寸（約十五センチ）ぐらいはゆうにありそうだ。でも、尻尾《しっぽ》はなかった。真っ白ではなくて首の周りと、尻尾のない尻のあたりは薄茶色だ。鼠のようだが鼠ではない。尻尾のない、白茶の鼠なんているわけがない。

「お梅さん、あの、これは何なのですか」

「天竺鼠《てんじくねずみ》です」

「天竺鼠？」

聞いた覚えがある。異国からやってきた珍しい生き物ではなかったか。

「はい。少し小さめなんですが、天竺鼠なんです」

「小さい？　これでですか。溝鼠《どぶねずみ》ぐらいありそうですけど。あ、でも、溝鼠よりずっとかわいいですね。これなら、ひょっこり出て来ても悲鳴を上げたりしませんね」

天竺鼠が顔を上げた。目が合う。口が横に広がった。

え？　わ、笑った？

「この鼠、今、笑いませんでしたか。こう、にっという風に」

「いや、そんなことはないかと……」

「そうですか。そうですよね。鼠が笑ったりしたら大変だわ。うとうとしていたから目がどうかなっちゃったんでしょうね。ふふ、でも、ほんとかわいい」

指先で頭をそっと撫でてやる。気持ちいいのか、天竺鼠は目を細め、じっとしていた。

「この鼠さん、名前があるんですか」

「名前、ですか。えっと、わたしは〝先生〟と呼んでおりますが」

先生。鼠らしからぬ名前だ。でも、どことなく品がありそうで、似合いかもしれない。

「では、先生。先生はさっきあたしの腰を揉んでくれました。そのちっちゃな足でね。あ、そう言えば、お梅さん、誰かとお話をしていませんでしたか」

「いえ、あの、独り言です。そういう癖《くせ》があるものですから」

独り言？　でも、確かに二色の声を聞いたように思う。夢、だったのだろうか。お梅に揉んでもらう間は、夢と現《うつつ》の境《さかい》が消える。夢の中にゆっくりと沈み、ふたたびゆっくりと現に戻ってくるのだ。どこまでが夢でどこからが現か、わからなくなる。

「それより、お清さん。身体の塩梅《あんばい》はどうでしょうか」

問われて、お清はあらためて身体の軽さと滑らかな動きに胸が躍った。

「ええ、とてもよい塩梅です。この前よりも、さらに軽くなったみたいですね」

「腰はいかがです」

腰に手をやる。押さえると僅かな火照りと鈍い疼《うず》きを感じた。しかし、手を離せば疼きは消えた。身体の奥に灯明《とうみょう》が点《とも》ったような火照りは残っているが不快ではない。

「少し疼くようにも思いますが、たいしたことはありません。ああ。首の後ろもすっきりして、気持ちいいですよ。しゃんとします」

知らず知らず声が弾んでくる。お梅の口調は変わらず、淡々としていた。風呂敷包を引き寄せ、結び目を解く。

「お清さん、今日は灸《きゅう》をすえさせてもらいます。よろしいですか」

「まあ、お灸ですか。あたし、熱いのは少し苦手なんですよ。正直、怖いんです」

そこで、お梅がふっと笑った。ずっと年下なのに母親を思い出す。全てを包み込むような、安心していいですよと告げるような笑みだ。お清も笑みを返した。この歳になって、お灸を怖がる自分がおかしい。おかしいけれど恥ずかしくはない。見栄を張る気持ちは、ほんの僅かも湧《わ》いてこないのだ。

「大丈夫です。わたしのお灸はそんなに熱くありません。ただ、襦袢《じゅばん》も脱いでいただきたいんです。腰と足裏にすえますから」

「構いませんよ。お梅さんに裸を見られるのも乙なものですよ」

口にしてから、慌てた。心の臓が縮まった気さえした。

「ご、ごめんなさい。あたしったら……」

お梅は見られないのだ。

忘れていた。お梅の動きはきびきびと淀《よど》みがないし、物言いも明るい。言い訳にもならないが、お梅が盲目だということ、見えないのだということが頭から抜け落ちていた。

「お清さん、そんなに気を遣わないでください。わたし、見えなくても見えているんですよ。ええ、ちゃあんと、見えているんですからね。例えば」

お梅が肩を竦《すく》め笑む。今度は子どもみたいな屈託のない笑顔だ。

「お清さんのお乳が右の方が一寸だけ大きいとか、わかってますから」

「まあ、そんな。触っただけでわかるものなんですか。もう、嫌だわ、お梅さんたら」

お清も胸を押さえ、笑い声を立てていた。

「もう一つ、左腕の付け根辺りに古い傷があるのもわかりましたよ」

笑いを滲ませて、お梅が言う。お清の頭の中でチカリと何かが光った。
鋏《はさみ》だ。研ぎに出したばかりの裁《た》ち鋏だ。
「おまえのせいだ。全部、おまえのせいだからね」。怒声とともに鋏は震え、光った。
左腕の付け根の傷。身体が強張る。
「お清さん？　どうかしましたか」
「あ……いえ、別に何も……」
「もしかして、口を滑らせたのはわたしの方でしょうか。言ってはいけないことを
軽々しく口にしてしまって……すみません」
「違います、違います。そんなんじゃないですよ。ふふ、お梅さんが何でもわかって
るから驚いてしまってね。それだけですよ」
お梅が眉《まゆ》を寄せる。その膝に天竺鼠が乗ってきた。チチッと高く鳴く。
「え？　あ、はいはい。艾《もぐさ》を置きますね。灸治《きゅうじ》を始めます。お清さん、襦袢を脱いで
うつ伏せになってください」
言われた通り、お清は襦袢を取り夜具に横たわった。また、天竺鼠が鳴く。まるで
指示を出しているみたいだ。お梅の指が腰を押す。押して離す。離した刹那《せつな》、そこが
ぽっと温かくなる。火照るのではなく温かい。

「うっ」。呻《うめ》きが漏れた。腰の真ん中あたり、背骨近くをお梅が押したとき、痛みが走った。それは身体の内にじわりと広がる。粘りついてくる痛みだ。この前のような激痛ではないから、耐えられないことはない。

「痛いですか」

「ええ、少し……少しだけです」

「お清さん」と、お梅が屈《かが》み込み耳元で囁《ささや》いた。

「そんなに我慢しなくていいんですよ。何もかも呑み込んで我慢しなくても、心のままに本当のことを口にしていいんですよ」

「お梅さん」

「ご亭主に言い返せたのでしょう。呑み込まずに吐き出せたのでしょう。それでいいのです。人の身体と心はどちらも入れることと出すことの釣り合いが、肝要《かんよう》なのですから」

艾に火が着いたのだろう。ぼわりと背中から腰にかけてが熱くなる。その熱に追われるように痛みが薄れ、霧散《むさん》していく。熱はお清の肌を焼かない。そのまま身体の内に入り込んでくる。そして、全身を巡り始める。

「入れることと出すことの釣り合い」

お梅の言葉を繰り返してみる。足首にも火が点った。

「ええ、しっかり食べ、しっかり出す。それが生きていく基です。食事が疎《おろそ》かになっても、小水や便がきちんと出なくなっても身体は弱るでしょう。心も溜め込むばかりじゃなく、外に出さないとおかしくなりますよ。むろん、出しっぱなしでも困りますが」

「じゃあ、あたしは……あれで、よかったんですね。心の内に溜めないで出せてよかった……んですね。亭主に告げられて……よかった」

ああ、心地よい。ああ、眠い。とろりとろりと蕩けていく。蕩けて、どこかに流れていく。

お清は自分を一つの皮袋《かわぶくろ》のように感じた。いや、違う。皮じゃない水だ。なめしていない生々しい皮に入れられた水。袋の形で姿を変える。丸ければ丸く、細長ければ細長く、どのようにでも変じられる。

汗ばんでくる。じんわりと汗が滲んでくる。腰だけではない。腹も胸も首も太腿《ふともも》も腕も、汗に塗《まみ》れていく。身体のあちこちを汗が伝い、流れる。汗が、汗が、汗が。

「さあ、今日はここまでです」

お梅の声と共に、熱の源が取り払われた。ただ、身体はまだ温かいままだ。

「疲れていませんか。怠《だる》かったりはしませんか」

「ええ、ほんの少し気怠いですかねえ。でも、心地いいです。ちっとも嫌じゃありません。ああ、これ、子どもの頃の昼寝に似ている。ふふ、夏の昼下がりにいつの間にか寝てしまって、ふっと目覚めたらもう八つ時（二時頃）になっていてねえ。寝すぎて気怠いのに、気持ちがいいんですよ。蜩《ひぐらし》の鳴いてるのをぼうっと聞きながら横になっててね。そしたら、母だか祖母だかが『盥《たらい》に水を張ったよ。行水《ぎょうずい》おし』なんて言ってくれて。その水の冷たさで、やっと現の世界に帰ってきたみたいな……。あら、あたしったら何をしゃべってるんでしょうね。取り留めもない話ですよね。でも、何だか思い出してしまったわ」

　夏の昼下がり。蜩の鳴き声。盥の水に映り込む空の青。萎《しお》れた朝顔の葉っぱと鮮《あざ》やかな燕《つばめ》の羽色。ああどうして、次から次に浮かんでくるのだろう。

　お清は起き上がり身支度を整えた。しっかりしなければと思う。心地よさに身を委ねるだけでなく、現をしっかり生きなければと思う。

「お梅さん、ありがとうございました。おかげで、ずい分と楽になりました。あの、またいつか、治療を受けることはできるでしょうか。ぜひにお願いしたいのです」

　半年の後でも一年後でも構わない。待つ。待てる気がする。肩も腰も首もまた凝ってくるだろう。でも、じっと耐えるだけではない。自分の身体と折り合いをつけながら、一日一日をしゃんと生きていける。その自信が今は、この身の内にある。

「ええ、参ります」

短く、きっぱりとした答えが返ってきた。腰が浮く。

「本当ですか。本当に三度目も来て下さるんですか」

「三度目も四度目も参ります」

「まあ、それは何て嬉しいこと」

胸の上で両手を重ねていた。嬉しい。紛《まぎ》れもなく嬉しい。飛び跳ねたいほどだ。でも、なぜ？　疑念が頭の隅を掠《かす》めた。評判の揉み師が一度ならず二度目、三度目の約束をしてくれる。なぜ？　金子ではない。お梅は決められた代金しか受け取らなかった。

「お梅さん、でも、どうしてそんなに」

あたしを気にかけてくれるのですかと問おうとして、問えなかった。問い言を断ち切られたのだ。荒々しい足音に遮られた。

「お内儀《かみ》さん、お内儀さん。ぼっちゃんが大変です」

お加代《かよ》が駆け込んでくる。真っ青な顔をしていた。

六　かそけき声

上松《うえまつ》の息が荒い。顔中が赤く染まり、額《ひたい》に薄く汗が滲《にじ》んでいる。熱が高いのだ。

上松は年を越えて五歳になったが、身の丈も幅も並の五歳よりかなり劣《おと》る。生まれたときから病がちで、季節の変わり目には必ず熱を出し、しょっちゅう咳《せき》が止まらなかったり、腹を下したりと医者の厄介《やっかい》にならない月はない程だった。

それでも、このところ少し背も伸び目方も増えてきた。そのせいか、年の瀬から正月にかけての厳寒も寝こむ事なく過ごせた。やれやれと胸を撫《な》で下ろしていた矢先の病だった。

「上松」

と呼び掛けると、薄《う》っすらと目を開けた。

「……おっかさん」

「そうだよ、おっかさんだよ。おっかさんがついてるからね。しっかりおし」

力を込めて握《にぎ》った手が驚くほど熱い。真夏の日に炙《あぶ》られた石みたいだ。

「お加代《かよ》、お医者さまの手配はしたね」

「はい、今、呼びにいってます。先生が居てくださるといいんですが。ぼっちゃん、しっかりしてくださいい。もう少しの辛抱ですからね、ぼっちゃん」

お加代は涙声で告げると、お清《きよ》に頭を下げた。

「お内儀《かみ》さん、あたしが悪うございました。お許しください」

「まっ、どうしておまえが謝るんです」

上松は熱を出しているのだ。お加代とぶつかって怪我をしたわけではない。お加代だけでなく誰に非があるとも思えなかった。

「ぼっちゃん、朝から咳が出ていたんです。でも、いつもみたいに咳《せ》き込むほどじゃなくて、朝餉《あさげ》もしっかり食べたし、お元気だったし、気にするほどではないと……」

「そうだね。あたしも咳には気付いていたけれど、さして気にも留《と》めなかったよ」

上松が咳き込むのはちっとも珍しくない。冷たい風が吹いたと咳き込み、汗で身体《からだ》が冷えたと咳き込み、これといって思い当たる因《もと》もなく咳き込む。

「それなのに急にお熱が出て……。お部屋の隅《すみ》でしゃがみ込んで動かなくなったものですから、お休みになっているのだとばかり思ってました。でも、様子が違うような気がして、おでこに手を置いたらとっても熱かったんです」

　語尾が震える。お加代は、上松の額に置いただろう指を握り込んだ。

「あたしがもう少し用心していたら、ぼっちゃんの様子をよく見ていたら、こんなことにはならなかったかもしれません。あたしの落ち度です。申し訳ありません」

「馬鹿なことを言うんじゃないよ。おまえは霊験《れいげん》あらたかな修験者《しゅげんじゃ》さまなのかい？　違うだろう。だったら病に罹《かか》るのを止めることなんてできるわけがないんだよ」

「いいえ、あたしが……あたしが、もう少し気を付けてさえいたら……」

　お加代が両手で顔を覆《おお》う。指の間から微《かす》かな嗚咽《おえつ》が漏《も》れてきた。

　ああまたかと、舌打ちしたい気分になる。

　こと上松に関する限り、お加代は別人のようになる。普段は地に根を張り巡らした大樹のように落ち着き、ちっとやそっとでは揺るがない逞《たくま》しさも頼もしさも示してくれるのに、上松のこととなると、とたん過ぎるほど心配し、慌て、乱れる。上松が生まれたときからそうだった。我が子のように愛《いと》しいと言い、具合が悪くなるたびに狼《ろう》狽《ばい》し、回復すれば赤飯を炊いて祝う。あたしよりよほど母親らしいと苦笑することも度々だった。

　かといって際限なく甘やかすのではなく、お清の意を酌《く》んで躾《しつ》けるべきところでは、きちんと躾けている。母親と乳母《うば》を合わせたような役回りを果たしていた。それはそれでありがたくはあるが、今のように道理の通らない泣き言を並べられるとうんざりしてしまうのだ。ここで己を責めて泣いても、上松の熱が下がるわけではない。

「失礼いたします。開けてもよろしいでしょうか」

障子《しょうじ》の外から遠慮がちな声が尋ねてきた。お梅《うめ》のものだ。

「あ、いけない」。思わず腰を浮かしていた。

上松の許《もと》に駆け付けたまま、お梅をほったらかしにしていた。やはり、お清自身も我が子の病に狼狽《うろた》えているらしい。

「お梅さん、どうぞお入りください。もうお帰りにならなきゃいけないんですよね。申し訳ありません。ほんとに失礼なことをしてしまって」

障子を開けると、十丸《とおまる》がのそりと入ってきた。その後ろからお梅が現れる。

「わ……大きな犬だ」

ふいに上松が身動きした。肩で息をしながらも、十丸の鼻先に手を差し出したのだ。

「ぼっちゃん、いけません。嚙《か》みつかれたら大変です」

お加代が止めるより先に、十丸が上松の小さな手のひらを舐《な》めた。二度、三度……。

熱に火照《ほて》っている顔に笑みが浮かんだ。白く乾いた唇《くちびる》が動き、「くすぐったい」と呟きが漏れる。

お梅が十丸の傍《かたわ》らに膝をついた。

「お清さん、ぼっちゃんに触れてもよろしいでしょうか」

「え？　あ、は、はい」

お梅の手を握《にぎ》り、上松の頬に導く。十丸は後ろに下がると、その場に腹ばいになった。一声も吼《ほ》えない。ほんとうに静かで、利口な犬だ。

お梅は両の手のひらで、上松の顔を柔らかく挟《はさ》み、少しばかり前のめりになる。暫《しば》くその格好のまま動かない。上松も嫌がる素振りは見せなかった。

「ここ、痛い？」

指先で顎《あご》の下を押され、上松が眉《まゆ》を顰《ひそ》める。

「痛い」

「そう、痛くしてごめんね。でももうちょっとだけ我慢してね。ここは、どうかな？」

「痛くない。気持ちいい」

「あら、気持ちがいいの？」

「うん。おねえちゃんの手、ひんやりしてる。気持ちいい」

「ほんとに？　それはよかった」

お梅と上松のやりとりを聞きながら、お清は心の内で首を傾《かし》げていた。

ひんやりしている？　お梅さんの手が？

お清の身体には、まだたっぷりと揉《も》み治療の心地よさが残っていた。凝《こ》り固まった身も心も蕩《とろ》かしてくれる温もりだった。

お梅の手は温かだ。日向《ひなた》のように、優しく温かなのだ。今しがた握った折も、冷えてはいなかった。なのに、上松は冷たいと言う。それだけ熱が高いのだろうか。けれど、さっきお清が触ったときには、「ひんやりしてる」とは、言わなかった。母を認めて、安堵《あんど》の表情を浮かべはしたけれど。

「身体の内がずい分と乾いているみたいですね」

上体を起こし、お梅が言った。お清は僅《わず》かばかりにじり寄る。

「喉《のど》が渇《かわ》いているってことですか。お水を飲ませた方がいいでしょうか」

「喉だけではなくて、身体全部が乾いて水気が足りていないんです」

「え？　でも、こんなに汗をかいてるんですよ」

「汗をかくから、水気がなくなってしまうんです。人の身体も田畑も同じ、水気が不足すると罅《ひび》割《わ》れます。田畑の作物が萎《しお》れてしまうみたいに、人の五臓六腑《ごぞうろっぷ》も衰《おとろ》えるんです」

「それが熱の因《もと》になるのですか」

　いいえとお梅は頭を横に振った。

「逆です。熱が出るから乾くんです。ぼっちゃん、熱に身体の水気を奪われて足りていないいんじゃないでしょうか。熱の因はおそらく喉の腫《は》れだと思いますが」

「あたし、お水を持ってきます」

　お加代が立ち上がる。かなりの勢いだ。そのまま部屋を飛び出そうとするお加代を、お梅が呼び止めた。

「お加代さん、水ではなく温《ぬる》めのお白湯《さゆ》がいいかと思います。あまり冷たい水だと、かえって身体の障《さわ》りになりますから。それにお塩をほんの少し、一つまみほど混ぜてみてくださいな。しょっぱい味がついたら、ぼっちゃんが飲まないでしょうからね」

　そういえば、田に入れる水はあまり冷たいと苗を傷めると聞いた覚えがある。そのために水路を巡らせて冷えを取るのだと。

「温めのお白湯ですね。わかりました。他には何か？」

「はい。それでは熱いお湯に浸《ひた》した手拭いを何枚かお願いできますか。冷めないように温めた器《うつわ》に入れてきていただけますか」

「かしこまりました。すぐ用意いたします」

荒い足音を残し、お加代が駆け去っていく。遠ざかる音を拾うように、お梅は首を傾けた。

「お加代さん、ぼっちゃんのことをとても大切に思ってるんですね」

「え？　ええ、そうですね。生まれたときからずっと面倒を見ていてくれるので、半分、母親みたいな心持ちじゃないですかね。あの、それより、お梅さん、上松の喉は酷《ひど》く腫れておりますか。前々から熱が出たとき、よく喉が痛いと訴えておりまして」

「すみません。わたしは医者ではないので、何とも言えません。でも、触った感じでは喉の奥が腫れている……あら」

お梅の胸元がもぞりと動き、あの天竺鼠《てんじくねずみ》が顔を出す。

「ちょっ、ちょっと、先生。いけませんたら」

お梅が衿《えり》を押さえるより早く天竺鼠は身を捩《よじ》り、掛け衾《ぶすま》の上に飛び降りた。

「わぁっ、なに？　これ、なに？」

上松の黒目が鼠を追って、動く。

「天竺鼠って、とても珍しい鼠さんだよ。上松、見るの初めてだろ。おっかさんもだけどね」

語り掛けると、上松は仄《ほの》かに笑った。声を立てるほどの元気はないが、さっきより生き生きとしてきたと、思える。気のせいだろうか。

「犬と鼠……名前は……」

「犬は十丸って言うんだよ。鼠は、えっと、〝先生〟でしょうか。お梅さん、そう呼んでおられましたよね」

「そ、そうですね。確かに呼びはしました。でも、本当の名前って……あるのかしら？」

「はい？」

「あ、いえ、何でもありません。独り言です。はい、先生でいいですよ。とってもいいと思います。鼠先生なんて、御伽草子《おときぞうし》みたいでおもしろいですよね」

そこで、天竺鼠、いや、先生が「ジジッ」と鳴いた。「チュウチュウ」でも「キキッ」でもなく、しわがれた、でも、深みのある声だ。およそ鼠らしからぬ声でもあった。

そこに、お加代が盆を掲げて帰ってきた。盆には湯呑と急須《きゅうす》、大振りの鉢《はち》が載っている。先生がお梅の衿元に、素早く潜り込んだ。お加代は全く気が付かない。上松のことで頭が一杯で、周りを気にする余裕などないのだろう。

「ぼっちゃん、お白湯《さゆ》ですよ。飲めますか」

お清に背中を支えられて起き上がり、上松は白湯を飲み干した。

「美味しい。まだ、いる」

ほんとうに身体の内が乾いていたのか、上松は湯呑に二杯、白湯を飲み干した。

「咳が出るようなら、身体を起こしていた方が楽かもしれませんよ。やっぱり、喉の腫れが因みたいですけれど、明日には熱は引くだろうと……」

「先生のお診立《みた》てですか」

つい、口を挟んでしまった。そんな気がしたのだ。先生は上松の胸や喉のあたりを小さな前足で何度も押していた。耳を胸板に付けるような仕草もしていた。まるで患者を診る医者のようだった。いや、鼠は鼠だ。天竺だろうが溝《どぶ》だろうが野だろうが、鼠は鼠で鼠より他の何者かであるわけがない。当たり前ではないか。

「すみません。あたしったらとんだ世迷《よま》い事を口走ってしまって。ほんとに、どうかしてますね。お恥ずかしいですよ」

お梅が何か言いかけたけれど、そのまま黙り込んだ。足音が聞こえたからだろう。荒くはないが、どこか苛立《いらだ》ちを含んだ足音が近づいて来る。

お清は心の臓が縮まる気がした。

「上松がまた、熱を出したって」

与三郎《よさぶろう》が部屋に入ってくる。お梅を見て眉を寄せはしたが、挨拶一つしなかった。

「まったく、よくもこれだけ次から次へと病に罹れるものだな」

立ったまま大きなため息を吐く。上松が身を縮めた。

「上松、おまえはもう五つだぞ。しっかりしなきゃならない歳だ。いつまでも甘えていないで身体を鍛《きた》えないといかんな。このままで大きくなったら、うちの後を継《つ》ぐなんてどうにも無理だ。考えられないじゃないか。そうなったら、どうするつもりだ」

「おまえさん、止《や》めて。もういいかげんにしてください」

「いいかげんにできるわけがないだろう。そうやって甘やかすから、上松がこんな風なんだ」

与三郎は息子に向かって顎をしゃくった。上松がさらに身を縮め、うつむく。その後、不意に激しく咳き込み始めた。

「横にしないで、座ったまま背中をさすってあげる方がいいです。お加代さん、もたれかかれるように後ろに夜具《やぐ》を重ねてあげてください。それから、手拭いを胸に当てて温めて」

お梅から次々と指図が出る。お清とお加代は言われるままに、動いた。上松の咳は長くは続かず、間もなく収まった。気息《いき》も先刻ほど乱れていない。

ああ、これなら大丈夫だ。直《じき》によくなる。

ほっとする。しかし、力なく目を閉じている上松を見ているうちに、お清は腹の底が徐々に熱くなるのを覚えた。それが怒りだと気付くのに僅かな間がいった。

「出て行ってくださいな」

腕組みしたまま戸口に立っている亭主を睨《にら》みつける。

「上松はもう五つじゃありません。まだ五つなんです。たった五つの子が、病と懸命に闘ってるんじゃないですか。熱が高いのだって、咳が出るのだって、辛《つら》いのは上松です。それなのに、甘えてるだのしっかりしなきゃならないだの、お門《かど》違いのことばっかり言って。病人相手に何を怒鳴ってるんですか。怒鳴り声なんて百害あって一利なしです。さ、出て行ってください。上松がよくなるまで、二度とここには来ないでくださいな」

与三郎は腕を解き、束《つか》の間、目を狭めた。

「怒鳴ってるのは、おまえの方だ」

「ま、そんなこと……」

「このごろ、よく怒鳴るな。怒ってばかりだ」

「おまえさんが怒らせるからですよ。あたしは母親ですからね。子どもを守ります。

自分の子を蔑《ないがし》ろにされたり、傷つけられたりして黙っている母親なんていませんよ」

「おれは父親だ。上松を蔑ろにする気も、傷つける気もない。しかし、今津屋《いまづや》の主《あるじ》でもあるんだ。この店を先々どうするか、どう繋《つな》いでいくか思案しなきゃならん。おまえのように子どもを守ることだけを考えて生きるわけには、いかんのだ」

与三郎と目が合う。意外なほど、悲し気な眸《ひとみ》だった。怒りの炎が勢いを減じ、みるみる鎮《しず》まっていく。静心《しづごころ》が戻ってきた。胸の内が妙に冷たい。

「……店の跡取りの話をしているんですか」

「そうだ。商家の主は丈夫でないと務《つと》まらん。主がしょっちゅう臥《ふ》せっているようでは商《あきな》いが回るはずがないだろう」

「ですから、上松はまだ五歳なんです。これから、どうなるかなんてわからないでしょう。丈夫に大きくなる見込みはたくさんあるんです。子どものころ病弱でも大人になってからは並よりよほど元気だなんて人、いっぱいいるじゃないですか。ずっと先の心配を今しても、役に立ちゃあしませんよ」

冷えた胸を押さえながら、口調だけは緩《ゆる》めず言い募る。勢いよくしゃべり続けていないと、胸内の冷たさが身体中に広がる気がした。

「お松《まつ》はもう十三歳だ」

与三郎の一言は、耳をそばだてなければ聞き取れないほど低かった。なのに、お清は口をつぐんでいた。唾《つば》を呑み込む。そんなわけがないのに、苦い。

そうだ、お松はもう十三歳。次の正月には十四歳になる。そろそろ嫁入りの、あるいは婿《むこ》取りの縁談が舞い込んでくる年頃だ。じっさい、今年に入り親戚筋から二つ、三つ、嫁入り話が持ち込まれたりしている。さすがに、まだ早いと断りはしたが、一、二年はあっという間だ。お松の先行きをじっくり、本気で思案せねばならない時期が目の前に迫っていた。

「おまえさん、まさか、お松に婿をと考えてるんですか」

「おまえは考えていないのか」

問い返されて、お清は唇を噛んだ。

考えていないのか。一度も、考えなかったのか。

考えた。このところ、頭の隅にいつもそのことが蹲《うずくま》っている。

商人にとって何より大切なのは、家や血の繋がりでなく商いを回し続けることだ。この商いを絶やさぬためには、さらに身代を肥《こ》やし店の基を盤石《ばんじゃく》にするためにはどうすればいいか。何を為すべきか。商人はいつも考え続ける。情に流されず、溺《おぼ》れず、思案するのだ。

遊び癖《ぐせ》の付いた息子を追い出し娘婿に店を任せた店主を、商才のある奉公人に全てを譲った商人を、お清は知っている。

唇を噛んだまま、下を向く。

「お内儀さん、お医者さまがお出《い》でになりました」

女中が廊下から告げた。掛かり付けの医者がやっと到着したようだ。

お梅が立ち上がる。十丸も傍らにやってきた。引き綱《つな》を持ち一礼すると、お梅はしっかりした足取りで出て行く。驚くほど素早い動きだ。

「あ、お梅さん、待ってください。お加代、上松のこと頼みます。すぐに帰ってくるから」

「はい。お任せください」

お加代が胸を張る。雛《ひな》を守ろうと羽《はね》を広げる親鳥みたいだ。

「お梅さん、お梅さん。お待ちくださいな」

後を追い、呼び止める。礼を言わなければならない。お梅のおかげで、上松は楽になったのだ。お梅が足を止め振り返った。

「あ……」

お清は胸の上で両手を重ね、息を詰めていた。寸の間だが言葉を失う。

お梅の表情が強張《こわば》っていた。怯《おび》えているようにも、当惑しているようにも見える。どうして、こんな顔を？

与三郎の台詞《せりふ》が気に障ったのだろうか。しかし、あれらは、お梅に向けられたものではない。むしろ、与三郎はお梅に対し、ずっと知らぬ振りを通していた。

「あの、お梅さん……」

「はい、何でしょうか」

答えた声は柔らかく、怯えも当惑も含まれていなかった。顔つきも強張ってなどいない。

見間違いだろうか。光の翳《かげ》りのせいで目が眩《くら》まされたのだろうか。いや、違う。あれは現《うつつ》だった。見間違いでも眩まされたわけでもない。

「あ、あの、この通り、お礼を申し上げます」

深々と頭を下げる。見えていないはずなのに、お梅の視線を感じる。きっちりとお清に向けられていた。おそらく、気配を捕らえての業《わざ》だろう。

「あたしばかりでなく上松までお世話になりました。お礼をお伝えするのが遅くなってしまって、すみません。ほんとうに、ほんとうにありがとうございます」

「とんでもない。差し出がましい真似をしました。ほんとうは、黙ってお暇《いとま》しようと思っていたんです。でも、ぼっちゃんが病と聞いて気になってしまって。あらっ」

お梅の衿元から先生が顔を出す。髭《ひげ》を震わせ「ジジジッ」と鳴いた。

「あ、もしかしたら、先生が診察してやろうと言われたんですか……。あら、いけない。また、埒《らち》もないことを申しましたね」

自分で自分の口の軽さに驚いてしまう。気も軽くなっているのだ。上松の病がよくなると確かに信じられて安堵している。それは、お梅が与えてくれた安堵だった。

「いえ、お清さん、なかなかの眼力です。ええ、先生が『わしが診てやるから、連れて行け』とうるさくて。子どもの病の四半分は、白湯を飲ませて身体を温めれば治るんだそうです」

お梅はくすくすと笑っている。楽し気な笑い声だ。

冗談？　本気？　冗談に決まっている。でも、冗談とは思えない。

お清は少しばかり戸惑ってしまう。軽やかな笑いと、さっき束の間だが目にした硬い表情が僅かも結び付かないことも、戸惑いを大きくしていた。

「もちろん、気持ちが安らかでないと治る病も治りません。心と身体はしっかり結び付いていますからね。そこは、大人も同じです」

お梅はもう笑っていなかった。目元も口元も生真面目《きまじめ》に引き締まっている。

「逆に、気持ちが落ち着いていると病を抑《おさ》え込むこともできるんです。気持ちで病が治るわけではありませんが、お薬の効きがよくなったり、治りが早まったりはするみたいです」

「病は気から、というやつでしょうか」

「ええ、そうですね。あれにはなかなか深い意味があるように思えます。でも、ほんとに気持ちだけで病が退散してくれたら、どれだけいいでしょうね。現はそんなに甘くなくて、気だけではどうにもならない不調は、いっぱいありますものねえ」

お梅の口調が湿る。悲し気にさえ響いてくる。

「あ、ええ、そうですね。でも、あたし、お梅さんの揉み療治のおかげで、ずい分と気がしゃんとしたと感じますよ。何て言うんだろう。背筋が伸びるようになったし、首が頭をちゃんと支えられてて真《ま》っ直《す》ぐ前を向けるようになったんです。そしたら、言いたいことを言えるみたいで……。亭主はかなり面食らっているみたいですけどね。あたしのこと、こんなに厄介な女だったのかと苦い思いをしてますよ」

「見直したのかもしれませんよ」

「え？」

「お清さん、ちょっと不躾《ぶしつけ》なことを申しますが、思い違いをしないでくださいね」

「思い違い？」

「ええ。揉み療治は凝りをほぐします。それによって、心身が軽くなります。重い甲《かっ》冑《ちゅう》を脱ぎ捨てたようなものですから、当たり前と言えるかもしれません。あ、でも、わたし甲冑なんて身に着けたこと、一度もありませんが」

「ま、お梅さんたら。あたしだってありませんよ。このごろはお武家だってそうそう着込んだりしないでしょう」

「そうですね。では、言い換えます。背中に括《くく》りつけていた重い荷物を一つ、下ろしたみたいなもの。そういうところでしょうか」

ああ、それならわかる。お清は合点した。

全部とは言わない。でも、背負っていた荷が一つ、すうっと消えた。そんな感じなのだ。おかげで残りの荷もしっかり背負える。足を踏ん張れる。

「でも、荷物を下ろしたからと言って、担いでいた人そのものが変わるわけじゃないですよね。鎧《よろい》を着ても脱いでも中身は同じ人です」

「は？　あ、ええ。そりゃあそうです」

何が言いたいのだろう。解《げ》せない。

「わたしの治療は凝りは解《ほぐ》せても人は変えられません。そんな力はないんです。つまり、ご亭主に言いたいことをきちんと伝えられるのも、怒りを怒りとして外に出せるのも、本来のお清さんの姿なんですよ。ずっと見失っていた本当の姿にやっと気が付いた。やっと戻れた。そういうところでしょうか」

変わったのではなく、元に戻った。

声に出さずに呟いてみる。

我慢して、自分を矯《た》めて、抑え込んで、誰かの意に沿うように形を歪《ゆが》めて生きる。それをあるべき姿だと受け入れてきた。本来の自分なんて、考えようともしなかった。

「どこか、痛みますか」

お梅の物言いが乾いて、鋭《するど》くなる。見えないせいではあるまいが、お梅の口調は豊かだ。緩み引き締まり、凜《りん》とし和《やわ》らぎ、軽く重く、鋭く突いてくるかと思えば柔らかく包み込んでくるようでもある。

「さっき、少し息が乱れたようですが」

「あら、いいえ。痛みなんてありませんよ」

腰に当てていた手を離す。知らぬ間に腰を擦《さす》っていたようだ。ただ、僅かな重みがあるぐらいで、痛みを感じたわけではない。お梅に揉んでもらうまで続いていた底深い疼《うず》きは、綺麗《きれい》に拭い去られている。

「何だかこうやって腰を擦るのが習い性になってしまったようでね。でも、お梅さん、怖いほどこちらの様子がわかるんですね」

「お腰を擦っていることはわかりません。息の乱れを察しただけですから。でも、何事もないのならよかったです。では、これで。また、近いうちに参りますね」

「お待ちしております。来ていただけるなら、これほど嬉しいことはありませんもの」

「はい。必ず参りますので」

約束を一つ残して、お梅は背を向けた。

その肩から先生がひょこりと顔を出し、小さく鳴いた。お梅と先生に向け、頭を下げる。

「本来のあたしの姿」

頭を上げ、声にしてみる。その声と一緒に身体の内を風が吹き通り、口から流れ出ていく。そんな風に思えた。

「何だか、気に掛かることがいろいろあって」

お梅が言うと、十丸は鼻の先で笑ったようだ。

「おまえが勝手に気に掛けているだけではないか。ヒトの世など憂《うれ》い事ばかりだ。一々気にしていたら、あれもこれも引っ掛かり過ぎて、そのうち身動きできなくなるさ」

十丸の皮肉はいつものことなので聞き流す。

「先生はどう思われました？」

「わしか？　わしは、この酒が美味《うま》いと思うぞ。もう少し飲ませてくれ」

酒をすする音とともに、その香りが漂う。

「駄目です。さっきからずっと飲んでるじゃないですか。いいかげんにしてください」

「酒は百薬《ひゃくやく》の長というのは真《まこと》だぞ。第一、わしはヒトではないからな。幾ら飲んでも酒毒に祟《たた》られたりはせん。心配しなくていいから、飲ませろ。ああ、もう銚子《ちょうし》が空っぽになった」

先生の手首を摑《つか》み、盃《さかずき》を取り上げる。

上松とそう変わらないぐらいの細い手首だ。

薄鼠色の小袖に白い裁《た》っ着け袴の出立《いでた》ちだ。十丸と同じように長い髪を背中で一つに束ねている。十丸の髪はきれいな銀鼠色だが、先生は小袖と同じ艶《つや》のない薄鼠の色だった。眉毛と顎の下の長い髭は真っ白で、こちらは艶々と輝いていた。

お梅より頭一つ分、小さい。十歳ぐらいの童《わらべ》の身体付きだ。その上に細くて皺《しわ》の深い顔がある。好物は酒と海苔《のり》と豆腐だ。酒は濁《にご》り酒だろうが諸白《もろはく》だろうが片白だろうが、お構いなしだ。冗談でなく樽ごと飲み干してしまう。

もっとも、先生の姿は閉じた瞼《まぶた》の裏に浮かぶだけだ。晴眼《せいがん》にはどんな風に映るのか、お梅にはわからない。天竺鼠のままなのか、目立たぬ老人であるのか、奇異な修験者のようなのか思い至れない。お清たちには天竺鼠としてしか見えてなかったようだが、それは先生がそう見せていたからに過ぎない。先生は人の目に映る己の姿を好きに操れるのではないかと、お梅は考えている。

「ヒトの目は、あまり信用できぬぞ」

先生は時折、そんなことを口にする。

「光の下でしか見定められぬものだから、光の届かぬところをやたら怖がり、魔が棲《す》むなどと言いおる。己の視の力が乏しいのを棚に上げて、見えぬものは全て悪としてしまうとは。まったく、どうしようもない。つくづく困ったもんだ」

こんな風にぐちぐちと文句を続けるのは、たいてい酔っぱらったときだ。先生は人ではないから、確かに酒毒に侵《おか》されて肝の臓を悪くしたり、前後不覚に陥《おちい》ったりはしない。でも、酔いはする。酔って、十丸に言わせれば「愚痴を際限なく垂れ流す」のだ。「そうならないうちに、さっさと盃を片付けてしまえ」とも言われていた。

十丸の忠言に従い、陶器の盃を袖の中に隠す。

「あ、お梅、なんという殺生《せっしょう》な真似をする。おまえが呼んだから、わざわざ出向いてきてやったのに、酒ぐらい馳走《ちそう》してくれてもよいではないか」

先生はいかにも惜《お》しそうに、語尾を震わせた。

「たっぷり、ご馳走いたしました。先生、かれこれ二刻《ふたとき》は飲み続けておりますよ。一升徳利が一本と半分、空になりました。駄目です。もう、お酒はお終《しま》いです」

「おまえには客人をもてなそうという饗応《きょうおう》の心はないのか。まったく、久しく逢わんうちに、またいっそう、しわくなったのではないか」

「しっかりしてきたと言ってくださいな。先生は酔うと、どうでもいい話をしゃべり続けて、しゃべるだけしゃべったら寝てしまうんですもの。今日は、寝られたら困ります。訊きたいことがあるんですから」

さらに、にじり寄る。酒の匂いに混じって、微かに森の香りが鼻に触れた。決して人が足を踏み入れない、踏み入れられない深い森の香りだ。今を盛りと重なり茂る葉、朽《く》ちた木の幹や落葉、花弁を開く花々、木漏《こも》れ日に温もった土……。そんな諸々が仄かに滲ませる香りたちだ。酒の香りと相性がいいのか、上手く溶《と》け合っている。いつ嗅いでも、清々《せいせい》とした気分になれる。

「先生、あの、お尋ねしますが」

「今津屋の内儀なら、どうにもならんな」

先生はにべもない言い方をした。お梅は顎を引く。心の臓がとくりと脈を打った。

「どうにもならないって、そんなに悪いんですか」

「悪いといえば悪い。胃の腑《ふ》がやられとる。もしかしたら膵《すい》も危ないかもしれん。どちらもまだごく小さな腫物《はれもの》に過ぎんが、そのうち、大きくなる。そうなったら終わりだろうなあ」

「終わりって……亡くなるってことですか」

「まあ、はっきり言えばそういうことだな」

さっきより大きく心の臓が音を立てた。喉の奥に閊《つか》えができたように苦しい。こめかみがひくついた。指を握り込む。指先が震えていた。

もしかしたらと思った。

お清の身体を揉んだとき、違和を感じたのだ。上手く言い表せないが、今まで解してきた凝りとは違った。まるで異なっていた。ぶよぶよと妙に締まりなく指先を呑み込むようであるのに、固まっている。そこを揉むと、お清はひどく痛がった。お梅がこれまで揉んだことのない何かが、お清の内に巣くっているようで背筋がうそ寒くなったのだ。

これは手に負えない。

そう察したからこそ、先生に来てもらった。お梅に揉み師の才が、しかも、並ではない才が具《そな》わっていると見抜いたのも、揉みの技を教え込んでくれたのも先生だ。お梅には及びもつかない力を持っている。その力がどんなものか、正直、見当がつかない。だから、ぎりぎり、どうにもならないと判じたとき助けを求める。もっとも、そんなときはそうそうない。

十丸と二人で生きていくと決めたときから、安易に助力《たすけ》を乞《こ》うのは止めた。苦労や苦難は幾つも降りかかってきたけれど、何とか乗り切ってきた。先生に頼ってしまったら、頼ることに慣れてしまったら、自分の足で立てなくなる。誰に諭《さと》されたわけでもないが、お梅は心得ていた。一人前の揉み師になるためにも、江戸で暮らし続けるためにも、大切なのは寄り掛からずに進んでいこうとする決意だ。

でも、今はぎりぎり、どうにもならないときだ。お梅には荷が勝ち過ぎる。しかも、おそらく時との勝負になるはずだ。一日、一刻を無駄にはできない。

前のめりになる。酒と森の香りを吸い込む。

「お清さんは病に罹っているんですね」

「そうだ。しかも、えらく質《たち》の悪いやつにな」

「治りませんか」

「無理だ」

「そんなに、あっさり言わないでください。先生」

手を伸ばし、裁っ着け袴の上から細い膝を揺する。

「わっ、馬鹿者。やめろ、やめろ。飲んだばかりで揺すられると、酔いが回るではないか」

「まだ小さな腫物なんでしょ。それなら、先生のお力で何とかなるんじゃないですか。いえ、何とかできませんか。いえいえ、どうでも何とかしてくださいな。先生、お願いします」

「だから揺するなって。き、気分が悪くなる。ここに吐いてもいいのか」

「えっ、いや、駄目ですよ。困ります。せっかく毎日、お掃除してるのに汚さないで。もう、先生、こんなときに冗談はよしてくださいな」

手を引っ込める。先生は、そこでくしゃみを続けて二回した。

「死病を抱えた者など、この世にはたくさんおるぞ。今津屋の内儀だけが格別なわけではあるまいが。おまえの今までの客の内にも、病で命尽きた者はおっただろう。ほれ、何とか言う武家の婆さまとかだ。二年も前になるかの」

「一年半です。あのときも揉み解し方を先生に指南《しなん》してもらいましたね」

長い年月を病床で過ごし命の果が見えたとき、もう一度だけ起き上がって、自分の力で歩いてみたいと望んだ老女がいた。さる旗本《はたもと》の奥方だった人で、家を継いだ息子が母親の願いを叶えるために、お梅に揉み療治を頼んできたのだ。

難儀だった。何年もろくに動かしていない足は、まさに木偶《でく》のように固まったままで肌も骨も脆《もろ》くなっていたのだ。お梅は根気よく揉み解し、曲げ伸ばしから始めて徐々に動きを増やしていった。じわじわと進む病と競り合いをしている気がした。先生に助力を求め、その助力に従い、湿布を使い、温石《おんじゃく》を使い、さらに揉み続けた。必死の日々だった。

「おまえは、なぜそこまで、あの内儀に拘《こだわ》る?」

先生の声音に重みが加わった。耳の底まで、ずんと響いて来る。背筋が伸びる。

「はい」

「お梅」

三月《みつき》かかった。三月でようやっと、老女の足は動くようになった。むろん、滑《なめ》らかに歩いたりはできない。そんな体力も足の力も老女には、残っていなかった。

それでも歩けた。支えられて起き上がり、僅か三歩だが老女は歩いたのだ。

「まあ、歩けましたよ。梅どの、わたくし、自分の足で歩けました」

「はい。お歩きになりました。お見事にございます」

大きく開け放した障子の向こうには庭があり、大輪の牡丹《ぼたん》が咲き誇っていたはずだ。母に見せるために息子が鉢植えを並べたと、女中の一人が教えてくれた。その牡丹に負けない艶やかさだろう笑顔を老女はお梅に向け、「ありがたく思います」と礼を告げた。

「梅どののおかげで、想いが果たせました。心からお礼を申しますよ。そして、わたしの足にも……よく、励んでくれたこと」

「母上……」

息子が目頭を拭う。老女はそれから三日の後、息を引き取った。

「あの武家の婆さまは、命が限られていた。まあ、言うなれば死出《しで》の旅への餞《はなむけ》ってやつだろうな。おまえがわしに助力を乞うてきたのは、あれが初めてだったな」

「はい」

「そして、今度が二度目だ」

「はい」

「間もなく命の尽きようとする者の望みを叶えたいと望む。その心持ち、わからんでもない。おまえのおかげで婆さまが得心して死んでいけたのなら、治療の甲斐《かい》もあったってもんだろうな。なかなかいい仕事であったと思うぞ。しかし、今度はちっと無茶だな」

先生の視線が頬に当たる。火のついた線香の先で突かれたようだ。ちりっと熱い。

「おまえは内儀を生かそうとしている。病に勝たせようとしている。それは無茶だ」

「そうでしょうか」

「そうだとも。自然の理《ことわり》に外れておる」

お梅が返答する前に、先生は大きく息を吐き出した。

「それに、あの家はどうもよくない。血の臭いがする。どこが臭うのか、おまえは感づいておるだろう。なのに……。やめておけ。もう深入りせぬがよいぞ、お梅」

先生の口調がさらに重くなる。お梅は膝の上に手を重ね、唇を結んだ。

七　小さな真《まこと》

その日、お筆《ふで》がやってきたのは昼八つを僅《わず》かに過ぎたころだった。夏に向かう日はまだ中空にあり、燦々《さんさん》と地を照らしていた。

お梅《うめ》には夏の兆《きざ》しを含んだ風景を見ることはできない。でも、感じることは十分にできる。乾いた風の匂いや、青葉の香り、首筋や指先に伝わってくる光の熱、通りから聞こえる物売りの声、そんな諸々《もろもろ》に季節はちゃんと宿っている。

見えない不便はたくさんあるけれど、見えることだけに頼らない術《すべ》を、幾つも身に付けてこられた。それも事実だ。

日差しをたっぷりと感じる昼下がり、お筆が浮かない顔つきをして訪ねてきた。そう察せられたのは、声の調子がいつもほど陽気でなかったからだ。

「これ、豆大福。毎度同じで申し訳ないけどね」

「申し訳ないなんて、とんでもない。紅葉屋《もみじや》の豆大福がいただけるなんて、ほんと幸せよ」

甘い餡子《あんこ》の香りを嗅《か》ぎながら、お梅は本心の言葉を告げた。お筆の拵《こしら》えた評判の豆大福は何よりの好物だった。お上手でなく、嬉しい。

――ちっ。あんなもののどこが美味いのか、まったく解《げ》せぬ。生の小豆《あずき》の方がよっぽどマシだ。

餡子嫌いの十丸《とおまる》は横を向いて舌打ちしたけれど、むろん、お筆は気が付かない。

「でも、お筆さん、今日はあまり楽しい用事じゃないみたいね」

「おやまっ、わかっちまったかい。お梅ちゃんには隠し事はできないね」

「言いたくないことなら無理には聞かないけど……。でも、わたしに言伝《ことづて》があって来てくれたんでしょ。あ、ともかく、上がってくださいな。お茶を淹《い》れるから」

「あ、いいよ、いいよ。上がり込むほど長い話じゃないんだ。お茶を飲みながら世間話をするのもいいけど、それなら一刻《いっとき》や二刻、すぐ経《た》っちまうからね。迷惑だろう？いいえ、お梅ちゃんじゃなくて、あっちの気難しいお犬さまがさ」

そこで、お筆はお筆らしくからからと笑った。十丸は相変わらず、横を向いている。

「十丸、安心していいよ。お昌《まさ》が一人で店番してるからさ、早く帰ってやらなくちゃならないんだ。のんびり腰を落ち着けるつもりはないからね」

――それは重畳《ちょうじょう》。とっとと用事を済ませて、帰るがよかろうさ。

十丸が独り言つ《ご》。これも、お筆の耳には届かない声だ。

「それでね、お梅ちゃん、今朝ね、今朝といっても、お昌が手習《てならい》に行ったすぐ後だったから、五つ（八時頃）時分だと思うんだけどね、相生町《あいおいちょう》の親分さんが店に来たんだよ」

「まあ、仙五朗《せんごろう》親分が紅葉屋に？」

十丸の気配が僅かに尖《とが》った。

「そうなんだよ。ひょいと覗《のぞ》いて、大福と茶を注文してね。あ、でも、ちゃんとお代をくれたんだよ。あの親分さん、そういうところはとっても律儀でねえ。他の岡っ引《おかぴき》みたいにただで飲み食いしたり、心付けを出すまで居座ったりなんて阿漕《あこぎ》な真似、一切しないのさ。昔から筋が一本、通っててねえ、頼りになるんだよ」

「お筆さん、親分さんとは昔からの知り合いなの」

「知り合いってほどの仲じゃないんだけどね、昔、紅葉屋が繁盛し始めたころにさ、地回りのごろつきに絡《から》まれたことがあってねえ。商いを続けたければ銭を寄こせって、ね。その銭ってのが売り上げの半分だって言うんだから、無茶苦茶だろ」

無茶苦茶だ。売り上げの半分を持って行かれたら、商いは成り立たない。

「けどさ、あたしがどんなに頑張ったって勝てるわけもなくてね、店を畳《たた》むしかないと頭を抱えてたんだけど、そのとき、親分さんが助けてくれたんだよ。二度と紅葉屋に手を出すなって、ごろつき連中を一喝してくれたのさ」

そこで、お筆はすこしばかり間をおいて、続けた。

「それからは、安心して商いを続けられてるって話でね……その、つまり、親分さんには恩があるんだよ。借りといってもいいけどね。もちろん、親分さんは、あたしから見返りをどうこうしようなんて、ちらっとも考えちゃいないだろうけどね。あたしとしちゃあ、恩とも借りとも思っちまうのさ」

お筆もまた、筋金入りの律儀な性分《しょうぶん》なのだ。

お梅は口元を綻《ほころ》ばせてみせた。

「わかったわ。いいわよ、お筆さん」

「え？」

「親分さんに、わたしの居所を訊かれたんでしょ。伝えても構わないわ」

「あらまっ、どうしてわかったんだい。驚きだよ。それも気配を読んだってやつかい」

「違います。お筆さんの話と物言い、それに気性を考えたらわかるの。恩のある親分さんから、わたしのことで頼まれごとがあった。でも、お筆さんとしたら、口軽く教えるわけにもいかない。それで、わざわざ、こうやって訪ねて来てくれたんでしょ。わたしから承諾《しょうだく》を得なけりゃ親分さんにだって教えるわけにはいかないって、確かめてみるからもう少し待ってくれと、お筆さんなら言うよね。で、親分さんなら、お筆さんの為人《ひととなり》を呑《の》み込んで、では頼むと頭を下げる。そういうとこじゃないかしらね。違う？」

息を吸い込む音がした。その後、吐き出す音もした。

「お梅ちゃん、その通りだよ。一分《いちぶ》の違いもないね。あっ、もしかして」

「うん？　なあに」

「親分さんが逢いたがっているのって、お梅ちゃんを手下《てか》にしたいからなのかい」

「はい？　やだ、まさか。そんなはずないでしょ。わたし、目が見えないのよ」

〝剃刀《かみそり》の仙〟の手下になる。手先として、本所深川《ほんじょふかがわ》で起こる事件に関わっていく。突拍子もない思い付きだ。でも、おもしろくはある。心のどこかが微《かす》かに脈打つ。

「目が見えなくても、それだけ頭が回れば十分、役に立つよ。たいしたもんだ」

「ありがとう、お筆さん。でもね、親分さんがわたしに逢いたがっているのは、たぶん……」

「心当たりがあるのかい」

頷《うなず》く。それから、お筆に向かって身を乗り出した。

「親分さん、急いでいる風だった？」

「そうだね。急いでいても焦《あせ》っていても、そういうの表に出すお人じゃないから、よくわからないけどさ。でも、うちの店で待ってるんだよ。あたしが返事をもらって帰ってくるのを待ってるって言うんだ。それって、かなり、気が急《せ》いてるってことじゃないのかねえ。余裕があるなら、明日にでも明後日にでも出直してくりゃあいいんだし。ついでに言うけど、親分さんが事を急くなんての、めったにないんだよ。あたしが知らないだけかもしれないけどね。いつでも、こう悠然《ゆうぜん》としているっていうか落ち着いてるというか、そんな感じなんだけど、今回はちょっと勝手が違う気がしてさ」

お筆も、手下として十分やっていけそうだ。なかなかに鋭《するど》い。お梅はもう一度、さっきより深く頷いた。

「明日は一日、仕事が入ってるの。これからなら、お話しできると親分さんに」

「ああ、伝えるよ。親分さんも早いに越したことはないだろうからね。すぐさま飛んでくるかもしれないよ。ともかく、ありがとうね、お梅ちゃん」

お筆が出て行く。腰高障子《こしだかしょうじ》の戸が閉まり、足音が遠ざかっていった。

「十丸」

呼んだけれど返事はなかった。

闇の中で十丸は壁にもたれかかり、あらぬ方向を眺めていた。何かを探しているわけでも、見据《みす》えているわけでもない。お梅と視線を絡ませたくないのだ。

「怒っているの」

「別に。ここは、おまえの家だ。誰を呼ぼうが泊まらせようが、おれの知ったことではない」

「やっぱり怒ってる」

「怒ってなんかいない。ヒトのやることに、腹を立てたりはせん。ただ、愚かではあるな」

そこでやっと、十丸はお梅に顔を向けた。銀鼠色《ぎんねずいろ》の輪が浮かぶ眸《ひとみ》が闇に光る。

「前にも言っただろう。あの男は剣呑《けんのん》で厄介《やっかい》だ。そんなやつと、わざわざ親しくなりたいなんて、とんでもない愚か者だ。そうだろう？」

「わたしは別に、親分さんと親しくなりたいなんて言ってないわ。ただ、逢わなけりゃいけないと思っただけよ。実は、今日にでも相生町に行ってみようと考えてたの」

十丸が顎を引いた。眸の中の輪が小さくなる。

「お梅、おまえの生業《なりわい》はなんだ」

「え？　生業は揉《も》み師だけど」

「そうだな。ヒトの身体《からだ》を揉んで、凝りを解《ほぐ》す。それが仕事だな」

「ええ……」

十丸の言おうとしていることに、見当がついた。お梅は少しばかり身構える。

「おまえは揉み師であって岡っ引ではない。下手人《げしゅにん》がどうの、事件がどうの、殺された女がどうの、そういうことに自分から鼻を突っ込んでいってどうする。やるべき仕事から大きく外れているではないか。まさか気が付いてないわけじゃあるまいな」

「外れてなんかいません」

お梅は背筋を伸ばし、十丸に言い返した。

「わたしは揉み師です。他の者になる気なんて、これっぽっちもないわ。親分さんに逢うのだって、揉み師の本分《つとめ》の内だと思ってるの」

十丸がすっと目を細めた。そのまま、黙り込む。

「ね、十丸」

お梅は白い小袖袴《こそでばかま》の相手ににじり寄った。寄られた方は、二、三寸ばかり身を退《ひ》く。

「あんたも感じたでしょ」

「……何をだ」

「とぼけないで。ここで、はぐらかしたって得する人は誰もいないんだからね」

「おれは得をしたい気なんて、これっぽっちもないね。厄介なことや剣呑な者には近づきたくないって、ただそれだけさ」

十丸は立ち上がり、肩を竦《すく》めた。

「おまえはおまえのやりたいようにやればいい。おれは、とやかく言う気はないし、言う筋合いのものでもなかろうよ」

「十丸……」

「しかしな、お梅。無理はするな。ヒトには寿命がある。定められた生がある。それを曲げたり、変じたりはできん。おまえにどれ程の揉み師としての能があっても、できぬのだ。できぬことを無理に為そうとすれば歪《ゆが》みが生まれる。それを忘れるな」

「ええ、わかっています。よく、わかっています。ね、十丸、わたしに人の寿命や定めをどうこうできるなんて、思い上がっているわけじゃないの。ただ、諦めたくないのよ。お清《きよ》さんの命、間もなく尽きるとはどうしても思えない。ええ、思えないの。揉んでいると伝わってくるのよ。その人の底にある逞《たくま》しさとか脆《もろ》さとか、そういうものがね。最初に揉んだとき、この人はぎりぎりだなと感じた。心身共に危《あや》ういなと。

でも、二度目のときはちょっと違った。お清さんの奥にあった強さをやっと感じ取れたの。身の内に病みがあり、心も萎《な》えていたけれど、この人は負けないなって感じたのよ。わたしの指先に、生き生きとした力みたいなものが確かに伝わってきた。一度目はあまりに凝り過ぎていて、そこまでいけなかったの。三度目、四度目になればもっと引き出せる。だから、手伝いたいの。お清さんの闘いを揉み師として支えたいの」

「爺《じい》さまは無茶だと言ったぞ。自然の理《ことわり》に外れていると、な」

お梅は膝の上で手を握り締める。

先生は確かにそう言った。あの家は血の臭いがするとも言った。深入りするなとも。あの忠言に従うとしたら、このまま今津屋《いまづや》ともお清とも縁を切るべきだろう。でも……。

お梅は握り締めた手をそっと開いてみる。指先が仄《ほの》かに熱を持っている。

わたしは感じた。お清さんの力を。気を。この指で確かにすくい取った。それを信じていいだろうか。思い違いでないと言い切れるだろうか。凝りが緩《ゆる》んだ一瞬、血が流れ、筋が動く。小さく浅くなっていた息が、大きく深く吐《つ》けるようになる。たっぷりとした息は生気を身体の内に巡らせる。揉むとはそういうものだ。息を通らせ、身体を目覚めさせる。ただ、それは長くは続かない。人はいつの間にか、また、心身を強張《こわば》らせ息の道を細くするのだ。

お清に感じた力は、一瞬の生気にしか過ぎなかったのではないか。楽になったお清の喜びを、生きるための力と勘違いしたのではないか。

「存外、よく間違う」

ぼそりと十丸が呟《つぶや》いた。

「え？　わたしのこと」

「爺さまさ。たまに、百年に一度か二度は診立てを誤るぞ」

「先生が？」

「そうさ。おれの知る限りだがな。今津屋のお内儀《かみ》への診立てがどうなのかは、わからんが」

「それは、先生の診立てを鵜呑《うの》みにしないでやってみろと言ってくれてるの」

十丸が長いため息を吐いた。

「そんなことを言うてはおらん。自分の都合のいいように解釈するのは止《や》めてくれ。おまえは、おまえのやりたいようにやればいいではないか。ただし、やりたいようにやった結句、何が起こってもその責はおまえが背負わねばならぬ。その覚悟があるなら、爺さまの診立てなど気にせずともよかろう」

十丸が背を向け、闇に溶けていく。

「十丸、あんたもそうなの」

お梅は腰を浮かせ、闇に向かって呟いた。呟きだけれど十丸の耳には届いているはずだ。

「あんたもわたしへの責を背負ってるの。背負っているから、ここにいるの」

闇の中で十丸が振り返ったのかどうか、お梅には摑《つか》めない。十丸からの返事はなく、気配も消えた。闇だけが残る。

お梅はもう一度、今度は胸の前で指を握り込んだ。


仙五朗は半刻ほど後に、やってきた。

「家にまで押しかけちまって、申し訳ねえ」

台所と板場、土間を除けば、二間しかない仕舞屋《しもたや》だ。その一室、小さな庭に面した座敷に通してからずっと、仙五朗は詫《わ》びていた。

「申し訳ないことなんかありませんよ。そんなに謝らないでくださいな。あ、でも」

「へい？」

「仙五朗親分さんをこんなに謝らせるなんて、わたしもなかなかの人物だわ」

言葉にするとおかしくて、つい笑ってしまう。仙五朗も苦笑しているのか、柔らかな気配が伝わってきた。

茶と茶請《ちゃうけ》の落雁《らくがん》を出す。

「重ね重ね、恐れ入りやす。けど、お梅さんの動き、全く危なげがありやせんねえ。驚きやした。まるで見えているみてえに滑々《すべすべ》と動いて……あ、すいやせん。不躾《ぶしつけ》なことを言っちまって。勘弁ですぜ」

「不躾なんかじゃありませんよ。たいていの方は驚かれます。でも、わたしが杖も十丸もいらず歩き回れるのは、この家の中だけなんです」

「この家の中だけ、ですかい」

おそらく、今、仙五朗は座敷の隅から隅まで視線を巡らせているだろう。庭に面した障子戸は開け放している。日がだいぶ傾いたのか、風がひんやりと冷たい。

「なるほど、きれいに整えられておりやすね」

「はい。物の置き場を変えることはありません。変えられると、どこに何があるかわからなくなるんです。わたしは目で探すということができませんから、鋏《はさみ》はここ、はたきはここ、火消し壺《つぼ》はここと定まっていないと困ります。散らかしたりできないんです。家具の場所が変わるのはもっと困ります。思うように動けなくなりますから」

「なるほどねえ。じゃあ、お梅さんのお頭《つむ》の中には、家の間取りも家具の置き場もきちんと入ってるんだ。あっしなんか、脱ぎっぱなし使いっぱなしのほったらかしで、しょっちゅう嬶《かかあ》に叱《しか》られてる始末でねえ。少し見習わなきゃならねえな」

「あら、親分さんがご新造《しんぞう》さんにだけは頭が上がらないって噂は、本当なんですね」

「へえ、多少は尾鰭《おひれ》がついてやすがね。うちの嬶がそんじょそこらのごろつきより、よっぽどおっかねえのは本当でやすよ。ま、嬶のおかげで憂《うれ》いなく飛び回っていられる身でやすからね、そりゃあ頭も尻も上がるわけがありやせん。家にいるときのあっしは、借りてきた猫より大人しくしてやすよ」

「まぁ、おかしい。でも、ご新造さん、とってもきれい好きなんでしょうね。洗濯も掃除もこまめに丁寧になさる。そういう方なのではありませんか」

「え、わかりやすか」

仙五朗の声音に驚きが混ざり込む。本物の驚きだ。

「はい、わかります。お日さまの匂いがいたしますからね」

お日さま、そして乾いた風の匂いがする。しっかり洗って、日に干した証《あかし》だ。

「匂いねえ。汗臭い、埃《ほこり》臭い、とっとと湯屋《ゆや》に行けと蹴っ飛ばされそうにはなりやすが。へえ、確かに嗅はかなりのきれい好きでやしてね、この座敷に負けねえほどぴしっと整えてやす」

〝剃刀の仙〟を尻に敷き、家の内をきちんと束《たば》ね、江戸市中を駆け回る亭主をさり気なく助ける。並の女人にも、並の男にもできない力業《ちからわざ》だ。

どんな人なのだろう。一度、揉んでみたい。

指の先がむず痒《がゆ》くなる。

「この家の場合、家具そのものが少ないんです。持ち物がそう多くはないのですね。正直、わたしには行灯《あんどん》や手燭《てしょく》は無用ですし。持ち物が増えるような暮らしをしてこなかった、しなくてもよかったというのはありますよ」

「そういやぁ、お梅さん、前は長屋暮らしだったんでやしたね」

「あ、はい。三月《みつき》足らずでしたけれど」

わたしも、長屋暮らしをしたことがありますが……。

今津屋でほろりと零《こぼ》した一言を、仙五朗は覚えていた。穏やかで楽しいやりとりについ晦《くら》まされてしまうが、今、このときも、仙五朗はお梅のどんな一言もどんな素振りも聞き逃さないし、見逃さないだろう。十丸がこの男を疎《うと》む理由は、十分に解せる。

しかし、お梅には不思議なほど用心の気持ちは湧いてこなかった。さほど気が張り詰めない。何がどう転んでも、仙五朗が自分に危害を加えることはない。そう信じられるからだろうか。

「ここに移る前は、日本橋《にほんばし》近くの裏長屋に住んでおりました」

間口二間奥行三間の部屋は狭くも広くもなく、お梅は別段、不便も不満も持っていなかった。ただ、立て付けは悪く、壁は薄く、人の気配も話し声も筒抜けになる。左隣は三人の子持ちの焙烙《ほうろく》売りの部屋で、昼も夜もうるさい。右隣には鏡研《と》ぎの職人が入っていたが、女房と離縁《りえん》して一人住まいの職人は、時折、しわぶきの音を響かせるぐらいの静かな男だった。

せめて片隣だけでも静かでよかったと、お梅は胸を撫《な》で下ろしていたが、ある夜、その職人が部屋に押し入ってきた。酒の臭いを芬々《ふんぷん》とさせて、何かを喚《わめ》きながら。お梅を押し倒し犯そうとしたのだ。しかし、男がお梅に圧《お》し掛かろうとした直《す》ぐ後、悲鳴を上げたのはお梅ではなく男の方だった。十丸が肩口に牙《きば》を立てたのだ。

悲鳴、物音、血の臭い。男は肩の肉を引き裂かれ、どぶ板の上に転がった。

翌日、男は長屋から姿を消した。お梅も、月の変わらない内に、この仕舞屋に移ってきた。長屋の住人が露骨《ろこつ》に十丸を怖がり始めたからだ。主人の窮地《きゅうち》を救った名犬だと褒める者もいたが、小さな子を持つおかみさんたちは理由はどうあれ人を襲《おそ》った犬を恐れ、嫌った。

ここでは、もう暮らせない。

お梅が長屋を出て行く決意をしたとき、一人住まいできる仕舞屋を探してくれたのが、お筆だった。長年悩まされていた腰の痛みを治してくれたと、お筆は喜び、住み心地のいい一軒を六間堀町《ろっけんぼりちょう》のはずれに見つけてくれたのだ。人の縁とは不思議なものだ。どこでどう繋《つな》がるかも、どこでどう断ち切られるかもわからない。

お筆と結べた縁は切れることなく、むしろ強く太くなり、今に続いている。

そういう話を掻《か》い摘《つま》んで、お梅はしゃべった。仙五朗はじっと耳を傾け、時折、「ほお」とか「なるほど」とか短い言葉を挟んできた。

聞き上手だ。これで、顔つきや相槌《あいづち》などの仕草が見られたら、もっと話が弾《はず》んだだろう。余計なことまでついつい吐露《とろ》したかもしれない。

類《たぐい》まれな聞き巧者《こうしゃ》。仙五朗という人は、全てにおいて岡っ引なのだ。

「なるほどねえ。紅葉屋のお筆さんとは、そんな経緯《いきさつ》があったんでやすか」

茶をすする音の後に、仙五朗の吐息《といき》が続いた。

「はい、おかげでいろいろ助けてもらっています」

「お筆さんは、お梅さんのおかげで身体の調子がいいと喜んでやしたよ。孫を育て上げなきゃならないんで、元気でいたい。そこをお梅さんに支えてもらってるとね」

「まあ、お筆さんがそんなことを」

嬉しい。頬《ほお》が火照《ほて》るほど嬉しい。お筆にも、孫のお昌にも世話になっている。あの二人がいるから、揉み師の仕事が回っているのだ。そのお筆を、お昌をどこかで支えられているとしたら、嬉しい。心が弾む。

「真っ当にしゃんと生きている者ってのは、どこかで誰かを支えてるもんでやすよ。当の本人が気が付いていなくてもね。逆さまに、真っ当でないやつってのは、どうしても他人を傷つけたり、不幸《ふしあわ》せにしてしまう。人ってのはそういう生き物じゃありゃせんかね」

仙五朗の口調が明らかに張り詰める。声音も重さを感じるほど低くなる。

お梅は居住まいを正した。仙五朗の聞き上手、話し上手に引きずられ、楽しくおもしろくやりとりしていたが、むろん、この男は世間話のために訪れたのではない。

「今津屋さんのことで、わたしにご用があったのでしょうか」

改めて問うてみる。仙五朗と接する点は今津屋しかない。さらに言えば、今津屋与《よ》三郎《さぶろう》がかつて懇《ねんご》ろにしていた女、確かお吟《ぎん》という名の女が殺された。その事件しかないのだ。

「へえ、お見通しのままで。お梅さんの思う所を聞かしてもらいたくて、参りやした」

「わたしの？　わたしの思案が何かの役に立ちますか」

寸の間の沈黙の後、仙五朗は「へい」と答えた。

「お梅さんには、あっしには見えないものが見える。そんな気がしてならねえんで」

「見える？　親分さん、わたしはこの通り盲《めしい》ております。何かを見るなんて」

「あ、いやいや。わかってやすよ。けどね、お梅さん、人の目ん玉が捉《とら》えるものなんて高が知れてるとあっしは思うんです。ただ、見てるだけならね」

お梅は首を傾《かし》げる。仙五朗の言っていることがわかるようでわからない。

「たとえば、今、あっしはお梅さん家の庭を見てやす。庭もきれいに手入れされてやすね。四ツ目垣で囲ってあって、垣根の向こうは隣のお店の壁になってやす。白い蝶々が二匹、飛んで、今、垣根近くの石に止まりやした。石の上には猫が一匹座って、こっちを眺めてやすよ。尻尾《しっぽ》の先が曲がった虎斑《とらふ》の猫だ」

「あら、ぜんまいは虎猫だったんですね」

「あの猫、ぜんまいって名前なんで？」

「あ、いいえ、野良なんですけれど。わたしが勝手にそう呼んでるんです」

「じゃあ、そのぜんまいが座ってる石がありやす。火鉢《ひばち》ぐれえの大きさかな。平べったくて、猫が休むのにはうってつけかもしれやせん」

「はい……」

ざらりとした手触りの丸い石だ。周りに苔《こけ》が生えている。

「石の後ろ側はここから見えやせんが、もしかしたら蛇《へび》がいるんじゃねえですか」

「え、蛇？」

「さっきから、ぜんまいが後ろを気にしてる風なんで。でっかい蛇がとぐろを巻いているのかもしれやせんよ。それとも、蝦蟇《がま》が鎮座《ちんざ》してるのかも」

「まさか」

「へえ、まさかです。ここから見る限り、蛇や蝦蟇とは無縁の庭でやす。でも、石の後ろ側、垣根の下、土の中まではわかりやせん。そこになにがいるか、余程目を凝らすか、別の目で見るかしねえとね。お梅さんは、その目を持っている。あっしたちには見えないものを見て取れる。そんな気がしてならねえんですよ」

お梅は顎を引いた。

十丸のことを言ってる？　まさか、そんなわけがない。

「今津屋で、何を見やした」

仙五朗の気配が引き締まる。逆に、お梅の気持ちは緩んだ。ほっと息を吐き出す。

十丸ではない。今津屋のあの人のことだ。

「親分さん、実は、親分さんが今日、お出《い》でにならなければわたしからお訪ねするつもりでした。お話ししたいことがあったのです」

「へい」

「親分さんは、わたしが他人には見えぬものを見ると仰《おっしゃ》いました。そうかもしれません。目ではなく肌で見ること、それができるのかもしれません」

「肌で、やすね」

「はい。ただ、目ほど確かでも明白でもありません。見るというより感じるに近いでしょう。気配を感じ取る。そっちの方が正しい言い方に思えます」

「へえ、この前、深川元町《もとまち》の通りで顔を合わせたときもそうでやしたね。気配で、あっしがわかったと言ってらした」

「はい。だから曖昧《あいまい》なのです。石の後ろに何かがいるとはわかっても、それが蛇なのか蝦蟇なのかまでは定められません。もう一度言いますが、目ほど確かじゃないんです」

「いや、人の目はそれほど頼りにはなりやせんよ。なまじ見えているばかりに、誤魔化されることも、眩まされることもありやす。いかにも善良そうな、裕福な出立《いでた》ちの商人が騙《かた》りだったり、若い楚々《そそ》とした姿形の女が亭主殺しを企てていたり、悪人面《づら》の男が大の子ども好きだったり、見た目と中身が大きくずれてる。そういうこたぁ思いの外《ほか》たんとありやしてね。それで中身が露見《ろけん》するたびに、人は驚くわけですよ。『そんな風にはちっとも見えなかった』、『とてもそうとは思えなかった』とね。お梅さんの言う肌の方が誤魔化されも眩まされもしねえんじゃねえかと、あっしは思いやす」

そうだろうか。誤魔化されはしなくても眩まされはしなくても、違《たが》えることはあるかもしれない。いざ、打ち明けようとすると、お梅の胸に躊躇《ためら》いが湧いてきた。

一人の女が殺された。仙五朗はその下手人を追っている。お梅が告げたことで、ある人の定めが、これまでの生きてきた年月が、この先の日々が一転してしまう。断言はできないが推察《すいさつ》はできる。思案すればするほど、気持ちが揺らぐ。

「鵜呑みにはしやせんよ」

仙五朗が言った。囁《ささや》きに近い声音だが、ちゃんと聞き取れた。

「あっしも長《なげ》えこと岡っ引仕事に足を突っ込んでやす。岡っ引を仕事と呼んでいいのかどうか怪しいとこじゃありやすがね。ともかく、長く、おそらくお梅さんの歳よりも長く岡っ引を続けているとね、どんな立派な方の、とことん信じられる相手の言葉であっても鵜呑みにしちゃあいけねえって骨身に染みてるんで。聞いたことも見たことも、あっしなりに一度、洗い直して組み立てていく。その先に下手人の正体が浮かんでくるんでやすよ」

「親分さんの仰ること、何となくですが半分ぐらいはわかる気がします」

残り半分は解せない。仙五朗の頭の中で物事がどう洗われ、組み立てられていくのか、一端ですら窺《うかが》い知れない。ただ、仙五朗の矜持《きょうじ》はわかる。己の知力を恃《たの》みとして、罪を犯した者に迫っていく。そういう生き方を誇りとしているのだ。

「すみません。わたしったら、変に気を揉んでしまって……」

「いやいや、頭なんぞ下げねえでくだせえ。そんなことされちゃ居たたまれやせん。あっしが急に、今津屋のことを問うたりしたもんで戸惑われたんでやしょう。あ、いや、お梅さんは戸惑っちゃあいなかった。ちょいと躊躇いはしやしたが」

「はい」

「つまり、お梅さんには下手人の見当がついている。それを岡っ引に話していいものかどうか、決心がつきかねて口ごもったって、そういうこってすかね」

「はっきり見当がついてるわけじゃありません。むしろ、何かの間違いかもしれないと危ぶんでいます。だって、どうして殺さねばならないのか、その理由がわからないんですもの」

「理由でやすか」

「理由です。親分さん、人が人を殺す。そこには、必ず何かの理由がありますよね。押し込みだって辻斬《つじぎ》りだって、お金が欲しいとか刀の試し斬りをしたいとか、とんでもなく手前勝手であっても人を殺める《あや》理由を持っているはずです」

「刀の試し斬りってのは、滅多にねえでしょうがね。ただ、お梅さんの言ってることは、よくわかりやす。人を殺す理由、あるいは殺された理由。確かに、あっしたちもいの一番にそれを考えやすよ。金欲しさ、恨《うら》み、怒り、かっとなってつい、病に苦しんでいるのを見かねて……中には誰でもいいから殺したかったなんて歪みに歪んだものもありやしたがね。こちらからすれば、どうにも理に合わなくとも、下手人たちにはそれなりの理由がある。そこを取っ掛かりにして、下手人を炙《あぶ》り出すってのは、あっしたちがよく使う手でやすよ」

「はい。でも、お吟さんの件は……」

仙五朗がとんと畳を叩いた。表情や仕草でなく、音と気配と言葉で気持ちを伝えてくれる。

慣れているなと感じる。

人を扱うのに慣れているのだ。晴眼《せいがん》だろうが盲目であろうが、ごろつきであろうが堅気《かたぎ》であろうが、相手をどう扱い、どう接すればいいかちゃんと心得ている。これが年の功《こう》というものか、岡っ引暮らしの中で身に付くものなのか。それとも、仙五朗の生来の質《たち》なのだろうか。

「お梅さん、順を追って話しやす。そうでやすね、まずはあっしから話をするのが筋でやしたね。気が急いて、すいやせん。あっ、茶をいただきやすよ」

ややあって、湯呑《ゆのみ》を置く音がした。お梅は急須《きゅうす》に湯を足し、新しい茶を淹れる。

「あっしは手下《てか》も使って、お吟の周りを調べに調べやした。つまり、お吟が殺されなきゃならない理由ってやつを探し回ったんで」

「はい。それでどうだったのですか」

我知らず身を乗り出していた。仙五朗の口調は淡々としていて、お梅を煽《あお》る風は全くない。なのに、心が惹かれる。先を聞きたいと耳がうずうずする。心が逸《はや》る。

「正直、あっしはすぐにでも足が付くと踏んでやした。三日は無理でも四、五日もあれば下手人をひっ捕まえられると考えてやした」

小さな吐息を漏らし、仙五朗は続けた。

これは、少しばかりおかしい。

そう思い始めたのは、事件から二日あまり経ったころでやす。探っても探ってもお吟の周りから、それらしい者が誰も出てこねえんで。

あっしが言うのも何ですがね、あっしの手下連中はなかなか優れ者が揃ってやす。みな探索の玄人《くろうと》なんで。筋金入りのね。これまでも、ずい分と助けられてきやしたよ。それが何の獲物もくわえられずにすごすご帰ってくる。正直、ちょいと焦《あせ》りやした。これは、初め考えていたほど甘い事件じゃねえなってね。

え？　ええ、そうでやす。今津屋にお邪魔したのは、その後、ちょうど事件から三日目のこってした。今津屋の旦那との関わりが唯一、浮かんできたもんで、そこを穿《ほじく》るしか手立てがなかったんでやす。もっとも、今津屋さんが言った通り、お吟との仲は昔のことで、きれいに切れていやした。ええ、今津屋さんがお吟の許《もと》に通っていたとか、どこぞで逢瀬《おうせ》を楽しんでいたとか、そういうこたぁ一切、ねえようで。むろん、その辺りも調べ上げ、確かめちゃあいやす。抜かりはござんせん。

今津屋の旦那は関わりない。むろん、お内儀《かみ》さんも、ねえでしょう。

けど、あっしはどうしても割り切れなかったんで。なんだか、こう胸の内に引っ掛かるものがあって、それが何かがわからなくて苛々《いらいら》するっていうか、閊《つか》えるというか、そんな感じがずっと付き纏《まと》ってやしてねえ。

嗅は年寄りってのはよく胸焼けするんだ。酒の飲み過ぎだろうって、取り合っちゃあくれませんでしたがね。お梅さん、そんなに笑わねえでくだせえ。え、嘸を揉んでみたい？　そりゃあ、おまきは、へぇ嘸の名前でやす。おまきは大喜びするでしょうがね。あっしの胸焼けは、下手人をお縄にするまで治りそうにありやせんや。

へえ？　物音ですか。金子《きんす》がなくなっているのに何の音もしなかった、つまり、お吟が騒ぎ立てなかったってやつですね。

それは、お吟が騒ぎ立てられなかったから。つまり、既に死んでいたから、でやしょうね。死体は何をされても声は出せやせんから。

お吟は縊《くび》り殺されてやした。首についた痕から見て、後ろから二重に紐《ひも》を巻きつけられて思いっきり絞められたようでやす。お吟は油断してたんでしょう。自分からつっかえ棒を外して、招き入れたんだ。そいつに殺されるとは夢にも思っていなかった。疑っていなかったってことになりやすからね。

で、何の心構えもなく背を向けたとき、不意に首を絞められた。それも、かなりの力でね。下手人は端《はな》から、お吟を殺す気だった。紐もちゃんと用意していたんでやしょう。お吟の部屋からはそれらしい物は出てきやせんでしたから。ええ、相当な力で絞めたはずでやす。お吟は華奢《きゃしゃ》な女で、首も細かった。渾身《こんしん》の力で絞めあげれば、あっという間だったと思いやすよ。お吟からすれば声を出す暇もなかったでしょう。こう言っちゃあなんですが、鮮《あざ》やかな手並みでやす。あっしは初め、これは玄人の仕業だなと当たりを付けてたんで。人を殺し慣れた者の手口だと、ね。

へい、その通りでやす。あっしの見立て違いでやした。

今津屋で言いましたよね。覚えてやすか？

人一人が殺されたとなると、かなりの音がするんじゃねえかって。お吟が手向かいしなかったとしたら別だがと。

ちょいと生々しくはなりやすがね、辛抱して聞いてくだせえ。

人ってのは油断しきっているところを背後から絞められたら、案外手向かいできねえものなんでやす。お吟のように華奢で力がなければ余計にね。まず、喉《のど》が潰《つぶ》れて声が出せない。息ができない。首の骨が折れる。その間、ほとんど手向かいはできなかったでしょうよ。ええ……ええ、わかりやす。恐ろしいこってすよ。

下手人が少しでも力を緩めたら、そうすんなりとはいかなかった。つまり、そいつはお吟の息の根が止まるまで、力一杯、絞め続けたってこってすからね。

尋常《じんじょう》じゃねえですよ。まあ、尋常な殺しなんて、そうそうありゃしませんがね。で、あっしは殺しに慣れたやつらの仕業だと考えちまったんで。

けど、違ってやした。

本所深川界隈《かいわい》のごろつき連中、その中でも金のためなら人を殺せるやつら、さらに、お吟が自ら戸を開けて中に入れる者、そういう風に絞《しぼ》っていくと……。へえ、誰も浮かんでこねえんでやす。全くねえ、お吟がどうして下手人を入れたのか。

お梅さん、お茶の用意がね……あ、いやいや、この茶じゃなくて、お吟のこってす。座敷の隅に茶の用意がしてありやした。盆の上に湯呑と茶葉が、ねえ。

そうでやす、そうでやす。お吟は客をもてなす用意をしてたんじゃねえですかね。そうだとは言い切れやせんが……。それにね、もう一つ、腑《ふ》に落ちねえのは下手人がなぜ、金の在り処を知っていたのかってこってす。へえ、何度もいいやすが、部屋は荒らされていなかった。つまり、お吟の金を盗んだやつは、荒らさなくても金を手に入れることができたわけでやすよ。いくら狭い裏店とはいえ、隠し場所は幾つもありやす。なのに、なぜすんなりほとんど音もたてずに持ち去れたのか。

へえ、仰る通りでやす。

下手人がよほど静かに動いた、足音にも気を配って、ね。それで首尾よく金を見つけた。そうとしか考えられねえじゃねえですか。けどねえ、あっしにはそこまでして手に入れるだけの金子をお吟が貯めていたとは思えねえんで。そこそこの小金はあったでしょうし、その金がどこからも出てこないのは事実でやすよ。でも、割が合いやせんよ。女一人が貯めていた小金のために、その女を縊り殺すなんて、全く、割が合わねえ。闇雲に押し入ったとか、行きずりの相手の財布を狙ったとかじゃねえ。かなり周到に用意されての殺しでやすからね。

仙五朗はそこで息を吐き、茶をすすった。

「親分さん」

「へい」

「でも、親分さんには下手人が見えていらっしゃるのですね」

今度は息を呑み込む音が耳に届いた。

「お梅さんもね」

「……はい」

「そこを摺《す》り合わさせてもらえやすかい」

「はい。でももう少し、お話を聞かせてくださいな。親分さんが下手人に辿《たど》り着いた道筋を」

お梅は背筋を伸ばす。

庭でぜんまいが細い声で鳴いた。風がいっそう、冷たくなる。

八　おもみいたします

仙五朗《せんごろう》は暫《しばら》く、とはいっても、瞬《まばた》き三回にも満たない間だったが黙り込んだ。それから、茶をすすり、また暫く黙る。

わたしにどう伝えようか思案している。

そう解《げ》せたから、お梅《うめ》も無言のまま待った。

お梅は自分の目で物を見ることはできない。かといって、闇に閉ざされた、何も無い所で生きているわけでもない。お梅のいる場所は思いの外《ほか》、豊饒《ほうじょう》なのだ。微《かす》かな葉擦れの音、ほんの刹那《せつな》匂った花の香り、人の言葉にしない心の内、良い水の仄《ほの》かな甘さ。そんなものがたっぷりとある。見えないことで見えてくる諸々《もろもろ》もある。それでも、いや、それだからこそ晴眼《せいがん》の人々が当たり前に目にする光景を共にはできない。

お梅は、お梅だけの光景を持つ。

仙五朗はそのあたりをちゃんと心得ているのだ。

「お梅さん」

ややあって、仙五朗が呼んだ。ゆったりとした口調だ。「はい」と答える。

「たいていの仕事にはコツってもんがありやす。得手、不得手というか、向き不向きというか、そういうのはコツを呑《の》み込めるか呑み込めねえかで決まるとこってありやすよね」

「はい。わかります。揉《も》み師もそうですから」

「まあ、お梅さんぐれえになると天賦《てんぷ》の才ってやつなんでしょうがね。そこまでいかなくとも、自分に合った仕事ならコツを呑み込むのも、修業するのも、精進するのも苦にならねえ。一歩一歩でも上達していく。仕事ってのは、そういうもんでやすよね。岡《おか》っ引《ぴき》にも探索のコツってのがありやしてね。まあ、手短に言えば、相手からできるだけ多くを引き出す。しゃべらせる。そして、見抜くってこってすかね」

「嘘をついているか真実を語っているかを見抜く、ですか」

「さいでやす。何かを誤魔化そうとしている。隠そうとしている。誰かを庇《かば》おうとしている。あるいは陥《おとしい》れようとしている。そのあたりもね。白状しやすとね、あっしは自分が探索のコツにも見抜く力にも長《た》けていると思ってやした。長《なげ》え岡っ引暮らしの中で、勘《かん》もそこそこに磨《みが》かれているとも自惚《うぬぼ》れていたんでやす。ところが、今回の一件で、その天狗《てんぐ》の鼻をへし折られたんでさ」

そこで、仙五朗はへへっと小さく笑った。

「前置きが長くなりやした。つまんねえ話をしちまって、すいやせん」

「いいえ、つまらないなんてとんでもない。おもしろいです。親分さんが自惚れていらしたとはわたしには到底、思えませんが。でも、お吟《ぎん》さんを殺《あや》めた誰か、下手人《げしゅにん》の手掛かりが摑《つか》めないのは、探索の向きが違っていたからですね。親分さんは、そこに気が付いた。そして、向きを変えた。そうですね」

こほっと咳《せ》き込んだ後、仙五朗は笑い声をあげた。若々しい張りのある声だ。

「お梅さんには参りやすね。歯が立たねえや。全く、その通りでやす。向きを変えやした。というか、初心に返って当たり前のことを当たり前にやろうと決めたんで」

「当たり前のこととは？」

「聞くことでやす。とことん、聞いて回ることでやすよ、お梅さん」

仙五朗は丁寧《ていねい》に、細かく、己の思案の道筋を語ってくれている。むろん、そのことは感じ取っていた。お梅には見えない顔付き、眼付きを補って余りある豊かな語りだ。

いつの間にか、その豊かさに引き込まれていた。

ああ、なるほど。

十丸《とおまる》がこの岡っ引に用心を抱いた意味が、心底から解せた。

確かに危ない相手かもしれない。

海も川も山も豊かな場所はどこも、その奥に剣呑《けんのん》な力を潜《ひそ》ませている。海は時化《しけ》り、川は濁流《だくりゅう》となり、山は崩れる。それでも、人にたっぷりの実りを、恵みを与えてくれるのだ。

剣呑さと豊かさを天秤《てんびん》にかければ、仙五朗の場合、やや豊かさの重みが勝っているようにお梅には思えた。だから、いつもよりさらに耳をそばだてる。

「あっしは、お吟の周りにいた者たちに、片っ端から話を聞いて回りやした。とはいえ、お吟が独り身でひっそりと暮らしていたのは事実で、付き合いがあった者といえば長屋の連中ぐれえしか、いねえんで」

「では、その方たちにもう一度、聞き直して回ったわけですか」

「さいでやす。ちょいと迷惑がられやしたがね。前のときは、あっしのお頭《つむ》の中に、下手人はすぐに挙《あ》げられる、そう込み入った事件じゃねえって、そんな思いがありやした。まっさらな気持ちで聞き取ることができていなかったんで。今度はいらぬ思い込みは捨てて、仕切り直してのつもりでやした」

「それで、何がわかったんですか」

「何にも」

「え？」

「長屋の住人一人一人に、お吟のことを尋ねやした。どんな付き合いをしていたか、人柄をどう見ていたか、殺される前に変わった様子はなかったか、誰か訪ねてきたりはしなかったか、どんな些細《ささい》なことでも教えてくれとね。でも、みんな、一様に首を横に振るばかりで、知ってることはこの前、全部話したと口を揃えて言うんでやす」

「まあ、それでは新たな手掛かりは得られなかったんですね」

「へえ。あっしも、粘りやしたけどね。梅干しの種一つ、転がり出やせんでした」

お梅はもう少しだけ、身体《からだ》を前に出す。

梅干しの種一つ、転がり出なかった。しかし、仙五朗は下手人に当たりを付けている。

どこで？　どうやって？　その糸口を手に入れた？

気が急《せ》く。「水売り」と声が聞こえた。

「あっしは信心深えとは口が裂けても言えねえ男でやす。でも、今度ばかりは天の助けってやつを信じやしたよ。そうなんでお梅さん、水売りでやした」

「水売り……」

塩、油、魚、酒、味噌、茶、菜物、七夕短冊《たなばたたんざく》、絵馬、蚊帳《かや》……暮らしに入り用なありとあらゆる物が江戸では、物売りによって運ばれてくる。荷笊《ざる》や荷箱、台輪などに品を載せ、歩く棒手振《ぼてふ》りの売り声で季節の移ろいに心を馳《は》せることも度々だった。

そして、水売り。本所深川《ほんじょふかがわ》では一年を通してやってくる。他の町のように、夏だけの冷水売りではない。大川に阻まれて上水道が引けず、埋め立て地であるために井戸には塩水が混ざる。飲み水は二、三日に一度回ってくる水売りから買い求めるしかないのだ。

お梅も一度、買い損ねて慌てたことがある。

「水に溺《おぼ》れるくせに水がなければ生きていけないとはな。ヒトとは真《まこと》に面倒なものだ」

十九の皮肉に苦笑いした覚えがあった。

「水売りが糸口になりやした」

仙五朗が話を続ける。

「あっしが赤松店《あかまつだな》でおかみ連中から、何も聞き出せず、些《いささ》か参っていたときでやす。水売りがやってきやしてね。それが矢八《やはち》っていう、あっしとも顔馴染みの男でやした。月に二、三度は赤松店に出入りするとのことでしたが、矢八は、お吟が殺されたことを知りやせんでした。まあ、お江戸では人が殺されるのは、さほど珍しくはありやせんからねえ。伝聞《でんぶん》としても耳に入ってこなかったんでしょうよ。で、お吟の件を教えてやると、ひどく驚きやしてねえ。水の売り買いのときに口を利《き》く程度だったが、長え付き合いになるんだとちょいと涙目になってやした。でね、あっしは、お吟のことで何か気になったことはねえかって尋ねてみたんでやす。正直、矢八から何かが出てくるなんて思ってもいやせんでした。水売りと客。商《あきな》い以外で親しく話したこともないって間柄ですからね。ところが、矢八が一つ、あるって言うんでやす。水を零《こぼ》したってね」

「水を零した？」

呟《つぶや》いてみる。お梅はうっかり買い損ねてから、水売りの男と冬場は五日、夏場は三日に一度の割で水を運んでもらう約束を交わした。気のいい男は、毎回、台所まで新しい水を運び水瓶《みずがめ》を満たしてくれる。むろん、代金に上乗せはしていたが、水売りがお梅の盲目を慮《おもんぱか》って、親切から手助けしてくれているのは事実だ。素直にありがたかった。

お吟は晴眼で、年寄りでもない。足腰もしっかりしていたらしいから、自分で水を運び、瓶《かめ》を満たしたのだろう。

「水桶《みずおけ》を渡したとたん、お吟が落としたんだとか。それで、中の水が半分近く零れちまったらしいんでやすよ」

「はあ、でも、そういうことってありますよね」

手が滑《すべ》った。桶を受け取りそこなった。どんな理由があったのかわからないが、そう珍しいことではないだろう。

「それがね、桶を落とした後も、お吟はぼんやり立っているだけで、矢八が拾い上げて渡したんだとか。『お吟さん、おれの顔をちらっと見ただけで礼も言わずに、引っ込んじまった』と、矢八は言ってやした。お吟は愛想がいいわけじゃないが、不躾《ぶしつけ》ってこともなかった。挨拶《あいさつ》なんかはきちんとしてくれたし、普段はしゃきしゃきした物言いをする女だった。だから、矢八は軽く驚《おどれ》えたんだそうで。いつものお吟さんと違っているなって、ね」

その話を聞いたとき、仙五朗の眼は底光りしたはずだ。矢八という水売りは、その光に怯《おび》えて身を縮めたかもしれない。

「矢八が赤松店に来たのは、昼どき、たぶん昼九つ（十二時）を回ったころだったみてえです。で、その一刻《いっとき》程前に、お吟は井戸端で洗濯をしてたんで。そこで、おしげたちと、あ、おしげってのは下駄《げた》の歯直しの女房で、お吟の斜め前の家に住んでやす。そのおしげたちとしゃべっていやした。お吟の死体を見つけたのも、この女でしてね。

おしげの灰汁《あく》が足らなくなったので、お吟がわけてやったり、噂話に花を咲かせたり、常日頃と変わらない賑《にぎ》やかさだったとか。お吟は普段から無口でとっつき難《にく》いところはあったようですが、そこも含めて普段通りだったと、おかみ連中は口を揃えていやした」

常日頃と変わらない。普段通りと、お梅はもう一度呟いてみる。それから、仙五朗の気配に向かって、顔を真っ直ぐに上げる。

「でも親分さん、それから一刻の後、水売りの矢八さんて方は……」

「へえ、いつものお吟とは違っていたと、はっきり言いやした。つまり、井戸端での洗濯から水を買うまでの一刻の間に、お吟が変わる何事かがあった。そう考えて差し支えねえでしょう」

「その間、お吟さんはどこかに出かけたんですか。それとも家にいたんでしょうか」

仙五朗が息を吸い込んだ。それをゆっくり吐き出す。微かな息の音が耳朶《じだ》に触れた。

「出かけてやした。早めの湯屋に行くと長屋を出たんでやす。お吟は綺麗好きでやしたが、そのせいなのかどうか、しょっちゅう湯屋に出入りしてたんで。でもね、お梅さん」

「はい」

「矢八に言わせりゃぁ、湯に浸《つ》かった後のようには見えなかったたってこってす。で、お吟が通っていた湯屋に確かめてみやしたが、その日は見かけてねえ気がすると言われやしたよ」

「つまり、湯屋に行く途中でお吟さんを変えるような何かが起こった」

「あるいは、誰かに出会った」

仙五朗の視線がぶつかってくる。眼付きまでは見えないが、強い張りは感じ取れた。

「それがお吟から湯屋に行く気を削《そ》ぎ、水桶を落とすほど気持ちを乱したんでやす」

「それが何なのか、親分さんは摑んでいらっしゃるんですね」

「摑んでやす」

と答えた声にも張りがあった。声だけ聞いていると、三十そこそこにも思える。

「これも恥をさらすようですが、あっしはお吟と関わりのあった者や破落戸《ごろつき》連中の中に下手人がいると思い込んで、そちらばかり嗅《か》ぎ回っていやした。まったくねえ、手下《てか》たちには、手掛かりは鰻《うなぎ》や泥鰌《どじょう》と同じで、気を抜くと指の間からぬるっと逃げちまうぞなんて偉そうに説教していたくせに、面目《めんぼく》が立ちやせんや」

仙五朗の口調には抑《おさ》えきれない悔しさが滲《にじ》んでいた。事件直後の動きが、どれほど大切か身に染みて知っている者の悔いだろう。それは、機を逸した己への叱咤《しった》に繫《つな》がる。

「でも、親分さん。こんな言い方は違うかもしれませんが……お吟さん殺しの下手人が欲しかったのは、お吟さんの命だけです。ですから、つまり、お吟さんより他の人を殺すなんてことはないですよね。あの、それで……」

「お梅さん、あっしを慰《なぐさ》めてくれているんで？」

「あ、いえ、そんな滅相もありません」

〝剃刀《かみそり》の仙〟を慰められるほどの力はない。自分の器《うつわ》のほどは心得ている。ただ、お吟は辻《つじ》斬《ぎ》りや押込みに殺されたわけではない。下手人は、端《はな》からお吟の命のみを狙ったのだ。だとしたら、次はない。下手人は目途を果たしたのだ。この上、誰かが犠牲になる見込みは少ない。お梅はそう考えた。そして、お梅の思案など仙五朗には筒抜けのようだ。

「ええ、確かにこの下手人が次々、人を手に掛けるなんて見込みは薄いでやしょうね、実際、お吟の後には似たような殺しの事件は起こっちゃあいやせん。人は何人か死にやしたが、下手人がいたのは三件、どれもすぐに捕まりやした」

「まあ、三人も。そんなにたくさんの人が殺されてるんですか」

「あっしの縄張りだけで、でね。お江戸の町全てとなると……はて、どれくれえの数になりやすかね。わかりやせんや。お梅さん、人が人を殺める理由ってのは数多《あまた》ありやす。その中には、殺したいから殺すなんて外道《げどう》もいやすが、あ、いや、人を殺めたときに既に外道になり下がっちゃあいるんですがね。でも、外道の中の外道ってのもいやすからね。お吟殺しの下手人はそうじゃねえ。お梅さんの言うようにお吟を狙って、まんまと仕留めたんでやす」

「それなら、親分さんが一旦見込み違いをしたからといって、犠牲者が増えるということはないですよね。下手人に逃げられる心配もないのでしょう」

「さいでやすね。でも……」

仙五朗が寸の間、言い淀《よど》んだ。

「壁が低くなりやすからねえ」

「え、壁？」

どうしてここで急に壁の話になるのか、お梅は戸惑う。その戸惑いがおもしろい。仙五朗は絡繰《からく》り箱のようだ。何が飛び出してくるか、思いが至らない。だから、わくわくしてしまう。お梅は胸元を軽く押さえた。

人が一人亡くなっているのだ。わくわくするなんて慎《つつし》みがなさ過ぎる。でも、やっぱり、絡繰り箱の内を覗《のぞ》いてみたい。

「へえ、誰かを殺してえと思うことってのは誰にでもありやす。口にしねえだけで、胸の内に溜め込んでいるやつも、すっと過《よぎ》っただけの者もいやすが、こいつが死んでくれればなんて思うのは人情の内でやすよ。ただ、殺してえと思うことと実際に殺すこたぁ全くの別物。二つの間にはとんでもねえほど高え壁がそびえているもんなんで。ところが、一度、この壁を越えちまうと、つまり、人を殺めてしまって、しかも、捕まりもせず下手人とばれもせず今まで通りに暮らしていけたとしたら、どうなると思いやすか」

お梅は口中の唾《つば》を呑み込んだ。苦みを感じる。

「壁が……低くなる、ですか」

「その通りでやす。もし、そいつが次に殺したい相手ができたとしたら、壁は前よりかなり低くなってるんでやすよ。みんながみんなとは言えねえかもしれねえが、あっしの知っている限りじゃあ、そうなんでやすよ、人ってのは何にでも慣れるもんでやす。それが人を殺すことであっても、やはり慣れちまうんで」

もう一度、唾を呑み下す。さっきより苦い。

「けど、話があっちこっちし過ぎやしたね。一旦、戻しやしょう」

仙五朗の物言いが軽くなる。やや早くもなる。

「あっしたちは、まず、殺された側に立って思案するんでやすよ。何故、この男なり女は、殺されたのかってね。殺された理由ってのは下手人に結びついてやすからね。辿《たど》っていけば、十中八九、尻尾《しっぽ》を摑むことができやす。お吟の場合は、そこがなかなか見えなくて往生《おうじょう》したわけなんで。それも、あっしが見当違いの方を向いてたからなんですがね。で、矢八のおかげで、向きを変えることができやした。殺される前から遡《さかのぼ》って、お吟の動きを追ってみようとしたんでやす。赤松店から湯屋までは、女の足でもさほどかかりゃしやせん。その間にある店一軒一軒、立ち売りも含めて片っ端から聞いて回りやした。お吟を見た者がいねえかどうか。通りすがりの棒手振りにもでやす。近所だけに、店の奉公人の中には、お吟の顔見知りもおりやしたが、もう何日も前に、お吟が前の道を通ったかどうかを覚えている者なんて、そうそういるわけがありやせんよ。これが、機を逃した報いってやつなんで。人の記憶は生物《なまもの》でやすからねえ。魚や卵と同じ、日が経《た》てば経つほど腐っていく。使いものにならなくなっちまうんでやす。一日前なら何とかお頭に残っているものが、二日過ぎれば曖昧になって、五日もすりゃあ霧の中でさあ」

相槌《あいづち》を打ちながら、お梅はもう一度胸元に手をやった。今度は高鳴りではなく、不安のためだ。仙五朗の言う〝壁〟が気になる。低くなっていく壁……。なぜ、気になる？　こんな不安を抱いてしまう？

胸元の手を握り締め、こぶしを作った。とんとんと二度ばかり胸を叩く。

「けど今回、あっしは運に見放されていなかったみてえで、最初のしくじり分を取り戻せそうなんでやすよ」

「お吟さんを見た人が、いたんですか」

「いやした。無双草庵《むそうそうあん》という八卦置《はっけお》きでやす。むろん、本名じゃねえでしょうがね。その易者《えきしゃ》の先生、昼前から木戸《きど》が閉まるころまで、相生町《あいおいちょう》の辻《つじ》に座っていやしてね、何度かお吟も占ったことがあったそうでやす」

八卦置きとか売卜者《ばいぼくしゃ》とか呼ばれる易者がどんな姿形をしているのか、お梅は知らない。盲《めしい》る前に目にした覚えがないのだ。

「易者さんて、白い木綿の幕を蚊帳《かや》みたいに囲って八卦を見るの。幕がない人は笠を被《かぶ》って、顔を隠しているんだけど、顔を見せちゃいけないんでしょうか」

いつだったか、お昌《まさ》が通りを歩きながら伝えてくれたことがあった。易者だけでなく、その日の空の様子だとか、すれ違った女の着物の柄だとか、遊び人が結っている珍妙な髷《まげ》の形だとか、お梅にはわからない諸々をそれとなく教えてくれるのだ。

「顔を隠している者はみんな胡散臭《うさんくさ》いってお祖母《ばあ》ちゃんが言ってたけど、易者さんもそうなのかなあ」

あのとき、お昌が年相応の子どもっぽい口吻で呟いたのを覚えている。お筆《ふで》らしい台詞《せりふ》だと合点したのも覚えている。

「易台を置いた所から通りを挟んで向こう側に、お吟がいたと草庵は言いやした。人相占いの者が人の顔を見間違うわけがないとね。お吟は腰の曲がった婆さまと立ち話をしていたそうなんで。草庵の見るところ、婆さまの方からお吟を呼び止めたようだったみてえです」

「あの、でも、通りで女二人が立ち話って珍しくはありませんよね」

お梅もたまにだが声を掛けられる。たいてい、以前に揉んだことのある誰かで、名乗られると、相手の身体の凝《こ》り具合を思い出す。ああ、腰がぱんぱんに張っていた大工の棟梁《とうりょう》だとか、首の付け根に凝りが溜まっていた味噌屋のお内儀《かみ》さんだとか。で二言か、三言、挨拶をして別れる。ただ、執拗に次の揉み療治を頼まれることも多々あるし、声音《こわね》の暗さや硬さが気になって、お梅からあれこれ尋ねたこともあった。顔見知りとばったり行き合ったら、止めどなくとは言わないが、思いがけず長話になっても不思議ではないだろう。

「へえ。珍しくはありやせんね。道の縁で飽きることなくしゃべってる者なんて、ごまんといやす。お吟と婆さまがただしゃべっていただけなら、草庵も覚えちゃいなかったでしょうよ。覚えていたのは、お吟がよろめいて天水桶《てんすいおけ》にぶつかったからでやす。ぶつかって転んで、見事な尻もちをついたんだそうで。そのとき、客が来たんでそれっきりになっちまったそうです。ええ、客の占いがすんだときには、お吟も婆さまも姿がなかったんですよ。え？　へえ、草庵は、お吟が殺されたことを知ってやした。あの界隈じゃちょっとした噂になってやしたから、知っててもおかしかありやせんよ。けど、腰の曲がった婆さまと殺しとがどうにも結び付かなかった。別段、他人に言うようなことじゃないと思った、とのこと。もっともでやすよ。あっしがもう少し早く……あ、いけねえ、また愚痴《ぐち》を零しやした。いくら愚痴ってもなんの得にもなりやせんね。はは、すいやせん」

仙五朗の軽やかな笑いに、お梅も笑みを返そうとした。しかし、頬が強張って、うまく口が開かない。きっと、泣き笑いのような表情になっているだろう。

胸が騒ぐ。何かが心の隅《すみ》に引っ掛かって、ざわざわと音を立てている。

何だろう、これは。さっきから、少し変だ。

「親分さん、そのお婆さんが誰かわかったんですか」

「へい。捜し当てやした。お吟たちはさかえ屋という蠟燭問屋《ろうそくどんや》の前でしゃべっていたようなんで、そこを探ってみやした。奉公人が三人いるだけの小構えの店ですが、その内の一人、金治《きんじ》って手代《てだい》がお吟たちのやりとりを耳にしてたんでやす」

金治は痩《や》せた、顔色の悪い男だった。しかし、口は軽く、臆せずしゃべってくれる。頭の回りも早いのか、もたつくこともない。岡っ引にとっては、ありがたい類《たぐい》の男でもあった。

「覚えてますとも。女の人がうちの天水桶にぶつかって水を零したやつでしょ。子どもならともかく、大人がぶつかることなんてそうそうないので、よく覚えてます。年寄り？　ああ、えらく腰の曲がった婆さまがおりましたねえ。はいはい、そうです。わたしは、店先で届いたばかりの荷を調べておりましたから、やりとりが聞こえてきました。何をしゃべっていたか？　うーん、そこは、はっきりとは……。荷が極上の生掛《きがけ》だったものでそっちに気を取られておりましたし、他人《ひと》さまの話に聞き耳を立てる暇もなくて、すみませんねえ」

金治は肩を窄《すぼ》め、頭を下げた。

詫《わ》びを受けるいわれはなかった。気持ちが向いていなければ、人の話し声も風の音も大差あるまい。聞き取っていなくて、当たり前だ。だからといって、はいそうですかと引き下がるわけにはいかない。仙五朗は丁寧に、そして執拗に問いを重ねた。

「はあ、耳に残っている言葉ですか。いやあ、そうは言われましてもねえ……」

金治の黒目が左右に動く。記憶をまさぐっている眼付きだ。その動きが止まった。

「そういえば」と、軽く手を叩いてから、金治は身を乗り出した。

「赤ん坊がどうしたとか、言ってましたよ」

赤ん坊？　お吟と老婆の間で、赤ん坊が話の種になるのか？

仙五朗は僅《わず》かながら戸惑った。むろん、戸惑いの一端も面《おもて》には出さない。

「そうだ、そうだ。その後、泣き声がしたんですよ。ええ、お婆さんの声でした。死ぬだの死んだだの、わりに物騒な話だったなあ。それから……ああ、それから、天水桶が倒れる音がして、わたしが外を覗いたら、女の人が倒れてたんですよ。それで、助け起こして、大丈夫かと尋ねたんです。誰でも尋ねるでしょう。店の前で転んでるんですからね」

金治は眉《まゆ》を寄せて、渋面《じゅうめん》を作った。

「そしたらね、親分さん、その女、わたしを睨《にら》むんですよ。『すみません』も『大丈夫です』もありゃしない。じろっと睨んで……ええ、ものすごい形相《ぎょうそう》でしたよ。一瞬、鬼女《きじょ》に見えたほどで、おっかなくて店の中に逃げ込んじゃいましたよ。いや、ほんとに食われるかと思いましたからね。へ？　はい、そりゃあまあ気にはなりました。で、暫くして外を見たけど、誰もいませんでしたね。天水桶は直してありましたよ。ですから、あの女、まあ人並みの善心は持ってたってことですかね。後でよくよく考えれば、見かけたことがあるようなないような……。はあ、町内の裏店にいた？　そうですか、どうりでね。はい？　年寄りのほうですか。いや、見覚えはないですねえ。全くありません。えっと、でも、ひどく痩せて、骨の上に皮がくっついてるみたいなご面相でしたよ。尋常じゃない痩せ方でした。一度見たら、忘れないと思いますよ。あの姿はねえ。病人なんですかね」

金治が首を傾げたとき、「手代さん、手代さん」と声がした。忙《せわ》しい呼び方だ。

「やれやれ、また、荷の数が合わないのか」

金治はわざとらしくため息を吐《つ》くと、一礼して店の奥に消えた。

赤ん坊、老婆、鬼女、天水桶、蠟燭問屋。

お梅の頭の中を様々な言葉が巡り、ぶつかり合う。ぶつかって小さな火花を散らせる。

「親分さん、もしかしたら、そのお婆さんは……」

口をつぐんでいた。何の拠《よ》り所もない思い付きだ。散った火花のように心許《こころもと》ない。

しかし、仙五朗は深く首肯《しゅこう》した。そして、

「へい。あっしもそう思いやしたよ。もしかしたら、取り上げ婆じゃねえのかってね。赤ん坊ってとこに引っ掛かりやしてね」

お梅が呑み込んだ一言をさらりと口にした。

「確かなことはわかりやせん。ただ、確かじゃねえからこそ、調べてみなくちゃならねえんで」

「何か心当たりはあったんですか」

「ありやせん。けど、金治の話だと、えらく痩せて病人のようだったたって話でやした。そんな年寄りが遠くから歩いて来たとは思えねえ。連れもいなかったようですし、荷物を持っていた風もねえ。なんで、近くに住んでいる見込みはありやす」

「でも、手代さんは見たことがないと言ったのですよね」

「さいで。しかも、一度見たら忘れられないとも言いやした。つまり、それまで見たことのない婆さまだったわけです」

「え、それは……」

どういうことだろうと考え、答えが一つ閃《ひらめ》いた。

「あの、そのお婆さんは、近くに引越してこられたばかりだった。そういうことでしょうか」

「へい。あっしも同じ思案をしやした。相生町はあっしの膝元《ひざもと》でやす。一月《ひとつき》も住んでいりゃあ、家の奥に引き籠《こも》ってでもねえ限り、あっしの目に引っ掛かるはずなんで。それがねえってことは、つい何日か前に越してきたとも考えられるって寸法でさぁ。まあ、思案が的を射ているかどうかはわからねえですがね。けど、矢を放ってみるしかねえんで。放ってみなけりゃ、的に当たるも外れるもありやせんからね。年寄り、尋常じゃない痩せ方、引越してきてそう日数が経っていない、そして、取り上げ婆。この四つを切り札にして、ともかく捜し出せと、町内に手下を散らしやした」

「見つかりましたか」

「見つかりやした」

仙五朗が大きく息を吐き出す。

「何のこたぁねえ、さかえ屋の裏手に越してきた婆さまでやした。名はおはち。見立てのとおり長えこと取り上げ婆をしていた女でやす。ずっと一人暮らしで仕事をしてきたものの冬場からこっち身体の調子を崩して、倅《せがれ》の許に身を寄せることになった。医者からは今年いっぱい持たないと告げられている。というのを伊一《いいち》って倅から聞きやした。おはちは、臥《ふ》せっていやしたよ。今年いっぱいどころか、夏が越せるのかどうかわからねえと伊一は言ってやしたが、確かにそうかもしれやせん。ただ、おはちの頭ははっきりしていて、話もできやした。それで、まあ、掻《か》い摘《つま》んでいいやすと、その昔、お吟の子を取り上げたのが、おはちだったんでやす」

お梅も息を吐き出した。そうしないと、胸が潰《つぶ》れそうな気がしたのだ。

「おはちはお吟を覚えていやした。もうずい分と年月が経っているのに覚えていたんです。忘れることができなかった。ただ、もう二度と会うことのない相手だと思っていたんで。それだけに、通りでお吟を見たときは仰天した。気が付いたら、走り寄っていたとのこってす。ええ、おはちはお吟を待ち伏せていたとかじゃなく、ばったり出逢ったんでやすよ。これは神仏の引き合わせだ。何もかも打ち明けろという意味だと、おはちは合点したんだそうで。へえ、自分の寿命が消えかかってるのは、薄々わかっている。それで、胸のわだかまりを全部吐き出したかったのだと、泣いてやしたよ」

「親分さん。そのわだかまりって……」

「へい。お梅さん、ちょいと失礼しやすよ」

仙五朗がすっと身を寄せてきた。囁《ささや》きが耳に流れ込んでくる。

膝の上に手を重ねたまま、お梅は囁きに耳を傾け続けた。

みゃあう。

ぜんまいが鳴いた。餌《えさ》をねだっているのだろう。その声を合図にしたように、仙五朗がしゃべりおえる。そして静かに退《しりぞ》いた。耳のあたりがすうっと寒くなる。

「そんなことがあったなんて」

「信じられやせんか」

「俄《にわ》かには」

「そうでやすか。お梅さんは感じてたじゃねえですか。はっきりとは摑めなくても、不穏といいやすか、常人とは違う気配みてえなものを感じ取っていやしたよね」

「それは……」

違うとは言えない。感じはした。しかし、感じた気配の正体に見当がつかず、胸の奥に押し込めていた。今、仙五朗の話を聞き、胸の奥からじわりと滲み出てくるものがある。

気配の正体。そうか、こういうことだったのか。

「お梅さん、お梅さんの感じたものとやらをあっしに教えちゃくれやせんか。そこと、あっしが摑んだ事実をすり合わせてみてえんで。お梅さんは、お吟が殺された理由がわからないと仰《おっしゃ》いやした。あっしも、そのあたりが正直、すっきりしなくて。えっ、どうしやした？」

お梅は勢いよく立ち上がっていた。あまり急に立ったもので、一瞬、ふらついたほどだ。

「親分さん、駕籠《かご》を呼んでください」

「え、駕籠ですかい」

「そうです。急がないと、急がないと危ない」

声が掠《かす》れる。背筋を汗が伝った。正直、駕籠は苦手だ。歩いているときのように周りの様子を感じ取れなくなるけれど、今はそんなことを言っている場合ではなかった。

急がなければ、急がなければならない。

仙五朗が外に駆け出す音がする。そこに被さるように、ぜんまいの鳴き声が響いた。


納戸《なんど》の中は暗い。

明り取りの窓があるが、それだけではとても足らない。だから昼間でも、こんなに薄暗いのだ。しかも、埃《ほこり》っぽい。

小さなくしゃみが出る。なるべく埃を吸わないように、お松《まつ》は鼻を押さえた。それから、ぐるりと視線を巡らせてみた。壁に設《しつら》えられた棚は何段にもなっていて、そこに、ぎっしりと荷物が置かれている。木箱が主だ。でも、俵《たわら》もあるし紙包みもある。大きさはまちまちだが、だいたい同じ寸法のもので纏《まと》められていた。

呉須《ごす》の大皿って、どれ？

もう一度、あちこちを目で探す。

窓から差し込む僅かな光の中に、埃は煌《きら》めきながら舞い上がっていた。

お加代《かよ》は、一番奥の棚の二段目あたりに仕舞った気がすると言っていた。「お内儀さんに出しておくように言われたんです。でも、今は手が離せない用事があって。おじょうさま、すみませんが」と頼まれて、お松は二つ返事で引き受けた。お加代が頼み事をするなんて珍しい。初めてかもしれない。

それにしてもおっかさん、どうして急に呉須の皿なんか入り用になったんだろう。お客さまでも来るのかしら。

考えるともなく考えながら、奥に進む。棚の二段目に漆塗《うるしぬ》りの箱を見つけた。これだろうか。

箱に手を伸ばしたとき、かたっと音がして、納戸がさらに暗くなった。振り返ってみると、戸が閉まっている。お松は開けっ放しにしておいたのに。

「あ？　どうして」

驚きの声が漏れた。同時に、背中がぞくりと震えた。急に怖くなる。とてつもなく怖くなる。お松は、戸のところまで走り、開けようとした。足がもつれ、転びそうになる。何とか、踏ん張り顔をあげたとたん、首に何かが巻き付いてきた。そのまま絞め上げてくる。

え？　どうしたの？　何が起こったの？

息ができない。喉が潰れる。息ができない。誰か、誰か、助けて。

叫びたくとも声が出ない。

おっかさん、助けて。助け……。

目の前の闇がさらに濃くなっていく。

おっかさん。

呼ばれた気がした。

お清《きよ》は縫物《ぬいもの》の手を止め、辺りを見回した。

静かだ。何も聞こえない。いや、通りのざわめきや風の音は耳に届いてくる。それらは、お清の周りにある静かさをかき乱すのではなく、むしろ深める。一瞬でもすべての物音が途絶えたとき、静寂《しじま》はお清を包み込んでくる。少し、怖い。不安でもある。

ただ一人、取り残されてしまったような心細さを覚える。

お梅さんは、どうなんだろう。

若い揉み師に心が流れていく。

あの娘は音の消えた一時《いっとき》が怖くはないのだろうか。不安や心細さを抱かないのだろうか。光もなく音もない。そんな世界にいることに怯えはしないのだろうか。

くすくすと、お梅の笑声を思い出す。若さに釣り合う艶《つや》のある声だった。伸びやかで気持ちがいい。怯えや不安とは無縁の明るさが、確かに含まれていた。

お清は針山に針を戻した。

あたしは何にも知らないんだ。

胸の内で呟いてみる。小さくため息を吐いてみる。

お梅さんにはお梅さんの生きている場所がある。それは、あたしには窺《うかが》い知れないものなんだ。暗いだけの何もない所ではなくて、あたしの知らないもので満たされている。

もう一度、息を吐き出す。以前は、ため息を吐くたびに、身体の中が重く淀《よど》んでいく気がしていた。今は逆に、身内に溜まった澱《おり》を外に出している。そんな風に感じられた。お梅の揉み療治は、身体だけでなく気持ちの凝りも解《ほぐ》してくれる。おかげで、前向きに考えられるようになった。〝もう駄目だ〟でも〝諦めるしかない〟でもなく、〝何とかなる〟〝何とかする〟と思えるようになった。心が軽くて、世の中は生きるに値すると信じられる。うつむいて足元ばかりを見ていてはいけない。この世には顔を上げ、遠くに目をやる心地よさがあるのだ。

「よしっ」

今度は声に出して、お清は胸を張った。縫い上げたばかりの単衣《ひとえ》を振ってみる。白地に薄青《うすあお》の格子縞模様《こうしじまもよう》だ。上松《うえまつ》の夏衣《なつごろも》だった。

お松にもしっかり、お針を教えなくちゃ。

江戸の女は針が使えて、髷が結えて一人前だ。母親として娘を一人前にする役目がある。

お松はもう十三歳だ。

与三郎《よさぶろう》の呟きがよみがえってくる。苦々しい口振り、いや、苦い想いを呑み込んだ呟きだった。病弱な上松では老舗《しにせ》である今津屋《いまづや》の主《あるじ》は荷が重い。それなら、いっそお松に婿《むこ》を取って、身代を継いでもらう。それが、与三郎の本音だろうか。苦渋《くじゅう》の末に決めたことだろうか。

お清はかぶりを振る。まだ、早い。まだ二、三年の猶予《ゆうよ》はある。婿取りの話など十

五、六になってから間に合う。子どもは数年で変わる。それまでには上松も、大きくなっているだろう。焦《あせ》ることはないのだ。焦ることは……。
あの人、焦ってるんだろうか。

亭主、与三郎のことを思う。それから、やはりお梅に言われた言葉を思う。お梅が初めて揉みに来てくれたあの日、与三郎はひどく不遜《ふそん》な物言いをし、無礼な振る舞いをした。それを詫《わ》びたときだった。

今津屋さんが、あんな風に横柄《おうへい》になるのは家の内だけでしょ。外に出たら。

そこでいったん、口を閉じ、十丸を撫《な》でながらお梅は続けた。

小心で、周りを気に掛けて……ええ、疲れるほど気を遣っているのではありませんか、と。

あの後、揉み治療の心地よさに、ちょっとしたやりとりはどこかに飛んでしまった。

今、改めて思い返す。そうすると、なぜか胸の底が疼《うず》いた。

与三郎は必死なのかもしれない。今津屋を守ろうと、さらに身代を膨らませようと、必死に生きているのかもしれない。

「おれは、この店《たな》のために生まれてきたのだそうだ」

祝言を挙げて間もなく、与三郎から言われた。いや、お清に話しかけたというより独り言のようだった。

閨《ねや》の中で、だ。身体を重ねた後の気怠《けだる》さに包まれていた。全身が汗でしっとりと濡《ぬ》れ、腕を動かすのも億劫《おっくう》な気がした。なのに、火照《ほて》りは治まらない。乳房の後ろで、腹の内側でちろちろと炎が燃えている。それが恥ずかしくもあり、満足でもあった。

目を閉じて、亭主の若い胸に頭をもたせかけていたとき、その胸から直《じか》に耳に響いてきたのだ。

「おれは、この店のために生まれてきたのだそうだ」

え？　一瞬、幻の声を聞いたと思った。身体があまりに火照るものだから、耳が幻を捉えてしまったのかと。

目を開ける。与三郎は天井《てんじょう》を見詰めていた。枕もとの行灯《あんどん》の灯《あかり》に、横顔が浮かび上がる。眼差《まなざ》しも口調も、天井に溜まった闇に似て暗かった。

「おまえさん、今、何て？」

頬《ほお》にかかる鬢《びん》の毛をかき上げ、与三郎の顔を覗き込む。夫婦になったばかりの男の暗みに、火照りが引いていく。お清は唾を呑み下した。

「親父からもおふくろからも、ずっと言われ続けてきた。今も言われている。おれは今津屋という店のために生まれてきた。だから、今津屋のために生きていかなくちゃならないとな」

「おまえさん……」

「子ができて、その子が、いや、誰でもいい。おれに続く誰かが今津屋の主になるまで、ずっとこの店のために生きていかなくちゃならないんだ」

与三郎は天井を見上げたまま、ぼそぼそと語った。

「お商売、好きじゃないんですか」

口にしてから、お清は唇《くちびる》をかんだ。なんとも的外れな、間の抜けた問いかけだ。けれど、それより他に何が言えただろう。お清はまだ若く、生きるということがどういうものなのか、ほとんど何も知らなかった。

「いや、そうじゃない。はは、辛気臭《しんきくさ》い話をしてしまったな。忘れてくれ。さっ、おいで。もう一度……」

与三郎の腕の中に引き寄せられる。

行灯の火が揺れ、障子に映る影が揺れた。

上松の夏衣を畳《たた》む。忘れていたなと呟く。

与三郎も義母も義父も人を分け隔て、人に上下を付け、人が益になるかどうかで振る舞いを変えた。嫌でたまらなくて、与三郎から少しずつ心が離れていった気がする。それはそれで自分を責めはしないけれど、あの閨の中で与三郎が見せた暗みをすっかり忘れ去っていたことには、心が揺らぐ。

あの人はあの人なりに、背負わされた重荷があったんだねえ。

その荷を背に括《くく》り付けて、懸命に一途に生きてきたのかもしれない。上松に対する物言いは赦《ゆる》しがたくもあったけれど、確かな跡取りをと焦る気持ちはわからないじゃない。

楽になりたいのだろう。この店を守り通し、次に渡したぞと安堵《あんど》したいのだ。

でもね、おまえさん。上松もお松も生きてるんですよ。人形じゃなくて、血の通った生身と心を持ってるんです。こちらの都合のいいように動いちゃくれませんよ。自分と同じ苦労、苦渋を味わわせるのは、おまえさんの本意なんですかねえ。

お清は胸に手をやった。ここで何を語りかけても埒《らち》が明かない。現《うつつ》の声にして、届けなければ駄目なのだ。

ちゃんと話をしてみよう。

久しぶりに、本当に久しぶりに、亭主ときちんと向き合ってみよう。目を逸《そ》らしていても、知らぬ振りをしていても何にも変わらない。

何だか気分がすっきりする。腹が決まったと、そんな心持ちだ。

これも、お梅さんのおかげかしらねえ。

「お内儀《かみ》さん、お内儀さん」

誰かが呼んでいる。そこに喚《わめ》き声が被さってくる。静寂《せいじゃく》がびりびりと破れ、物音が押し寄せる。お清は夏衣を抱えたまま、立ち上がった。

どうしたの。何を騒いでいるんだい。

そう言おうとしたけれど、声にならなかった。かわりに小さな悲鳴を上げていた。

「あぁっ」

腰から背にかけて、激痛が走る。錐《きり》の先で刺し通されたような痛みだ。白地の単衣が手から滑《すべ》り落ちる。その上に膝をついていた。目を閉じ、歯を食いしばる。呻《うめ》きすら出せない。

ふっと気が遠くなった。暗い穴に吸い込まれる。その穴の底に、実家の父や母の顔が見える。夜空の満月のようにぽかりと浮かんでいる。とうの昔に亡くなった父も母も、顔を顰《しか》め、しきりに首を横に振っていた。来るなという素振りだろうか。

あたし、死ぬの？

この穴は奈落に繋がっている？

「お清さん」

呼ばれた。現の、くっきりとした輪郭を持つ声だった。同時に、腰のあたりが柔らかく押され、撫でられた。痛みがすうっと消えていく。息がつけた。

「お清さん、大丈夫ですか。どこか痛みますか」

ああ、これは……。

「お梅さん」

お梅の白い小さな顔がすぐ傍《かたわ》らにあった。お清の口から安堵の息が漏れた。

「……大丈夫です。急に差し込みがきて。もう、楽になりました」

「お清さん」

また呼ばれた。呼ばれただけでなく、腕を摑まれた。

「お松さんとお加代さん、どこにいます？」

「え？　さあ、外には出ていないと思いますが。二人がどうかしましたか」

お清が言い終わらないうちに、激しい犬の鳴き声が響いた。戸の倒れる音、入り乱れた足音、悲鳴、そして、与三郎のひきつった叫び。

「ああっ、お松っ」

お清は飛び起きると、廊下を駆け出した。

お松、お松だって。お松がどうしたっていうの。

廊下の奥、納戸《なんど》の前に人が何人も集まっている。白い犬がお清の足元をすり抜けていく。気にする余裕など、なかった。

「お松、お松」

廊下に立つ奉公人を押しのけ、お清は寸の間、棒立ちになった。

お松……。

お松は与三郎に抱きかかえられていた。ぐったりとしたまま動こうとしない。唇が赤紫色になり、髷は崩れ、鼻から唇まで細い血の筋ができている。目は固《かた》くとじたままだ。異様な姿だった。

「お松、どうしたのさ。しっかりおし、しっかりするんだよ」

娘の身体に縋《すが》りつき、揺する。しかし、お松は目を開けなかった。大きな人形のようにお清のなすがまま、ぐらぐらと揺れているだけだ。

え？　これは何？　何があった？　どうして、お松は目を覚まさない。どうして『おっかさん』と呼んでくれない。まさか。さっきの穴に、あそこに落ちていくのはあたしじゃなくて、この娘だった？　まさか、そんな、そんなことがあるわけがない。

「いやーっ、お松、嫌だよ。目を開けておくれ。おっかさんだよ、おっかさんがここにいるんだよ。お松、お松。おまつーっ」

「どいてください」

背中を押された。かなりの力だ。お清はあやうく、横ざまに転がるところだった。

十丸の引き綱を握ったお梅が、お清の傍らに膝をつく。

「お清さん、お松さんの喉《のど》に触らせてください」

「え……あ、はい」

お梅の手を取り、お松の喉元に持っていく。与三郎がぐったりしたままの娘をそっと廊下に横たえる。お清は目を見張った。

これは、なに？

取り乱していて気が付かなかったが、お松の喉には赤い筋がついている。

「みなさん、静かに。騒がないで」

お梅が命じる。命じる口調だ。張り詰めて、強い。誰もが息を詰め、身を竦《すく》ませた。風さえ止《や》んで木々の枝を揺らさない。

お梅の指がお松の口元に触れる。しばらくの間、唇の上で指を広げる。それから喉を触り、衿元に滑り込ませる。

「帯を解《ほど》いてください」

「はい」。お清は手早く、お松の帯を解いた。何が起こったかわからない。何もわからない。しかし、気持ちは少し落ち着いてきた。取り乱さず、お梅の指示にしたがえるほどには、自分を取り戻していた。

大丈夫だ。お松は死にはしない。助かる。お梅さんが助けてくれる。きっと、きっと。

お松が助かること。目を開けること。「おっかさん」と呼んでくれること。それだけを願う。他はどうでもいい。

「きゃっ、鼠」

背後で小さな叫びが起こった。お清の膝の上を小さな影が走り抜ける。それは、勢いよくお梅の背を駆け上った。

先生だ。天竺《てんじく》鼠の先生が、お梅の肩に止まりさかんに鼻を動かしている。

チチッ、チチッ、チチッ。

この前聞いたものより、ずっと甲高く鳴き続ける。

チチッ、チチッ、チチッ。チーチチッ。チッチッチッ。

しゃべっている。

お清には感じられた。何を言っているのかは解せないが、先生がしゃべっていると、お梅にしゃべり掛けていると思えた。鼠がしゃべる？　そんな馬鹿なと一笑に付す気にはなれない。しゃべっているのだ。おそらく、お梅に指図をしている。お松を救うための手立てを伝えているのだ。

お梅が頷《うなず》いた。両の手を重ね、お松の胸を押す。離し、また、押す。額に汗が滲み、頰を流れていく。お清は思わず懐《ふところ》に手をやった。手拭いを取り出す。お梅の汗を拭かねばと思ったのだ。せめて、それくらいしなければ……。

ふうーっ。お松の口から長い息が漏れた。続いて、こほこほと咳き込む。

「お松、お松」

手拭いを放り捨てて、お松に手を伸ばす。お梅が身体をずらした。その隙間に滑り込み、お清は声の限りに娘の名を呼んだ。

「お松、おっかさんだよ。お松、わかるかい。おっかさんだよ」

「……おっかさん」

お松が目を開ける。ぶるりと身を震わせる。そして、しがみついてきた。

「おっかさん」

両腕でしっかり抱き締める。温かい。身体も息も温かい。

ああ、この娘は生きている。生きていてくれた。奪われはしなかった。

「おっかさん、おっかさん、怖かった。ほんとに怖かった」

「大丈夫、もう、大丈夫だからね。おっかさんがついてるからね」

震える熱い身体をさらに強く抱く。お松の腕にも力がこもった。

「お医者さまを呼んでいますか」

お梅の落ち着いた口吻に、手代の一人が答えた。

「は、はい。さっき、人をやりました。すぐに来てくださると思います」

「そうですか。では、お松さんに水を差し上げてくださいな。声も息も出るから、喉が潰《つぶ》れている心配はないでしょう。でも、かなりの傷がついています。なにより、襲《おそ》われた怖さで、尋常じゃいられないでしょう。少しでも気持ちが落ち着くようなお薬を処方してもらってくださいな」

「……いいえ、あたし、大丈夫です」

普段よりしゃがれた小さな声でお松が言った。お清から僅かに身体を離し、深く息をする。

「大丈夫です。だから、教えてください。あたし、なぜ、殺されかけたの」

「殺される？　え、殺されるって……」

生唾を呑み込んでいた。お松の首筋を巻くようにできている紅《あか》い傷に目をやる。もう一度、唾を呑み込む。

与三郎と視線が絡んだ。その黒目がゆっくりと横に動く。お清は、お松を抱きかかえたまま、顔をそちらに向けた。

納戸の扉が外れて傾いている。誰かが蹴りでもしたのか、真ん中あたりに穴が開いていた。

内側が見える。

瞬《まばた》きができない。目を見開いたまま、お清はそこにいる二人、男と女を見詰めた。

「お加代……」

お加代がうずくまっていた。両手は後ろに回り、縄が打たれている。その縄を摑んで、仙五朗が立っていた。

「ま、お加代がなぜ、どうして、親分さんに……」

何の間違いだろうか。どこがどう間違ったら、こんな場面が出来《しゅったい》するのか。

お清は僅かに腰を浮かせた。

「親分さん、あの」

「お内儀さん、駄目です」

お加代が叫んだ。口の奥まで見えるほど、大きく口を開いた。

「駄目ですよ。おじょうさまを生かしておいては駄目です。殺さなきゃ、駄目なんです」

汗とよだれを垂《た》らし、お加代は喚き続ける。

「お内儀さんのためなんですよ。お内儀さんのために、あたしはずっと、邪魔者を取り除いてきたんです。お内儀さんの敵を、みんなみんな、一人残らず取り除いてあげたんです」

「お加代、おまえ……何を言ってるんだい。邪魔者って、敵って、誰のことを言ってるの……」

口の中がからからに干上がっていく。舌を動かすのさえ痛い。

お加代の言っていることがわからない。まるで解せないのだ。

生かしておいては駄目、殺さなきゃ、駄目、邪魔者、取り除いて、お内儀さんの敵を、一人残らず……。何のことだろう。まるで、異国の言葉だ。わんわん鳴り響くだけで、意味が摑めない。響きだけが頭の中に広がり、眩暈《めまい》すら覚える。

「あたしが守ってきたんです。あたししか、お内儀さんを守る者はいないんです。だから、全部、あたしがやってあげたんです。大旦那さまだって大奥さまだって、お吟だって、みんなみんな、あたしが始末してあげたんですよ」

遠くで悲鳴が聞こえた。頭に突き刺さってくる細く高い悲鳴。それが自分のものだと察するのに、暫く時間がかかった。

お清は悲鳴を上げていた。

「お加代、何て、何て……今、何て……」

お加代が身をよじった。が、仙五朗はびくともしない。押さえつけられ、お加代の膝が崩れ、床にねじ伏《ふ》せられる。

「お内儀さん、心配いりませんよ」

顔を上げ、お加代が笑う。柔らかく優しげな笑みだった。

「おじょうさまも、あたしが始末してあげます。お店を継ぐのは、上松坊ちゃんですよ。婿取りだなんて、とんでもない。お内儀さんと血の繋がっていない者に店を渡したりしませんからね。安心していいですよ。あたしに、全部、任せてくださいな」

あはははははと、今度は声を上げてお加代が笑い出した。

「あははははは、そうなんですよ。これまで、お内儀さんのために何人も殺してあげたんですよ。どれだけ尽くしてきたか、お内儀さん、気が付きもしなかったでしょう。いいえ、いいんですよ。それでいいんです。お礼を言ってもらおうとか、ありがたがってもらおうとか、そんなこと、考えちゃいませんからねえ。お内儀さんの害になる者がいなくなれば、それでいいんです。けどねえ、難儀ですよ。一つ始末したと思ったら次が出てくる。それを始末したら、また別のが……。あはははは、でも、おじょうさまさえ除けば安泰《あんたい》です。お内儀さんと上松坊ちゃんを脅《おびや》かす者は、もう、終《しま》いです。よかった、よかった。やっと終わりますよ、お内儀さん。あはははは、あはははは」

笑声は、廊下から庭へと流れ出ていった。

「あっしから、まず話をさせてもらいやす」

仙五朗が告げた。

与三郎は頷いただけで、目を伏せた。お清はどんな返事をすればいいか、見当さえつかなかった。正直、姿勢を保ち、心を抑え、取り乱さないようにするのがやっとだ。

今津屋の奥座敷には男が二人、女が二人、座っていた。

お梅、お清、仙五朗と与三郎の四人だ。お梅の傍らには十丸が伏せていた。その背中に先生がちょこりと座り、辺りを見回している。お加代は、駆け付けた仙五朗の手下によって、番所に連れて行かれた。もう二度と、逢うことは叶わないかもしれない。

お松は、話を聞きたがった。

「あたしにも関わる話なんでしょ。どうして、お加代はあたしを殺そうとしたの？　あたしが、おっかさんの害になるってどういうこと？　お加代の言ったこと、ちゃんと知りたい。お願い、本当のことを教えて」

そう言い張って、譲らなかった。

こんなに、はっきりした物言いをする子だったのか。こんなに強い芯があったのか。ほんの束《つか》の間だがお清は驚き、娘を見詰めた。

お松を宥《なだ》め、説得したのは与三郎だ。

「もうすぐ、医者がくる。ひとまず、ちゃんと治療を受けなさい。話をするのはその後だ。もう隠し立てはしない。本当のことを、おまえに伝える。必ずそうすると約束するから、診てもらってくれ。お梅さんのおかげで大事には至らなかったが、放っておいていいわけがない。頼むから得心してくれ。この通りだ」

そう言い、頭まで下げたのだ。父親に低頭されたことなど覚えがなかったのだろう。お松は、暫く黙した後、一言「わかりました」と返事をした。

日が傾き、薄《う》っすらと闇が地を覆《おお》うとしていた。行灯を灯《とも》すにはまだ早い。けれど、知らぬ間に濃くなる闇に耐え切れない気がして、お清は行灯に灯《あかり》を点《つ》けた。

お清が灯心を整えるのを待って、仙五朗が居住まいを正した。

「有り体《てい》に申し上げやす、お吟殺しの下手人《げしゅにん》は、お加代でやした」

覚悟はしていた。しかし、その覚悟が砕け散って、お清はその場に膝をついた。お梅が手を差し伸べてくれる。見えないはずなのに、お清の背中をしっかりと支えてくれた。

「どうしてですか。どうして、お加代がそのお吟さんとやらを殺さなきゃならなかったんです。うちの人の女だったころならまだしも、今は縁が切れていたんでしょう」

口にしてから、悔やんだ。問わなければよかったと、奥歯を噛み締めた。

お内儀さんと血の繋がっていない者に店を渡したりしませんからね。

お加代は口走った。確かに、そう口走った。

あの台詞をどう受け止めたらいい？　わからない。戸惑うばかりだ。戸惑いの中で不安が揺れる。まさかという思いが揺れて揺れて、息が苦しい。

「今津屋さんとお吟の縁は、とっくに切れてやしたよ。だから、何事もなければ、お吟は死なずに済んだんでやしょう。けど、その何事かが起こっちまったんで」

「それは……それは、お松と関わりがあるんですか」

問うてはいけない。これ以上、深入りしてはいけない。何も知らない幸せ、知ってしまったが故の不幸せ、どちらもこの世にはある。

目を閉じる。眼裏《まなうら》に、お松の眼差しが突き刺さってきた。真っすぐに見据えてきた眼だ。

お願い、本当のことを教えて。

耳に叫びがよみがえってくる。

ここまで来て、逃げられるわけがない。いや、逃げちゃいけないんだ。

お清は、膝の上で指を握りこんだ。

「お教えください、親分さん。あたしは、全てを知らなくちゃなりません」

でなければ、あの娘《こ》に伝えられないではないか。

「今津屋さん、どうしやす。このまま、あっしが話してよろしいですか」

与三郎は顔を上げ、仙五朗ではなくお清に向かって、かぶりを振った。

「お清、お松はな」

喉仏が上下に動いた。壊れかけた糸車のように、ぎこちない動きだ。

「お松は……おまえの娘じゃないんだ」

握り締めた指が震えた。怒りのせいでも驚きのためでもない。名前の付けられない情動が身の内を巡り、指を震わせるのだ。身体中が熱を持ち、汗が噴き出る。そのくせ、頭の中は妙に冷めていた。冷めた頭が、今聞いたばかりの一言を受け入れる。

ああやっぱり、そうだったのか。

「あたしの娘でないなら、誰の……」

いや、尋ねるまでもない。わかっているではないか。

「お吟という女《ひと》の子どもだと、そう仰るんですか」

「そうだ」

与三郎はあっさりと認めた。開き直っている風ではない。隠し通す気力が尽きたのだろう。栓《せん》の緩《ゆる》んだ瓶《びん》から水が零れていくように、言葉がぽたぽた滴《したた》り落ちる。

「おまえより半日ほど早く、お吟は女の子を産んだ。おまえは難産で……取り上げ婆から、お腹の子は助からないと言われたのだ。おまえは、赤ん坊が生まれてくるのを楽しみにしていた。襁褓《むつき》や産着《うぶぎ》をたくさん縫って……。おれは、おれは後ろめたかった。お吟のことが、お吟も子を産むことが後ろめたくてたまらなかった。お吟とは本気になりかけたときもあったが、おまえと比べたりはできない。おまえの方が何倍も大切だとわかって……お吟とは約束ができていたんだ。子どもが生まれたら、その子と二人で江戸を出ていく、お吟の生国《しょうごく》に帰るってな。もちろん、母子が暮らしていけるだけの金子《きんす》は渡して、だ。それを手切れ金として、きれいさっぱりおれとの縁を切ると約束したんだよ」

　耳を塞《ふさ》ぎたくなる。

　何という身勝手な独り合点の約束だろう。

　一度もこの世で出逢うことのなかった女を思う。お吟は、自分の都合だけを押し付けてくる男をどういう想いで眺めていたのか。悔《くや》しかったのか、辛かったのか、未練などなく見切りを付けられたのか。ともかく、金で片を付けようとする男より、子と共に生きていこうと決めた女の方に、ずっと心を寄せられる。

　いや、おそらく、ここから先はそんな悠長《ゆうちょう》な話ではなくなるのだ。

「では、あたしの赤ん坊は……この世では生きられなかったんですね」

「四半刻（約三十分）ばかりは息をしていた。でも、泣かなくて……すぐに……。そのとき、取り上げ婆に言われたんだ。お内儀さんは、もう子どもができないかもしれないと。おれは、どうしていいか、わからなくなって……。おまえは本当に子どもが好きで、どんな子にも優しくて、赤ん坊を抱ける日を待っていて……そんなおまえに子どもが生まれてすぐに亡くなったなんて、もしかしたら、この先、子どもはできないかもしれないなんて伝えられなくて……何より、親父やおふくろが跡取りを産めない嫁として、おまえを罵《ののし》ることになったら、それが因《もと》で、おまえが出ていくようなことになったらと……それが怖くて、赤ん坊が亡くなったことより、そっちの方が怖くてたまらなかった」

「だから、だから、赤ん坊を取替えたんですか。お吟さんとあたしの赤ん坊を」

長い息を吐き、与三郎は額の汗を拭いた。

「一人の思案には持て余してしまって、それで……お加代に相談したんだ」

「お加代は、お吟さんのことを知ってたんですか」

与三郎は首を前に倒し、一瞬、目を閉じた。

「お加代にはお吟とのやりとりを任せていた。お吟を生国に帰るように説得したのも、相当の金子を渡す代わりに、今津屋には今後一切関わらないとの誓文《せいもん》を書かせたのも、お加代の仕事だった」

「まあ……」

これにはさすがに言葉を失った。十数年前、身の周りでそんなことが起こっていたのか。

「お加代は、お吟を江戸から遠ざけることがおまえのためになると考えていた。だから、おれを助けるというより、おまえを悲しませたくなくて、役目を果たしていたのだ」

「ええ。お加代はいつも、あたしのことを一番に考えてくれました。いつだって……」

息を吞み込む。

「まさか、赤ん坊を取替えようと言い出したのは、お加代じゃないでしょうね」

「お加代だ。お吟に子を産むための家を用意したのも、取り上げ婆の手配をしたのもお加代だ。だから、お吟に女の子ができたことも、その子が元気でいることも取り上げ婆から、逐一報《しら》せを受けていたんだ。お加代は躊躇《ためら》わなかった。全て任せてくれと言って、それで」

「それで、どうしたんですか」

口調が苛立《いらだ》つ。気持ちが波立つ。震えが止まらない。

「お加代は、赤ん坊の骸《むくろ》を包んで出て行った。帰るまで誰も、産室に近づけるなと言い残して……。幸い、真夜中近くだったので、人払いはできたわけで……」

「それで、それで、どうなったんですか。お加代は帰ってきたんですね」

「一刻ほどして、帰ってきた。生きている赤ん坊を抱いてな」

眩暈がした。悪心がした。足元から世の中が崩れていくと感じた。

「お清さん」

お梅が囁く。あまりに優しい響きだった。お清は自分より、ずっとずっと若い娘の腕にすがった。そうしないと、倒れてしまう。泣き叫んでしまう。

「お清。すまん、こんな話を聞かせて」

「続けて」

お梅の腕に縋り、お清は訴えた。

「続けてください。最後まで聞きます」

お梅が頷く。お清の指にそっと手を当ててくれる。

どこかで鶯《うぐいす》があざやかに鳴いた。

鶯の声が消えてしまうと、座敷内は静まり返った。さっき、お清が一人で感じていた静寂とは別の、重くのしかかってくる静かさだ。

喉《のど》の奥に何かが閊《つか》えたような息苦しさを感じる。

「話を止めないで。続けて」

その重苦しさを振り払いたくて、お清は声を大きくした。

重苦しさを振り払いたい。ほんとうに、それだけだ。与三郎を責める気は、とうに失《う》せていた。許したわけでも諦《あきら》めたわけでもない。他人を責め、詰《なじ》るだけの気力がわいてこない。それだけなのだ。

しかし、聞かねばならない。全てを聞いて、知らねばならない。これは、お松に関わることなのだ。そして、あの娘《こ》は自分が何か不穏な常ならぬ渦に巻き込まれたと察している。

守るのだ。

お松を、そして上松を、二人の子を守り通す。あたしは、母親なんだ。

お松が他人の子だとは、どうしても思えない。与三郎の話を信じないわけじゃない。むしろ、意を決めて真実を語っていることが伝わってきた。語りの中身は歪《ゆが》んだ身勝手な打ち明け話ではあったが、真実は真実、嘘はない。

赤ん坊の取替えも真実、お松と自分の血が繋がっていないのも真実、だ。けれど、自分がお松を育ててきた。乳母《うば》任せにしないで、乳を吸わせた。下賤《げせん》の者の子育てだと姑に咎《とが》められながら、この乳房から零れる乳を含ませたのだ。熱が出れば懸命に看病した。這《は》った、立った、歩いた、しゃべったと育っていく一時、一時に心を震わせた。躾《しつけ》をし、ときに八つ当たりも、的外れな叱《しか》り方もした。お松の素直さに癒《いや》され、健気《けなげ》さに励まされてきた。この手に初めて抱いたときから、あたしが、あたしだけがあの娘の母親だった。それも、揺るがない真実ではないか。

お梅が身じろぎした。いつの間にかお清の手を取り、指先を一本一本、揉んでいる。

た。

「お梅さん」

指先が仄《ほの》かに温まり、血が巡り始める。耳の付け根や腋《わき》の下も淡《あわ》い温もりに包まれた。

お清は心内がゆっくりと凪《な》いでいくのを感じた。さっきの、泣き叫びたいような、足元が崩れていくような覚えが薄らぐ。心の内へも温かな血が通っているみたいだ。

「お吟には赤ん坊は亡くなったと伝えた。伝えたのは取り上げ婆で、お加代が金を握らせて、そのように伝えさせたんだ。うちで雇《やと》った取り上げ婆も金で黙らせた。もう、かなりの歳の婆さまだったが、その後、すぐに仕事を辞めて生国に帰ったそうだ。たぶん、お加代がそう言い含めたのだろう。そうとうの金子を渡したからな」

「まるで、お加代が一から十まで仕組んだように聞こえますね。けど、おまえさんは、むろん何もかも承知だったんですよね。承知の上で、お加代に汚れ仕事を押し付けた」

気力が戻ってくる。男の卑劣《ひれつ》を許し難く思う。

与三郎がちらりとお清の顔を窺った。

「そうだな。その通りだ。おれは全てをお加代におっつけた。けど……けどな、お加代は楽しそうだった」

「楽しい？」

「ああ、言い訳に聞こえるかもしれんが、本当に楽しそうに見えたんだ。お吟にもおまえにも知られずに、赤ん坊を取替える。そのことを知っているのは取り上げ婆を除けば、おれとお加代だけだ。おれがその秘め事を口にできるわけもなくて……むしろ、お加代に大きな借りを作ったことになる。それが、お加代には何とも心地よかったようだ」

「お加代は、おまえさんを脅していたんですか。言うことをきかないなら全てを打ち明けると、脅していた？」

与三郎はかぶりを振り、「いいや」と答えた。

「お加代が金も含めて、何かを求めてくることは一度もなかった。それどころか、おれと二人きりになったときでも、あの件について触れようともしなかったのだ。何事もなかったように振舞っていた。だから、おれは時々、夢だったと……あれは全て夢で、お松はお吟じゃなくお清が産んだ子で、その子が元気に育っているんじゃないかと、そんな風に思ったりもして……。しかも、子ができないと言われていたのに上松が生まれた。おれにとっては、この上ない幸せだったのだ。だから、お吟のことも赤ん坊の取替えのことも、忘れていいんじゃないかと、お加代も忘れているのだと思い込んでいて……」

思い込んだのではない。思い込もうとしていただけだ。現がどうであっても、過去が消えるわけがない。行く末は変えられるかもしれないが、来し方は変わらないのだ。石に刻まれた文字のように、残り続ける。

「でも、お加代は忘れてなんかいなかったんですね」

与三郎が頷く。自分の手元《てもと》を見詰めながら、しゃべり続ける。

「忘れていなかった。あれは、上松が食い初《ぞ》めの祝いを終えた日だった。台所で片づけをしていたお加代に何気なく言ったんだ。いや、たいしたことじゃなく、子どもが二人とも無事に大きくなっているのはありがたいとか何とかそんな話だった。他意はなかったのだ。まったく、なかった。上松は病弱な質《たち》ではあるが、このまま何とか育って欲しいとそんな気持ちでぽろっと漏《も》らしたに過ぎん。酒も入って、そう、かなり酔ってもいたから口が軽くなっていたのだと思う」

与三郎が身体を震わせた。身の毛がよだつとでも言うように顔色を青くする。

お梅が揉んでくれた指を揃え、お清は膝の上に重ねた。背筋を伸ばす。

「お加代が何か言ったのですか」

「……笑ったんだ」

「笑った？」

「ああ、笑った。おれの傍にすっと寄ってきて、囁いたんだ。『旦那さまとお内儀さんの御子は上松ぼっちゃんだけです。それをお忘れないように』そういった後、にっと笑った。その笑んだ顔が恐ろしくて、酔いなど一時に吹き飛んでしまった」

与三郎は手拭いを取り出し、額の汗を拭った。心なしか、息が乱れている。

「恐ろしかった。なのに、おれは、また忘れようとしたんだ。お加代がどれほど恐ろしい者なのか、忘れようとした。お松はむろん、上松も何とかここまで育った。お加代は、お松を〝おじょうさま〟と呼び、今津屋の娘として接しているようだった。だから、おれは何もかも上手くいっていると、もう、昔のことを忘れてもいいと……忘れようとした」

ここでも、同じだ。自分にとって都合の悪いことは忘れ去る。なかったものとする。そんなことできるはずもないのに、無理やりできると信じ込む。だから、見えなくなってしまったのだ。お加代の胸の底に蠢《うごめ》いていた異様さを、見逃してしまった。

それは、あたしも同じだ。

お清は唇を噛んだ。

あたしも気が付かなかった。お加代を頼りになる奉公人としか見ていなかった。お加代の執着《しゅうちゃく》や歪《いびつ》な情に、気が付かないようにしてきた。見ないようにしてきた。

　あたしも同じ……だ。

「でも、でも、どうして」

　与三郎が身体が窄《すぼ》むような長く、深い息を吐き出した。

「どうしてこんなことになったんだ。何事もなく過ぎていくはずだったのに……。なぜ、お加代はお吟を殺したりしたんだ。どうして……」

「お吟が真実を知っちまったからでやすよ」

　低い、重みさえ感じる声が割って入ってくる。与三郎が顔を上げた。

「ここからは、あっしがお話しいたしやす。よろしいですね」

　岡っ引の視線を受け止め、お清は頷いた。身体をずらし、真正面から仙五朗に向き合う。

「お願いいたします、親分さん」

「へい。あっしの掴んだ内だけでやすが、できる限り詳しく話をしていきやす。お吟は、自分の赤ん坊が亡くなったと信じておりやした。たいそう辛《つら》がり、身も世もないほど泣いたそうでやすよ。これは、お吟の赤ん坊を取り上げた、おはちという取り上げ婆から聞きやした。ええ、お加代が金で丸め込んで、赤ん坊をすり替える手助けをさせた取り上げ婆でやす。お吟はその後、暫くは江戸を離れていたようで。在所に帰ったのか、品川《しながわ》あたりにいたのか、そこらへんはわかりやせん。ただ、数年前に江戸に舞い戻って、相生町の裏店《うらだな》に腰を落ち着けたとき、女一人が食っていくだけの金はしっかり持っていたようでやすから、おそらく、今津屋さんから渡された金を元手に、ちょっとした商売でもしてたのかもしれやせん」

「でも、それなら、なぜ江戸に戻ってきたんでしょう」

「さあ、それはわかりやせん。お吟に尋ねることたぁ、もうできやせんからね。長えこと深川で褄《つま》を取ってきた女だ。田舎暮らしが辛かったのかもしれやせんねえ。ただ、お吟には今津屋さんと縒《よ》りを戻そうなんて考えはなかったでしょうよ。それなら、何かのやり方で今津屋さんに報《しら》せてきたはずでやすからね。今津屋さんもお加代も、お吟が江戸にいることたぁ、知らなかった。そうでやすね」

「知りませんでした」

与三郎が掠れ声で答える。

お清は束の間、目を閉じた。

赤ん坊を失い、悲嘆《ひたん》にくれながらも懸命に生きてきた女。無駄な金の使い方をせず、昔の男に頼ろうともせず、倹《つま》しく暮らしていた女。

顔も知らないお吟の姿が、眼裏を過る気がした。それが、現のお吟とぴたりと重なりはしないだろう。けれど、大きく外れてもいないのではないか。

「今津屋さんが仰ったように、このまま何事もなく過ぎていれば、お加代がお吟を殺すこたぁなかったでしょう。お江戸は広い。道ですれ違うことさえなかったかもしれねえ」

「でも、その何事かが起こってしまった。そういうわけですね」

「へえ。その通りでやす」

「何が起こりました」

仙五朗の目を見据えたまま、お清は僅かに身を乗り出した。

「おはちでやす」

「おはち？　あ、取り上げ婆の……」

「さいでやす。おはちは、金に目が眩んで、赤ん坊の取替えに手を貸したことをずっと気に病んでいたんでやす。赤ん坊が亡くなったと信じて嘆くお吟を目《ま》の当たりにして、自分がどれほど非道な真似をしたかと苦しんだんでやすね」

「それなら、お吟さんに打ち明ければよかったじゃありませんか。まだ、取り返しがついたでしょうに」

突き放すような言い方をしていた。そのとき、おはちが真実を告げていたら事の様相はまるで違ったものになっていただろう。でも……。

お清は生唾を呑み込み、膝の上で指を握り込んだ。

もし、そうなっていたら、お松はあたしの許にはこなかった？　あたしの知らないどこかで、お吟さんをおっかさんと呼んで暮らしていた？　あたしではない別の母親がいた？

考えられない。とうてい受け入れられない。

「それがねえ。当時、おはちは、まだ一人前にならない倅《せがれ》と娘を抱え、亭主と死に別れたばっかりだったんでやす。しかも、その亭主の借金まで背負い込んでいて、どうしても、金が欲しかったたし、赤ん坊のことがばれれば、取り上げ婆としての方便《ほうべん》が閉ざされると思った。そうしたら、母子三人飢《う》えて死ぬしかない。真実を告げることなんて、できなかった。そう言ってやしたよ」

仙五朗の淡々とした物言いと低い声が耳に染みてくる。

「おはちは、あの世まで持っていく秘め事だと覚悟してやした。罪を背負って地獄に堕《お》ちる身だとさえ、言ってやしたよ。ところが、このあたりが神仏の匙加減《さじかげん》ってやつなのか、気まぐれなのか、あっしにはわかりやせんが、おはちはお吟と出逢っちまったんです。ええ、相生町でね。おはちは子ども二人を育て上げ、一人暮らしをしておりやしたが、昨年の暮れあたりから病がちになって、医者からはこの夏は越せないと告げられたんでやすよ。それで、相生町で所帯を持っていた倅のところに身を寄せたんで」

お清は目を見開き、仙五朗を見返した。

「へえ、そうなんで。おはちは相生町の通りで、お吟を見たんでやすよ。おはちは珍しく気分がよくて出歩いてみた。お吟は湯屋に行くところだったみてえでね。もう十年以上も昔になったけれど、お吟の顔は忘れていなかった。その顔を見た途端、胸の底にしまい込んでいた記憶がどっと、これは、おはちの言ったままなんですが、まるで大波が被さってきたみてえにどっとよみがえってきたんだとか。で、気が付いたら、お吟を呼び止めていた。呼び止めてしまったら、もう、抑えが利かなくなったんだそうでやす。自分が先のない身だとわかっていて、このまま黙っているのに、黙って死んでいくのに耐えられなかったと打ち明けやしたよ。臥《ふ》せったままで、もう頭も上げられないような有様でしたが、声は意外なほどはっきりしてやしたね。まあ、気力を振り絞《しぼ》って話してくれたんでしょうが」

黙っていてくれたらよかったのだ。

お清はそう叫びそうになった。

秘密と罪を背負ったまま、彼岸《ひがん》に渡ればよかったのだ。死を前にして秘め事を吐露《とろ》し、少しでも楽になろうなんて虫が良すぎる。

黙ったまま逝《い》ってくれたらよかったのだ。黙ったまま……。

目の奥が熱くなる。泣くまいと奥歯を嚙み締める。

「お吟は、さぞや驚《おどれ》えたこってしょうね。よろめいて、天水桶《てんすいおけ》にぶつかったそうですから。まあ、信じられないような話を聞いたんだ、取り乱すのは当たり前のこって」

「それで、お吟さんは本当のことを確かめたくてお加代に？」

「へえ。文《ふみ》を出したのか、直に逢ったのかはわかりやせんが、お加代から聞き出そうとしたのは間違いねえでしょう。これは、あっしの勝手な推察でやすが、お吟は今津屋さんに逢って、問い質《ただ》すつもりはなかったんじゃねえでしょうか」

与三郎が汗の滲んだ顔を上げる。

「それは、わたしを恨んでいたからか信じられなかったからか、ともかく逢いたくなかったということですね」

仙五朗がかぶりを振る。

「違うと思いやすよ。逢いたくないというより逢っちゃあならねえと、考えたんじゃねえですか。あっしはお吟の為人《ひととなり》を知ってるわけじゃありやせんが、周りの話を聞くと、些《いささ》か癇性《かんしょう》の嫌いはあっても、何事にも筋を通す、きっぱりした性質《たち》だったようでやすからね」

「それは、うちの人と二度と逢わないと約束した。だから、お吟さんは飽くまでその筋を通したのだと、そういう意味ですか」

お清の問いに、仙五朗ははっきりと頷いた。

「そうだろうと思いやすよ。筋を通して生きることに、お吟なりの矜持《きょうじ》をもっていたんじゃねえでしょうか。元深川芸者の心意気ってもんですかねえ。まあ、そのあたりも、お吟の口から聞くこたぁもうできねえんだ。ただ、推《お》し量《はか》るしかありやせんよ」

「……立派な方だったんですね」

「さあ、どうでやしょ。筋を通し過ぎて融通が利かないところもあったし、口うるさくもあったようで、長屋のおかみさん連中の中には『あの人はどうにも好きになれなかったねえ』とはっきり言う者も何人かおりやしたからね。ただ、お吟はお吟なりの矜持で、今津屋さんじゃなくお加代から話を聞こうとした。お加代からすれば、お吟が昔を蒸し返して騒ぎ立てれば、今まで隠してきたことがすべてお内儀さんの耳に入る。それは、どうしても避《さ》けたかったんでやしょう。で、お吟の口を封じるために殺した。そういう、成行きになりやすかね」

「お加代が一人でやったことなんですね」

声が掠れて、震えた。口の中がからからに乾いて、舌がうまく動かない。

「さいです。細《こま》かなやりとりはわかりやせんが、あの夜、お加代はお吟の家を訪《おとな》った。おそらく、誰からも見咎められない場所で真実を話すとでも持ち掛けたんでやしょうね。お吟は、その申し出を毛ほども疑わなかった。だから、あっさり戸を開けて招き入れた」

「お加代は、お加代は……端《はな》から殺す気で……お吟さんのところへ？」

「そこは間違いねえでしょう。訪れてすぐ、お吟の隙をついて、喉を絞めたんでやすよ。茶の用意がしてありましたが、使われた風はありやせんでした。茶を飲みながら話をした跡はなかったんでやす。おそらく、中に入って間を置かず、お吟が背を向けたところを殺《や》ったんでしょうよ。お吟はまるで用心してなかった。自分が殺されるなんて思ってもなかったんでやすねえ。じっくり話を聞くつもりだったのは明らかでやす。華奢《きゃしゃ》な女でしたから、お加代に渾身《こんしん》の力で絞めあげられちゃひとたまりもなかったはずですよ」

「でも、でも、どうして……どうして、殺さなきゃいけなかったんですか」

舌が痛い、そして、重い。

「そうです。殺さなくても、お吟は揉め事なんか起こさなかったはずだ」

与三郎が、やはり掠れた声で言った。息が苦しいのか、口を開け、あえいでいる。

「そりゃあ、驚きも怒りもするだろう。けど、けど……お松が今津屋の娘として、大切に育てられているとわかったら、な、納得してくれたはずなんだ。それは、お加代も十分にわかっていたと……」

「おまえさん」

男の独り善《よ》がりの台詞だと詰るのも、嗤《わら》うのも容易《たやす》い。けれど、お清は合点しそうになっていた。そうだと心が頷く。

現のお吟を知らない。目にしたことすらない。しかし、仙五朗の話からは、誇り高く、己を律して生きる姿が浮かんでくる。お松が幸せだと納得したのなら、身を引くだけの潔《いさぎよ》さや情愛を持っていたのじゃないか。お加代はそれを見抜けなかったのか。

「お加代には、そんな気は、お吟を説得する気もとことん話をする気もなかった。さっき、お内儀さんが仰ったように、端から殺す気でお吟を訪ったんでやす」

与三郎が唸《うな》る。

「だから、どうして、どうして……殺そうなんて思い詰めたんだ」

「思い詰めたんじゃありやせん。殺したかったんですよ」

与三郎の眉がつり上がり、目が見開かれた。おそらく、お清も同じ顔つきになっているだろう。目尻に痛みを覚えた。

「殺したかった？」

与三郎は目の前の岡っ引が異国の言葉をしゃべったかのように、まじまじと相手を凝視した。ゆっくりと唇を舐《な》める。落ち着こうとしているのだ。亭主の心の動きが、手に取るようにわかる。それは、お清も同じだった。

落ち着いて。今、仙五朗親分は何と言った？

「へえ。これは、お加代から聞き出すつもりでやすが、お加代はお吟を殺したかった。お内儀さんの害になるかもしれない女を手っ取り早く、除きたかったんでやすよ」

「いえ、それは違います」

傍らで涼やかな声がした。

お梅だ。この座敷に座って初めて、お梅が口を開いた。

「あっしの言ったことに、間違いがありやしたか、お梅さん」

「はい。揚げ足を取るようで申し訳ありませんが、お加代さんは〝お内儀さんのために〃ではなく、自分の欲に抗《あらが》えなくてお吟さんを手に掛けたんです」

お梅の横顔を見ながら、尋ねる。与三郎も身を屈《かが》めるようにして、お梅を見やった。

「欲？　なんの欲です」

「それは……あの……」

「人を殺したいって欲でやすか」

仙五朗の一言に、お清と与三郎は顔を見合わせていた。

やはり異国の言葉だ。この岡っ引は異国の言葉を操《あやつ》っている。

何を言っているのか、まるで解せない。

「そうでやすね、お梅さん。お加代は外道《げどう》の欲に取り憑《つ》かれていた」

「ええ。親分さんの仰る通りだと、わたしは思います。お加代さんは先代のご夫婦、今津屋さんのご両親も手に掛けているのですね」

与三郎が息を吸いこんだ。お清も、だ。ひゅっ。音を立てて、息が喉を滑り落ちていく。

大旦那さまだって大奥さまだって、お吟だって、みんなみんな、あたしが始末してあげたんですよ。

お加代は言った。確かに言った。始末してあげたと、言った。

始末してあげた。

「あれは、譫言《うわごと》みたいなものだ」

与三郎が腰を浮かし、こぶしを握った。

「お加代はどうにかなってしまったんだ。お吟を殺したことで、人としての箍《たが》が外れてしまった。正気じゃない。だから、あらぬことを口走った。そうだろう。そうに決まっている」

「ええ、ええ、そうです。そうですとも。おまえさんの言う通りです」

お清はこくこくと頭を縦に振った。不意に与三郎がお清の手を握った。固く握りしめた。怯えた子どもが二人、身を寄せ合うような心細さを覚えて、お清は震える。

「先代の今津屋さんの一件、ずっと不思議でやした」

仙五朗の声音から一切の情がぬけていく。冬風に似て凍えた声だ。

「殺された場所がね。通りからかなり入った路地でやしたからね。どうして、夫婦であんな路地に入り込んだのか、不思議でしかたなかったんでやすよ。どん詰まりで、近道にも抜け道にもなるはずのねえとこだったんでね。で、浮かんだのが、誰かにそこまで連れてこられたんじゃねえかってこってした。言葉巧みに誘い込まれたんじゃねえのかってね。そうとしか考えられなかったんで」

与三郎がまっすぐに仙五朗へ顔を向けた。凍《い》て風から守ろうとするかのように、お清の前に移る。

「誘い込んだのがお加代だと、仰るんですか、親分さん」

「へい。今はそう思ってやす。当時は……考えもしやせんでした。先代のご夫婦は惨《むご》い殺され方をした。とくに大奥さまはめった刺《ざ》しにされてやしたからね。あれを女がやったとは、あっしも含めて誰も考えなかったわけでやす」

「そうとも、親父もおふくろも辻強盗《つじごうとう》に襲われたということで落着したじゃないか」

「落着はしてやせんよ。下手人《げしゅにん》がどうにも見つからねえもんだから、上からの命で無理やり収めちまったんで。あっしが手札をいただいている同心の旦那なんか、歯噛みして悔しがってやしたよ。あっしも割り切れねえ心持ちでやした。が、下手人の目星がつかないんだ。どうしようもねえ。あんな場所に、いい歳をした分別のある二人がどうして足を向けたのか。頭が痛くなるほど思案しやしたよ。無理やり連れ込まれた節もねえ、つまり、自分たちで歩いて向かったとしか思えねえわけでやすからね。とすれば、顔見知りの誰かが嚙んでいるんじゃねえかと、そこまでは思案は進みやした。けど、その誰かが全く浮かんでこなかった」

仙五朗はそこで息をつき、指で自分のこめかみを軽く叩いた。

「今、振り返ってみれば、あっしたちのお頭《つむ》には〝女〟は入っていなかったんでやすね。女が関わっていたとしても、直に手を下したのは男だと思い込んでやした。あんな惨い殺し方を女ができるはずがねえと決めつけてしまって、それが目を曇らせちまったわけでやす。お加代ならなにかと理由を付けて、二人を路地裏に誘い込むのは、そう難しくはねえ。どうしても聞いてもらいたい、大事な話がある。今津屋の中ではできない話なのだとでも言えば、大旦那さまも大奥さまも深く疑いはしなかったでしょうよ。お加代は女にしちゃあ大柄な方だ。その気になりゃあ、年寄り二人を刺し殺すのも無理じゃねえ。あのとき、そこまで頭が回っていたら……。今更、悔やんでも後の祭りだ。どうにもなりやせんが、己の至らなさが情けねえ。まったく、面目《めんぼく》ねえこってす」

微かなため息が、仙五朗の口から漏れた。

「ただ、わからねえのは、お加代が何のために先代を殺したかってこってす。お内儀さんのためだとは言ってやしたが、どうも腑《ふ》に落ちねえんで」

「お清が関わり合っているはずがないでしょうが。そりゃあ、親父もおふくろも優しくはなかった。お清に辛く当たったときもあった。けど、けど、それが殺される理由になりますか。それなら、もっと早く……あ、いや、あのころ、親父もおふくろも以前に比べれば随分と丸くなっていて、諍《いさか》いなんてほとんどなくて……なあ、お清」

与三郎が振り向き、お清と視線を絡ませた。

ずくっ。左の腕の付け根が疼いた。痕だけの古傷だ。疼くわけがないのに疼いた。

そして、

「おまえのせいだ。全部、おまえのせいだからね」

義母のひきつった怒声が耳の奥にこだました。

そうだ、あれは……。でも、でも……。

「お清さん」

お梅がそっと呼びかけてくれた。たった一言、名を呼ばれただけなのに、ぼやけていた心持ちがはっきりする。自分が、今、どこにいるのか、何を語らねばならないのか明らかになる。お清は、与三郎から仙五朗に目を移した。

「あの日、揉め事がありました」

告げる。思いの外《ほか》、乱れのない物言いができた。

「お義母さんが芝居に着て行くために新調した着物が、届かなかったんです。実は、長く仕立てを任せていた針女《はりめ》さんが急な病で仕事ができなくなってしまって、あたしが新しい針女さんに頼んでたのです。仕事は遅いが腕は大層いいと聞いていたものですから。でも、本当に遅くて、当日の朝になっても届きませんでした。お義母さん、芝居見物もさることながら、袖を通すのをとても楽しみにしていて、それが間に合わないんじゃないかと、苛立《いらだ》っていたんです。あたしのところに来て、どうなってるんだと責め立てました」

仙五朗が頷く。先を促《うなが》すというより、励ましてくれているように感じた。

「あたしも、あまり身体の調子がよくなくて、抑えが利かなくて、つい言い返してしまったんです。『そんなに怒鳴るぐらいなら、お義母さんが自分で縫うか、お針女さんを探すかすればよかったでしょう。あたしだったら、そうしますよ』って。ちょうど、亭主の袷《あわせ》を縫っていたところだったので……あの、あたし、針仕事が好きで、そこそこ上手いと自分で思ってたんです。お義母さんは針はからきし駄目で、雑巾一枚ろくに縫えないと、お義父さんから叱られたりしてました。それを知っていたから、あたし……」

頬が熱くなる。義母をやりこめたい一心で、相手の弱いところを突《つ》いた。鼻先で嗤い、見下そうとした。

何て嫌な女だったんだろう。

我が身の浮薄が、醜《みにく》い一面が恥ずかしい。痛いほど、恥ずかしい。

「お義母さん、かっとなったみたいで、そこにあった裁《た》ち鋏《ばさみ》を摑んで投げつけてきたんです。あ、いえ、何を投げたかなんて、お義母さんにもわかってなかったと思います。一時、怒りに我を忘れて近くにあったものを投げつけてきた、それだけだったと……」

仙五朗がもう一度、頷いてくれた。

「よくあるこってす。頭に血が上って、物を投げつけるってのはね。それが大根や笊《ざる》だと別に大事にはならねえ。けど、裁ち鋏となると危な過ぎやすね。その鋏でお内儀さん、怪我をしたんでやすか？」

「……はい」

身体が強張《こわば》る。

鋏の先が左腕の付け根に刺さった。悲鳴を上げた。鋏は自らの重さで畳の上に落ちた。痛みに指の先まで痺《しび》れた。血が滴《したた》った。「お内儀さん」、お加代が叫んだ。

「なるほど、その場にお加代もいたんでやすね」

「はい、おりました。傷の手当てをしてくれました。お義母さんは動顛《どうてん》していたのか部屋を飛び出してしまって。幸い、さほど深い傷ではなかったのですが……、あたし、お義母さんが怖いのと驚いたのとで、泣いてしまいました。『何でこんな目に遭《あ》わないといけないの』って、お加代に泣きついて……」

あのとき、お加代はどんな顔をしていただろうか。

思い出せない。

「着物はそれから半刻も経たないうちに届きました。お義母さんは、それを着て芝居見物に出かけて行きました。出かける前にあたしのところに来て、『ごめんよ。お詫びに土産を買ってくるからね』って謝ってくれたんです。あたしは、それで十分でした。今でも、鋏の先を見ると、ちょっと怖くなったりはしますが、お義母さんを恨むとかそんな気持ちは持ってなかったんです。それに、それに、お義母さんの巾着袋の中に、塗り櫛《ぐし》が入っていました。ええ、殺されたとき手に持っていた袋です。あの櫛、あたしへの土産だったと思うんです。あたしも悪かったのです。つい尖った言い方をしてしまって、お義母さんを怒らせた。それなのに、お加代に泣いて縋《すが》って……。お加代は、お加代はお義母さんたちをあたしの敵だと思い込んだんでしょうか。それで、それで……」

「大義名分《たいぎめいぶん》って、やつですよ」

仙五朗が呟いた。少し声を大きくして続ける。

「殺すための大義名分が、お加代は欲しかったんじゃねえですかねえ。初めは、お内儀さんのことを守りたくて、力になりたくて奉公していたんでしょうが、その気持ちが高じて、お内儀さんを傷つけたり、苦しめたり、つまり、お加代が敵だと判断した相手を許せなくなる。許せないと自分に言い聞かせて、お内儀さんのためにこの世から取り除いてしまうんだと、取り除いていいのだと、そんな風に歪んじまったんじゃねえでしょうか」

「あたしが歪ませたんでしょうか」

お清は立ち上がった。じっと座っていられなかった。

「あたしはずっと、お加代を頼ってきました。おまえだけしか、あたしの味方はいないと告げたこともあります。あたし、あたし、知ってたんです。お加代が小さいころから二親に疎《うと》まれていたって。おまえは器量《きりょう》が悪い、ろくでなしだって、実の親から詰られたり折檻《せっかん》されて大きくなったと知ってたんです。ええ、知ってました。お加代の遠縁にあたる人から聞いたんです。お加代は、あたしに心底から仕えてくれました。あたししか、いなかったんです。あたしが頼ったり、縋ったりするのが嬉しくてたまらなかったんですよ。あたし、わかってました。あたしのためなら、お加代はどんなことでもするって、本当はわかってて……、わかっていたのに、それなのに……」

「お清さん」

お梅が立ち上がり、両手を伸ばしてくる。お清を探して、指先が動く。

「自分で自分を傷付けちゃ駄目です」

お梅がぴしりと言い切った。

「自分で付けた傷は心身の大きな障《さわ》りになります。それでなくとも、お清さんは」

お梅が口をつぐむ。

それでなくとも？　何ですか？

問い返そうとしたけれど、できなかった。

不意に全身が強張った。激しい痛みに貫《つらぬ》かれる。目の前に黒い幕が下りてくる。頭の中で光が回り、お清はそのまま何もわからなくなった。黒い幕が下り切る寸前、鳥のさえずりを聞いた気がした。


「お加代が死にやしたよ」

仙五朗が告げた。

「切場で首を落とされる前に、牢《ろう》で亡くなりやした」

「え……自ら命を絶ったのですか」

「いや、違えやす」

仙五朗が茶をすする音がした。ぜんまいが、お梅の膝に頭をすり寄せてくる。

江戸にはもう、夏の風が吹いていた。

縁側から吹き込んでくる風を感じながら、お梅は仙五朗の話に耳を傾けていた。仙五朗は四半刻ほど前に紅葉《もみじ》屋の豆大福を手土産にやってきた。

「お梅さんに礼を言うのが、こんなに遅くなっちまって勘弁《かんべん》ですぜ」

「親分さんからお礼をいただくようなこと、何もしていませんよ」

「とんでもねえ、お吟の件は、お梅さんのおかげで片が付いたようなもんでやす。豆大福ぐらいじゃ足りねえでしょうが、こちらも勘弁してくだせえ」

「あら、今の台詞、お筆さんが耳にしたら、二度と豆大福を売ってくれなくなりますよ」

「うへっ。確かにね。そこんところはご内密に願いやすよ」

そんなやりとりの後、お梅の淹《い》れた茶をすすり、仙五朗はお加代の死を告げたのだ。

お加代が刑に処せられるのは間違いなかったし、それが遠くない日に行われるだろうとも思っていた。なのに、やはり動揺する。湯呑《ゆのみ》を持つ指が震えてしまった。

「斬首《ざんしゅ》される前日、牢の中で冷たくなっていたそうでやす。牢医者の診立《みた》てだと、心の臓が勝手に止まったのだろうとのことでやす」

「心の臓が？　でも、お年寄りや病を抱えた人ならいざしらず、心の臓が止まるなんてこと、そうそうあるものじゃないでしょう」

「その、そうそうあるものじゃないことが起こったんですよ。けどね、お梅さん、あっしはお加代が、自分で自分を始末したんじゃねえかと思ってんでさあ」

「それって、心の臓を自分で止めたってことですか。そんなこと……」

できるわけがない。心の臓を止められる者などこの世にはいない。

「でも、そうかもしれませんね」

ふっと吐息が漏れた。風に顔を向けてみる。夏の光を感じた。

「へえ、考えられねえこってはありやすが、お加代のような一念の鬼みてえな者には、常人《じょうにん》とはかけ離れた死に方ができるのかもしれやせん」

「そうですねえ。結局、わたしたちにはお加代さんの本当の姿、正体ってものがわからず終いだったんですね」

ぜんまいが喉を鳴らす。さっきたっぷりと鰹節《かつおぶし》を食べたものだから、満足しているのだ。

「お梅さんは、いつから、お加代を疑っていたんでやす」

「疑ってはいませんでした。ただ、初めてお加代さんに逢ったとき大きな樹を感じたんです。地に根を張った大きな樹を。でも、その樹、大きな洞《うろ》がありました」

「幹に洞が開いていたと？」

「ええ。真っ黒な穴でした。それが心には掛かっていたのです。でも、そういうのってー瞬、感じたってだけに過ぎないので、あえて気にしないようにしていました。はっきり、変だなと思ったのは、親分さんがお吟さんの事件を告げに今津屋に来られたときです。あのとき、お加代さんの気配が、ほとんど変わらなかったのです。言葉では驚いた風でしたが、気配は乱れも揺らぎもしませんでした。岡っ引の親分さんが訪ねてきて、人が殺されたと告げたのにです」

「なるほど。物言いや素振りはごまかせても、気配はごまかせなかったってことか」

「そうですね。でも……でも、やっぱり、お加代さんのことは何一つ、わからないままで終わってしまったんですね、親分さん」

仙五朗が小さく唸った。

「親分さん、わたしはこれから、お清さんのところに参ります」

「あ、そうでやすか。お内儀さん、どんな様子でやすか」

お清はこのところ臥せることが多くなった。痩せてもきた。しかし、気力だけは衰《おとろ》えていない。いや、前より満ちているようだ。

「子どもたちを一人前にするまでは死ねません」

それが口癖《くちぐせ》になり、三日臥せれば二日は起きて、お松や上松を相手に針や算盤《そろばん》を教えている。先生は「難しいのう。この病が癒えるってことはないぞ」と言うけれど、お梅は挑みたい、いや、挑むと決めている。病からの回復は無理でも、一月《ひとつき》でも一日でも一刻でも、お清の命を延ばすことはできる。能《あた》う限り穏やかに、苦痛を減じながら生きていくことを支えられる。

わたしの技で死病に挑んでみる。容易く負けはしない。

仙五朗が腰を上げる気配がした。

「あ、親分さん、もう一つだけお尋ねしますが」

「へい、お吟の蓄えていた金の件でやすね」

「そうです。あれはお加代さんのやったことじゃなかったんですね」

「へえ。お加代じゃありやせん。おしげっていう、長屋のおかみの仕業でやした。お吟の死体を見つけて、周りに報せた女でやす。長屋の者たちが大騒ぎしているときにふっと、お吟が持っていた小金のことを思い出して、誰も気味悪がって、中に入ってこないのをいいことに、その金を探し出して懐《ふところ》に入れちまったんで。いつだったか、米櫃の下にお吟が何かを隠しているのを見たんだそうでしてね。金の在り所の見当はついていたんでやすよ」

「まあ……」

「そのせいで、盗人《ぬすっと》が入ったのかと惑わされちまいました。今、盗みの罪で牢に入ってやすよ。出来心とはいえ、馬鹿な真似をしたもんでやす」

馬鹿な真似だ。人は愚《おろ》かで、恐ろしい。けれど、強靭《きょうじん》で健気で美しく生きることもできる。

「あっしも深川元町《もとまち》に野暮用がありやす。途中までご一緒させてくだせえ。十丸には嫌がられるかもしれやせんがね」

仙五朗が笑う。十丸は眉を寄せ、口元を引き締めた。

お清は廊下に座り、庭を見ていた。

日差しが眩しい。

この夏が過ぎるまで、あたしは生きていられるだろうか。

ふっと弱気になる。へなへなと心がくずおれていくようだ。

お松にはまだ何も告げていない。告げぬままにする。与三郎と相談して決めた。

あたしが死んだら、あの娘はどうするだろう。上松と手を取り合って生きていってくれるだろうか。

黒揚羽《くろあげは》が二匹、さつきの植え込みの上を飛び違っている。漆黒《しっこく》の翅《はね》が光に煌めく。

「お内儀さん、見事な黒ですねえ。夏の蝶はいいですね、本当にきれいで見惚れちゃいます」

お加代が黒揚羽を指さして笑っていた。屈託《くったく》なく、笑っていた。

あれはいつの夏だったろうか。

お加代、おまえとちゃんと話をしとけばよかったねえ。おまえの内にあったものに耳を傾けてあげればよかったねえ。堪忍《かんにん》しておくれよ、お加代。

植え込みの陰から白い犬が姿を現した。

「おや、十丸じゃないか。おまえがここにいるってことは」

足音がした。

与三郎がお梅の手を引いて、廊下を歩いてくる。その後ろには、お松がいた。

「お清、お梅さんが来てくれたよ」

胸の内が明るくなる。軽くもなる。息がすっと通っていく。

「お梅さん、すみませんねえ。よろしくお願いしますよ」

立ち上がるとき、お松が助けてくれた。しっかり、腰を支えてくれる。

夜具《やぐ》に横たわり、身体の力を抜く。

廊下を遠ざかる亭主と娘の足音を聞きながら、ゆっくりと息を吐き出す。

お梅が袂《たもと》を括り、お清に向かって軽く頭を下げた。

「お揉みいたします」

閉じた眼裏で漆黒の蝶が軽やかに舞った。

跋《ばつ》　出逢いの一幕にかえて

その日、空がとても青かったのを覚えている。

お梅《うめ》は五つだった。

三つ四つのころから指が強いと言われていた。並ではないと。

お梅の指は強いだけでなく巧《たく》みだった。五つとは信じられないほど巧みに動き、布を縫《ぬ》い、糸を撚《よ》った。物を繋《つな》ぎ合わせるのも、端切《はぎ》れや紙や泥といった雑物で小さな人形や飾り物を拵《こしら》えるのも好きだった。

「まあ、お梅は本当に器用ですねえ」

母の志保子《しほこ》は、娘の作った人形や髪飾りを手にするたびに褒めてくれた。ときに、家の中に飾りも、髪に挿しもしてくれた。

肌の白さが艶《つや》やかな黒髪を、髪の黒が滑《なめ》らかな白肌をそれぞれに際立たせているような美しい人だった。その美しい母が自分の作った飾りを褒めてくれ、使ってくれるのが誇らしい。誇らしくて、嬉しかった。上手いとはいえ幼い子の作る物だ。玩具《おもちゃ》に等しい。それを迷わず髷《まげ》に挿してくれる母の優しさが嬉しかったのだ。

父はさる大名家に仕える医師だった。いわゆる、御典医《ごてんい》と呼ばれる地歩《ちほ》だ。たくさんの弟子《でし》や奉公人にかしずかれ、家紋付きの駕籠《かご》や長屋門、名字帯刀《みょうじたいとう》を許されていた。

多忙だったのか、心が向いていなかったのか、父に可愛がってもらった記憶は、ほとんどない。かといって虐《しいた》げられたわけでも、疎《うと》まれていたわけでもなかったと思う。父から酷《ひど》い扱いを受けた覚えは一度もなかった。ただ、子ども心にどことなくよそよそしく、遠い人だとは感じていた。

両手を広げて近寄って行っても抱き上げるでも、抱き締めるでもなく、ふいっと横を向いて背を向ける。そんな感じなのだ。

「ととさまは、梅がお嫌いなの」

女中 頭《じょちゅうがしら》のお米《よね》に尋ねたことがある。

僅《わず》かばかり前、廊下で出会《でくわ》した父がちらりとお梅を見ただけで目を逸《そ》らし、傍《かたわ》らをすり抜けていったからだ。娘に一言も声を掛けず遠ざかっていく父の背中は大きく、硬く、全力でお梅を拒《こば》んでいるようだった。だからつい、尋ねてしまった。

「まあ、何をおっしゃいます」

古参《こさん》の奉公人であるお米は、梅干しを三つも四つも口に含んだように、唇を窄《すぼ》めた。

「たった一人のおじょうさまなのに、お嫌いだなんて、そんなことあるわけございませんよ」

「でも……」

「男親なんて、みんな同じです。そうそう子を可愛がるものじゃありません。可愛いと思っても表には出さぬものなんですよ。おじょうさま、いらぬ心配はなしになさいませ」

お米はいつもより早口でそういなし、お梅の背中を軽く叩《たた》いた。

まだ肩上げもとれない幼子に、四十近くの大人の話は解《げ》せなかった。それでも、父に嫌われているわけではないと励まされたのはわかった。父のよそよそしさが大人には当たり前なのだと納得できた。それで、少し安心する。

志保子は優しかった。母の優しさは、父の冷たさを補って余りあるものだ。だから、お梅は幸せだった。母の慈愛《じあい》に包まれ、お米たちに見守られ、お梅は幸せだったのだ。

そんな日々が一転する。不意に、くらりと姿を変える。

あれは五歳になったばかりの正月だった。年が明けて間もなく、一年で最も冷え込みの厳しい、それでも光だけは日に日に明るくなる初春のころだ。

志保子が倒れた。

朝方、お梅と庭にいたときに急にしゃがみ込み、そのまま動けなくなったのだ。庭にいたのは、お梅が自分の名にちなんだ白梅の花を見たいとせがんだからだ。麗《うるわ》しい香りを漂わせる一輪に手を伸ばそうとして、志保子は呻き声をあげ、そのまま地に膝《ひざ》をついた。すぐに、お米が駆け付け、数人の奉公人に抱えられて志保子は寝所に運ばれた。

かかさまは、大丈夫だろうか。

心配でならなかった。

「奥方さまのお命に差しさわりはありませんよ。おじょうさまがお利口でいらしたら、すぐによくなります。明日にはお顔が見られますよ」

と、お米は諭《さと》す口吻《くちぶり》で告げたけれど、お梅《うめ》の心は少しも軽くならなかった。母の歪《ゆが》んだ顔や呻く声、しゃがみ込んだ背中にはらりと散った白梅の花弁《はなびら》まで思い起こされて、ざわざわと騒ぐばかりだ。このまま母がいなくなってしまったらと考えるたびに、胸が締め付けられて痛い。その痛みも不安も怯《おび》えも縮むどころか、刻《とき》とともに膨れ上がっていく。

昼餉《ひるげ》の後、お米の目を盗んでそっと母の寝所に忍び込もうとした。母に逢いたくてたまらなかった。一目でも顔を見たかった。お梅なりにそっと、足音を忍ばせて奥まった一室に近づいていく。幸い、お米にも他の奉公人にも気付かれずにすんだ。

かかさま。

青海波模様《せいがいはもよう》の襖《ふすま》の前で、大きく息を吐《つ》く。とたん、

「この、愚《おろ》か者が」

ぴたりと閉じた襖の向こうから、父の怒声が響いた。思わず身を竦《すく》めたけれど、お梅に向けられたものではなかった。

「腹の子を流すなどと、何という不始末か。馬鹿者が」

父が母を叱責《しっせき》している。怒声の中身は解せなかったが、激しい怒りが母に向けられていることはわかった。

父が声を荒らげるのは珍しい。めったにないことだ。だからこそ、その荒々しさ、険《けわ》しさが耳に突き刺さってくる。

「男子《おのこ》だったかもしれぬものをみすみす流すとは。志保子、そなた、女子の役目を果たすことさえできぬのか」

母のすすり泣きと「申し訳ございません」ときれぎれの詫《わ》び言葉が聞き取れた。

お梅の身体《からだ》の芯が熱くなる。その熱を憤《いきどお》りだと知るのは、ずっと後になってから

だ。

力を込め、襖を開ける。

昼下がりの明かりに照らされてさえ青白い母の顔と怒りのためなのか薄《う》っすらと赤い父の面《おもて》が、ほぼ同時にお梅に向けられた。

「ととさま、かかさまを虐《いじ》めないで」

声を限りに叫ぶ。母の傍らまで駆け、両手を広げる。お梅なりに、母を守るつもりだった。

「かかさまは何も悪いこと、しておりません。なぜ、ととさまはかかさまを怒るのです」

「お梅、おやめ」

志保子が慌てて、お梅の袖を引っ張った。

お梅は顎《あご》を上げ、父を睨《にら》みつける。

「かかさまはご病気なのでしょう。ととさまはお医者なのでしょう。それなのに、虐めるなんて、おかしいです。梅は……梅は、ととさまが嫌いです」

知っている限りの言葉を使い、お梅は必死に父を詰《なじ》り、母を守ろうとした。

頰《ほお》が鳴った。バンッと音が耳奥で響いた。母の夜具《やぐ》の上に転がる。一瞬だが、目がくらりと回った。

「うるさい、生意気な口を利《き》くでない」

腕を摑《つか》まれ、引き起こされる。微《かす》かに薬草の匂いがした。

「来い。仕置きしてやる」

「やめて、やめてください」

母が父に縋《すが》りつく。

「わたしからよく言い聞かせますから、ご容赦《ようしゃ》ください。お梅はまだ小さいのです。物事がよくわかっておりません。仕置きするなら、代わりにわたくしを」

「ならぬ、親に向かっての罵詈雑言《ばりぞうごん》。捨てておくわけにはまいらんぞ。さあ、来い」

一瞬だが父と目が合った。怒りだけではない、何かが眸《ひとみ》の奥で蠢《うごめ》いていた。

怯《おび》え？　苛立《いらだ》ち？　焦燥《しょうそう》？　どれでもない。では何だろう。わからない。わからないなりに、父の眸の奥にあるものが怖かった。怒りより怖かった。

ととさまは、怒ったふりをしている。

怒ったふりをして、あたしを消そうとしている。

「嫌だ、嫌だ。放して、嫌だ」

足をばたつかせる。父の手が少し緩《ゆる》んだ。お梅は身を捩《よじ》ると、自分を摑んでいる太い腕に嚙《か》みついた。

「うわっ」。父が悲鳴を上げる。娘からの反撃など考えてもいなかったのだろう。大きくよろけ、肩が壁にぶつかった。その顔がさらに赤みを増す。

怒りに染まった父の顔つきは、人より鬼に近い。その鬼が、お梅を捕まえようと手を伸ばしてきた。手首の上あたりに、小さな歯形がくっきりついている。

嫌だ、捕まりたくない。

夜の闇より、幽霊より、鬼に変じた父の方が怖い。怖くてたまらない。

「お梅、おまえは」

鬼はごくりと息を吞《の》み込んだ。それから、腰に佩《は》いた刀を抜いた。抜身が青白く光に映える。鬼の唇が震えた。呟《つぶや》きが漏《も》れる。

「お梅、いっそここで……」

それは父の声だった。掠《かす》れて、弱々しく、悲しげでさえあった。不思議な心持ちで、見上げたお梅の頭上に青白い刀身が振り上げられた。母が再び、父の腰にしがみつく。

「逃げて。お梅、逃げなさい」

母の引き攣《つ》れた叫びが消えない間に、お梅は座敷を飛び出していた。そのまま、庭を突っ切り走る。裏木戸《うらきど》から外へ転がるように逃れる。

屋敷の裏には深い森が広がっていた。普段は、足を踏み入れることはない。母からもお米からも、禁じられていたからだ。

「裏の森は昔から、魔が棲《す》むと言われております。おじょうさまのような小さなお子など、魔の餌食《えじき》になってしまいますよ。だから、何があっても森に近づいちゃいけませんよ。それはそれは、恐ろしいところなのですからね」

お米から耳元で囁《ささや》くように、そう言われたことがある。森の中から美しい鳥の声が聞こえてきて、心が浮き立った。あの声のするあたりに行ってみたいとお米にせがんだときだ。森は恐ろしい場所なのだと、お米は囁いた。口を窄め、目を細めたお米の顔を見詰め、尋ねる。

「魔って、なあに？　どんな姿をしているの」

「え……それは、その……」

「角《つの》が生《は》えてるの？　お口が大きいの？　尻尾《しっぽ》はあるの？　お目々は幾つあるの？」

お米の黒目が左右に揺れる。少しぶっきらぼうになった口調で、答えてくる。

「し、知りませんよ、そんなこと。見たこともないんですからね」

「えっ、お米は魔を知らないの。知らないのに、怖がってるの」

「知ってるも何も、魔ってのは魔物のことですよ。妖怪《ようかい》や幽霊と同じようなものなんです。祟《たた》るんですよ。悪さもします」

「祟るってなあに」

「あ……えっと、ですから、病気になったり怪我《けが》をしたり、とんでもないめに遭《あ》うことです」

「お米、この前、竈《かまど》で火傷《やけど》したでしょ。あれ、祟るってこと？」

「あれは祟られたんじゃありません。柴《しば》が爆《は》ぜただけですよ。何でもかんでも祟られるわけじゃないんですよ。悪いことしなきゃ祟られたりしませんからね。わたしは大丈夫なんです。ですから、おじょうさまもお利口でいなきゃいけませんよ」

このあたりで、お梅は頭の中がこんがらがってしまった。

魔というものは祟る。祟るとは病気になったり怪我を負うこと。お米は火傷をしたけれど、それは祟られたわけではない。それは、お米が悪いことをしていないから？

「お米、梅は悪い子なの」

女中頭が瞬《まばた》きする。それから、大きくかぶりを振った。

「いいえ、いいえ。おじょうさまはとっても良い子、お利口さんですよ」

「ほんとに？　よかったぁ。それなら、森に行っても怖くないね。祟られないよね」

そのとき、誰かがお米を呼んだ。女中頭は、屋敷内の女たちを束《たば》ねる役目を担う。様々な仕事があり、常に忙しい。

「はいはい、今、行きますよ」

誰にともなく返事をして、お米はお梅に背を向けた。子どもの際限ない問い詰めから逃れられて、明らかに安堵《あんど》していた。ただ、背を向ける寸前、「森に入っちゃ駄目ですよ。狼《おおかみ》がいるって噂もあるんですから」と釘《くぎ》を刺すのを忘れなかった。

魔じゃなくて狼がいるの？

どっちがいるの？　どっちもいるの？

尋ねたかったけれど、お米はもう振り向きもしなかった。

母からも「森は危ない場所ですよ。近づかないように」と戒《いまし》められていたから、お梅はその後も森に足を向けることはなかった。時折、美しい鳥の声が聞こえてくれば耳をそばだて、聳《そび》える木々の梢《こずえ》に目をやる。それぐらいだった。

その森に、お梅は逃げ込んだ。

躊躇《ためら》いはなかった。どうしてだと問われたら、答えられない。もしかしたら鬼と見《み》紛《まが》う父の方が森より怖かったのかもしれない。空があまりに青く輝いていたから、恐れを消してくれたのかもしれない。何かを感じ取っていたのかもしれない。

森には細い道が続いていた。夏の盛りなら生い茂った草々に埋《う》もれてしまうだろうけれど、まだ冬の名残《なごり》が存分にある今、草の葉は枯れ、萎《しお》れ、縮こまり、白っぽい小道を隠し切れなかった。

道が付いているということは、人が通った証《あかし》だ。魔の棲む森に分け入った者がいるのだろうか。いるのだろう。だから道ができている。

「お梅、お梅、どこにいった」

屋敷のどこかから、父が呼んでいる。獣《けもの》の吠え声のようだ。

捕まりたくない。ととさまは怖い。嫌だ。

お梅は足を速め、道を辿《たど》って森の奥にすすんだ。

「あれ？」

道に栗《くり》の毬《いが》が落ちている。見回すと枯草の上にもあちこちこげ茶色の棘《とげ》が見えた。よくよく目を凝《こ》らせば、団栗《どんぐり》もかなりの数、転がっていた。丸いの細長いの大きいの小さいの、さまざまな団栗たちだ。それを拾い、さらに進む。

すぐに開けた場所に出た。緑の色が目に飛び込んでくる。七、八畳ほどの広さの空地には薄緑の和草《にこぐさ》が生えていた。ここだけ、季節が一足飛びに進んでいるようだ。空地を囲む雑木はみな葉を落とし、まだ冬の佇《たたず》まいではあったが。

その木々の間に日が差し込んで、幾本もの光の帯ができる。それは淡い黄金色に輝いて和草まで届いていた。

黄金の帯を断ち切るように、小鳥が過《よぎ》った。そして、鳴いた。

ピーィピッピー。あの美しい声だ。

小鳥は青い尾羽を持っていた。青が光を弾き、さらに色を深くする。その青から響き出ているような啼声《なきごえ》だった。

ピーィロピィー、ピー。

聞き惚れてしまう。

あの鳥はどこにいったのだろう。どこで鳴いているのだろう。

ゆっくりと草を踏みしめて、前に出る。

和草の間に白い小さな花が咲いているのに気が付いた。三片の花弁は雨の雫《しずく》のような形をして、お梅の爪の半分の大きさもなかった。でも茎はまっすぐ伸びている。見たこともない花だ。それが草原のあちこちに花弁を開いていた。

かかさまに見せてあげたい。

この花を見れば、母は元気になれる。そんな思いがせり上がってくる。

お梅はしゃがみ、花に手を伸ばした。

ふっと香りを嗅《か》いだ。花の匂いとは違う。甘いというより青々と茂る木々の匂いのようだった。葉を落とした雑木林のものではない。夏の初めの森の香りだ。それを不意に感じる。緑に染まった風が吹きすぎていったみたいだ。

お梅は顔を上げ、息を呑んだ。

白い装束《しょうぞく》に垂れ髪の誰かが、矢をつがえた弓を引き絞《しぼ》っている。お梅にも、その構えが寸分の隙のない見事なものだと察せられた。

矢じりの先には、一本の雑木があり、裸の枝にあの青い鳥が止まっていた。射手《いて》が青い鳥を狙っているのは明らかだ。そして、射手が並々ならぬ腕前で、枝の小鳥を容易《たやす》く射貫《いぬ》くだろうことも、はっきりとわかった。

弦がさらにきりきりと絞られる。

鳥は動かない。

「駄目、やめてっ」

立ち上がり、大声をあげる。

射手が顔を向けた。驚いたのか大きく目を見開いている。少年だった。お梅よりずっと年上だけれど、十分に若い。少年の背後には木立《こだち》と青空があった。一朶《いちだ》の雲もない、信じられないほど青い空が広がっていたのだ。

「やめて、殺さないで」

お梅が前に出る。摘《つ》んだばかりの白い花が指から零《こぼ》れて、散った。

少年が後ろに飛び退《すさ》った。その瞬間、雪白の矢羽根《やばね》が付いた矢が指から離れ、真っすぐにお梅に向かってきたのだ。目の前を過ったと思った刹那《せつな》、全てが闇に閉ざされた。空も森も雑木も白い装束の少年も、闇に呑み込まれ、沈んでいく。

その後のことは、よく覚えていない。

「なんで、なんで、おれの矢が人に当たるのだ」

そんな叫びを聞いた気はした。「これも定めどおりだ。慌てるな。屋敷に運ぶぞ」と、これは別の凪《な》いだ声も聞こえたように思う。

痛みはなかった。ただ見えない。何も見えない。

ふわりと身体が浮かび上がった。

あ、おうちに帰れるんだ。

安堵の吐息《といき》が漏れた。そして、そのまま何もわからなくなった。

誰かが泣いている。

すすり泣く声が聞こえた。

誰だろう？　声のする方に顔を向けて、泣いている誰かを確かめたかった。けれど、身体が痺《しび》れたようになって、上手く動かない。目も開けられなかった。目の上に晒《さらし》だろうか、布がきっちり巻かれているようだ。

「お梅……お梅……堪忍《かんにん》してくれ……。すまぬ、すまぬ……」

え、ととさま？　ととさまが泣いてる？　謝っている？

なぜ、どうして。あ……それに、暗いよ。何にも見えないよ。

かかさま、かかさま。あぁ……眠いよ、かかさま……眠い。

眠っていたのだろうか。どのくらい眠っていたのだろうか。

わからない。頭がぼんやりしている。身体がまだ痺れている。そして見えない。闇に囲まれたままだ。ただ、不思議に怖いとは感じなかった。

「おじょうさま、おいたわしい」

お米だ。お米が洟《はな》をすすり上げ、涙声でしゃべっている。

「お米さま。おじょうさまは、本当に盲《めし》いてしまわれるのですか」

「まっ、お花《はな》、そのような軽はずみな物言いをしてはなりませんよ」

お米に叱《しか》られているのは、お花という若い女中だった。

「でも、お米さま、森の中で怪我をしたっていっても、おじょうさまはお顔に擦《す》り傷さえなかったんですよ。裏木戸のところに倒れていたのを見つけたのはあたしなんですから。そのときは眠っているのかと思いました。ほんと、どこにも傷なんてなかったんです。なのに、目が見えなくなるなんて、あたし、おかしいと思うんですけど」

「旦那さまが、そう仰《おっしゃ》ったんですよ。おじょうさまを診察して、目の奥に傷ができているから、もう二度と……。旦那さまのお診《み》たてなら間違いはないでしょう。ほら、余計な口を利く暇があったら、おじょうさまのお着替えを持ってきなさい」

目が見えなくなる？　このまま、何も見えなくなる？

お米、本当なの。

「あっ、おじょうさまが動きましたよ。気が付いたんじゃないですか」

「お花、口の利き方に気を付けなさい。あら、でも、本当だわ。早く、奥方さまを呼んできなさい。早く、ぐずぐずしないで」

「えっと、奥方さまは仏間ですよね。お水も飲まずにずっと拝んでいて」

「お花っ。早くなさい」

慌ただしい足音、「お梅」母の呼び声。抱き締められ、母の涙が頬に落ちる。

「お梅、お梅。かわいそうに。でも、大丈夫ですよ。母がここにおりますからね」

着物に焚《た》き染めたお香の匂いが微かに漂う。

母の匂いだ。それで、安心できた。

「かかさま」

大丈夫。あたし、怖くないよ。真っ暗だけれど、真っ暗じゃないよ。広がる闇の中に何かがいる。それは魔でも妖《あやかし》でもない。かかさま、ここには何にもないんじゃなくて、何でもあるみたい。母に教えてあげたかった。でも、身体はまだ怠《だる》くて、思うように言葉が出てこない。

お梅は、何度目かの眠りに落ちていった。


季節が移ろって花の便りが次々と舞い込むころ、お梅の身体はほぼ回復した。しかし、床上げの祝いはされぬままだった。

その日、お梅は縁側に腰かけ、暖かな日差しを浴びていた。花の香りを含んだ風が気持ちよかった。お梅を取り巻く闇も色の濃淡ができて、一隅《いちぐう》が木々のざわめきともに揺れていた。そのことを母に告げたい。でも、告げても母は悲し気にため息を吐《つ》くだけだ。刻により季節により、天気により、お梅の闇は姿を変える。それをどんな言葉で伝えても、ため息と悲しみと憐《あわ》れみしか返ってこない。

自分は母を喜ばせることは、もうできないのだろうか。悲しませることしかできないのだろうか。お梅は、温もりの中で考える。

「おい」と呼ばれた。横を向くと、そこに白い筒袖に短袴《たんこ》の少年が立っていた。身体の横でこぶしを握り、お梅を見据《みす》えている。

「え、だあれ？」

「おれはおれだ。誰でもない」

意味のわからない返事だ。お梅は首を傾《かし》げる。

この人は、闇の中から現れた。少し驚いたが、怯えてはいない。

「すまない」

少年が深々と頭を下げた。長い髪が一緒に前に垂れて、闇に紛《まぎ》れる。

「おれの矢が……おまえを傷つけた」

「あっ、あの悪いお兄ちゃん」

少年が顎を引き、眉間に皺《しわ》を作った。

「……悪いお兄ちゃんって、そういう言い方はよしてくれ。確かにおまえには酷いことをしてしまったが。傷つけようと思ったわけじゃなく……」

「だって、鳥を殺そうとしたでしょ」

「鳥？ そっちの話か。あれは狩をしていたのだ。だいたい、ヒトのくせに、なぜ、あの鳥が……いや、おれが見えたのだ」

そんなことを問われても答えようがない。見えたから見えたのだし、そこにいるのに見えない方が不思議ではないか。そう思ったけれど、心のどこかで解していた。

この人は見えてはいけない人なんだ、と。

「それは、追々、わかる。全て定めじゃとな」

少年の後ろから、老人がひょろりと出てくる。闇から滲《にじ》み出てきたみたいだ。痩せていて小さくて、裏庭の枯れかけた細木に似ている。お米が「何とも貧弱な木だこと。切ってしまおうかしら」と思案していた。〝貧弱〟の意味はわからないけれど、老人は貧弱な木を思い起こさせる。

「この子はこうなる定めじゃった。致し方ないことよ。しかし……」

老人は滑るような足取りで、お梅の前に来ると、ひょいと手を握った。

「ほうほう、これはこれは……。驚いた。大層な指をしておる。ほうほう、そうかそうか」

老人は何度も頷《うなず》き、最後ににっと笑った。皺《しわ》だらけで頭髪も髭《ひげ》も真っ白なのに、若やいだ笑顔だった。

「おじょうさま、おじょうさま」

お米の足音が近づいてくる。

少年と老人は闇に溶け込んで、消えた。消える寸前に「また、逢いにくる」と告げた。その声がどちらのものだったのか、お梅には判じられなかった。

ただ、嘘ではなかった。

時折、お梅が一人でいるとき、少年と老人はふらりとやってくる。二人一緒のときもあるし、一人一人のときもある。少年は三日置きぐらいに、老人は十日に一度ほどやってきた。

「ねえ、お兄ちゃんは何てお名前なの」

「名などあるものか」

「名前がなかったら、呼びにくいよ。お兄ちゃんだけじゃ、つまらないし」

「呼びにくくてもつまらなくても、ないものはない」

「名前がないの？　じゃあ、お梅がつけてあげようか」

「欲しいわけではないが……おまえがつけたいなら勝手にしろ」

「じゃあ、十丸《とおまる》」

「十丸、か」

「うん。丸が十もあるの。いいでしょ」

少年とそんなやりとりをしてから、お梅は少年を十丸と呼ぶことにした。

日々が静かに過ぎていく。

お梅が十二歳の年、弟が生まれた。屋敷内は沸《わ》き立ち、お梅のもとにも喜びの気配が漣《さざなみ》になって伝わってきた。

「そろそろ、潮時かもしれんのう」

老人が言った。

「潮時？」

「この屋敷を去る潮時じゃ」

お梅は息を詰める。老人の萎《しな》びた小さな顔を見詰める。

「わたしも一緒に連れて行ってくれるのでしょうか」

老人が瞬きする。唇がもごりと動く。十丸は僅かも動かない。石像のように座っている。

「わたしは、ここにいてはいけないのでしょう。そんな気がします」

「……気付いておったか」

「薄々と感じておりました」

父の気配だ。目が見えなくなってから、父はさらにお梅を避《さ》けるようになっていた。指先さえ触れようとしない。けれど、父から伝わってくる気配はお梅を拒む険しさではなく、苦しみだった。鞭《むち》うたれる者のように、父は苦しみ、痛みにのたうち回っている。それに引きずられるのか、母も暗く沈むことが多かった。

そんな気がしてならない。

自分がこの屋敷からいなくなれば、父は救われる。静かで穏やかな年月を生きることができる。母は悲しむだろうが、弟がその悲しみを癒してくれるだろう。

「なぜ、お梅はここにいられないのだ。実の娘ではないか」

十丸が老人を見上げた。老人が深く息を吸い、吐き出す。

「真実を告げておこう。それを知った上で、わしらと行くかどうか決めるがよい」

もう一度、息を吐き、老人は話し始めた。

「おまえの父は若いころ、神仏に願掛《がんか》けをした。我が身を出世させてくれ。大大名のご典医の地歩まで昇り詰めさせてくれとな。野心に溢《あふ》れた若者だったのだ。わしは、たまたま、それを楠《くす》の上で聞いておってな。どうしたものか悪戯心《いたずらごころ》を起こしてしもうた。その耳元でそっと囁いたのよ。『その願いがかなった暁《あかつき》には、おまえは何を差し出す』とな。すると若者は驚きながらも、躊躇うことなく『わたしの初めての子をあなたに捧げます』と言いおった。わしを神か仏と思い違いしたのであろうな。その時分、若くて貧しい医者でしかなかった父親にすれば、とっさに口をついた約束事であったのだろう。それはそれでいい。何事もなければ幻の約束で終わっていただろう。しかし、若者は医者としての能にも運にも恵まれていた。それから十年もしないうちに、さる大名家の医者になったのだ。願いは成就した。そして、おまえが生まれた」

お梅は口の中の唾を呑み込んだ。

父のあの冷たさも、あの涙も、あの詫びも全て納得できた。

「父さまは、自分のせいでわたしが盲いたと信じているのですね」

「そうだ。信じて苦しんでおる。昔も今もな。しかし、わしはこうなる定めだったと思うぞ。おまえは、人には見えぬわしらを見ることができた。森の花も草原も鳥も見ることができた。あれは、人の目には映らぬもののはずなのにな。そして、もう一つ、その指だ」

「指?」

とっさに両手の指を広げる。白い細い娘の指だ。

「その指には力がある。人の身体と心を揉《も》み解《ほぐ》せる力がな。その力があまりに強くて、おまえは光を失った。そうしないと、力の釣り合いがとれなかったのではないかの」

「違う」

十丸が叫んだ。

「お梅の光を奪ったのは、おれだ。おれが手を滑らせて矢を……」

「うむ。そうだの。おまえのせいかもしれん。悪戯心を起こしたわしのせいかもしれん。父親の過ぎた野心のせいかもしれん。誰のせいであっても、お梅の目はもう元には戻らぬ」

お梅も息を吸い、ゆっくりと吐き出してみた。心の臓の鼓動《こどう》は乱れていない。

「わたしは、この指で人の心身を解せるのでしょうか」

「うむ。それは確かだ。ただし、修業はせねばなるまい。人の身体にも心にも、おまえはまだまだ疎《うと》かろう。自分の力をきちんと使いこなせるようになるために……そうだな、短くとも人の年月でいうなら、三、四年はかかるかもしれんな」

「わたしに修業をさせてくださいますか」

老人が髭をしごく。頰が心持ち、赤らんでいた。

「まあ、そうだな。実のところ、おまえほどの力を放っておくのも惜《お》しいと思っておったのだ。おまえが望むなら、鍛《きた》えてやらんでもないが。むふふ」

「爺《じい》さま。妙な笑い方をするな」

十丸が舌打ちをした。

お梅は考える。この屋敷の中だけでも、苦しみや悲しみ、怒りや嘆きが渦巻いている。父の身体も母の心も硬く強張《こわば》り、重く痛々しい。お梅は、それを感じ取っている。わたしにできるなら。人が囚《とら》われているものを少しでも解きほぐせるなら。

「お爺さま、いえ、先生、お願いします。わたしをお連れ下さい」

「せ、先生？　いや、そんな呼ばれ方をするのは……なかなか、いい気持ちじゃな」

老人が鼻の穴を膨らませた。

お梅は老人と十丸と共に、屋敷を出た。

十丸は犬の姿に変わり、お梅を導いてくれる。その姿の方が、人の世では楽なのだと言う。確かに十丸と引き綱《つな》で繋がっていると、屋敷の外も知らぬ道も危なげなく歩けた。

「覚えること、知るべきことは山ほどあるぞ」

老人が囁き、また、むふふと笑った。

「はい、覚悟しております」

十丸と繋がる綱を強く握る。

父さま、母さま、梅はここを離れます。いつか戻ってまいります。そのときは、お二人の心身を柔らかく解して差し上げます。それまで、どうかお元気で。

心の中で別れを告げる。

霧が流れているのだろう。手甲《てっこう》も脚絆《きゃはん》もしっとりと濡れてくる。

ピーチッチ、ピーッ。

頭上で鳥が鳴いた。お梅の眼裏《まなうら》を青く輝く小鳥が一羽、真っすぐに過っていった。

解説

田中美里（俳優）

「おもみいたします」――肩凝《こ》りがなくなったためしがない私にとって、なんて魅惑的なタイトルなのでしょう。

主人公は五歳の時に光を失ったお梅《うめ》。半年、一年待ちになるというくらい評判の高い天才揉み師です。

お梅に揉まれてみたい！　読みながら何度そう思ったか……。

お梅は周りから憐れみの言葉をどれほどかけられても、決して自分をかわいそうとか不憫な娘だとは思っていません。贅沢な暮らしではないかもしれないけれど、自分の力で自分を養《やしな》うことができているし、繰り返される生活の中にこそ小さな倖せがちりばめられている事を知っているのです。

お梅は目から情報を得る事はできませんが、肌で、鼻で、耳で、唇《くちびる》で、あらゆる感覚を使い、夜と昼の違いや季節の変化まで敏感に感じとる事ができます。その感性はとても豊かです。

また、お梅の部屋の中は自由に動けるように美しく整っていて、物の住所が分からなくならないようにちゃんと決まっています。物が多くていつも何かを探している私の部屋とは正反対。私の目指したいシンプルな暮らしがなんとも心地よさそうです。

「十分だ、十分な日々だ」とお梅ちゃんは感じています。

でも、毎日を常に倖せと感じて過ごす事は、簡単なようでいてなかなか難しいですよね。

人間は欲深い生き物です。

まだまだ足りてないと、本当はすでに満《み》たされているのに周りと比べて嫉妬《しっと》したり、不安になったり、焦《あせ》ったりしてしまいます。

家族や友人、すでに持っているものも当たり前にあると近すぎてその大切さに気付けない事もたくさんあるような気がします。お梅はないものではなく、足りている事をあるがままに受け入れています。

必要なものはすでにここにあり、十分に満たされていると分かっているのです。ふと、私は以前坐禅《ざぜん》を体験した時の事を思い出しました。

最初、私は目をぎゅっと閉じて何も考えないように頭をずっと空《から》っぽにしなければならないのだと思っていました。

実際は自然と頭に浮かんできたものを、無理に打ち消そうとせず受け流していく。あえて白黒つけずにそのままを自然に委ねる。

もしかしたら、お梅もそんな風に自分の運命をそのまま受け入れているのではないだろうか？　と。


さて、予約のなかなか取れないお梅の揉み治療ですが、瀬戸物屋今津屋のお内儀《かみ》、お清《きよ》の身体《からだ》を揉む事になります。

お清はひどく疲れていて、「ぎりぎり」の状態なのだとお梅はいいます。

「ぎりぎり」……。そんなお清と二十代前半だった頃の自分とが重なりました。デビューして三年目くらいだったかと思います。

当初は何の知識もなく手探りで、ただただがむしゃらに芝居をしていました。

ところが、しばらくすると少しずつ役者として必要な事が分かってきたのと同時に、それは大きくて分厚いプレッシャーの壁として私の前に立ちはだかったのです。

以前から大人っぽい見た目だった事もあり、長いキャリアがあるようにも思われてしまっていました。

まだ経験した事のない仕事を、もうすでにやっているだろう、と思われ頼まれる事も多々あったのです。

迷惑をかけてはいけない！　周りの期待に応えなければ……。

「はい、大丈夫です！　やってみます」

と、笑顔を作って挑戦する日々が続きました。

当然経験した事がないのですから、カラ回ってしまう時もあり……。私は益々追い詰められていき、ついには呼吸する度にみぞおち辺りがキュッと痛みはじめました。

あの当時、私はお清と同じ「ぎりぎり」な状態だったのだと。

お梅は微《かす》かな揺らぎでも嘘をついているのか分かるといいます。

あの頃、もしもお梅に会ったら、無理していた自分を見抜かれてしまっていただろうか？　見透かされてしまうのは少し怖いような気もします。お清が長い間見失っていた自分を少しずつ取り戻していく姿を見ていて、あの時、私の身体をお梅に揉んでもらえたら、どんなにか楽になっただろう、本来の自分を早く見つけ出す事ができたのではないかと思うのです。

そんな体験を経て今は毎朝起きて自分の気分と向き合い、些細《ささい》な身体の変化も見逃さないようにしています。

呼吸が浅くならないようにゆっくりと深呼吸して、リラックス。

自分はどんな場所が好きなのか、何をしたら楽でいられるのか、どんな人たちと一緒にいると落ち着いて過ごせるのか……。

何気ない日常の中で、その小さな変化を見逃さず感じ、なるべくストレスを溜《た》めないように心掛けています。

それが健康を保つために欠かせない時間となっています。


そうそう、忘れちゃいけないのがこの個性的な二匹、いや二人。

白い犬に見える十丸《とうまる》と天竺鼠《てんじくねずみ》の先生です。

幼い頃に家族と離れて暮らしはじめたお梅にとって頼もしい存在。

いつもは人の痛みを取る側ですが、二人はお梅の悲しみや痛みをやわらげて道しるべとなってくれています。

目が見えなくなった理由が分かった時、お梅の凜《りん》とした強さはここから育まれていったのだと感じる事ができます。

それにしても、お梅の周りには気持ちの良い人たちが集まってきます。

優しく手を差し伸べてくれるお筆《ふで》。

一人前として働く事に誇りをもっているお昌《まさ》。

公平な立場で冷静に物事を見る事ができて柔らかで聞き上手、話し上手な仙五朗《せんごろう》親分。

親分のこの言葉が心に残っています。

「真っ当にしゃんと生きている者ってのは、どこかで誰かを支えてるもんでやすよ。当の本人が気が付いてなくてもね。逆さまに、真っ当でないやつってのは、どうしても他人を傷つけたり、不幸せにしてしまう。人ってのはそういう生き物じゃありやせんかね」

お梅もしゃんとまっすぐに生きている。だから周りからたくさん支えられているのだなと妙に納得してしまったのです。

私も、もし今の時代にお梅ちゃんが側にいてくれたらお互いに息がしやすく楽にいられる存在でありたい。

当たり前の毎日の小さな倖せを素直に感じられる真っ当なしゃんとした人間に少しでも近づきたいものです。

二〇二四年三月

この作品は2022年11月徳間書店より刊行されました。
なお、本作品はフィクションであり実在の個人・団体などとは一切関係がありません。

徳間文庫

おもみいたします

2024年5月15日 初刷
2024年10月25日 5刷

著者 あさのあつこ
発行者 小宮英行
発行所 株式会社徳間書店
東京都品川区上大崎三-一-一 〒141-8202
目黒セントラルスクエア
電話 編集〇三(五四〇三)四三四九
販売〇四九(二九三)五五二一
振替 〇〇一四〇-〇-四四三九二
印刷
製本 中央精版印刷株式会社

ISBN978-4-19-894942-6